◎ 之宁 著

夏璎

浙江人民出版社

目录

蝶梦而成人，然其非人也；

童梦而弱冠，然其亦非弱冠；

童长成，终行冠礼。

若蝶亦学而时习之，可成人乎？

01
师承
BAIGONGLING

读贤街的好消息

"很久很久以前,有一个在先墟挖宝的人……"

"先墟?"

"我知道!先墟在海底!"

"我爸妈就在整理从先墟挖出来的古籍。"

"这街上谁不是?"

这条街,叫读贤街。此刻,街上的孩子们都围坐在涂坦爷爷的身边,听他说故事。孩子中年纪最大的,是个十岁左右的小姑娘,长发乱蓬蓬的。她叫阿达,正一口一个吃着袋子里的梅花糕。多少年了,她还没有听厌这位来自百工堂的客人带来的故事。

"这先墟的挖宝人,就是上师!"阿达抢答。

涂坦向阿达眨了眨眼睛,继续道:"先墟是隐藏在时间深处的沉睡巨兽,静静地守护着上古的秘密……"

"后来上师的百工灵就觉醒了,这是世间第一个百工灵,百工族的化身和灵魂……"阿达再一次插嘴道。

"阿达姐姐，我们要听涂爷爷讲嘛……"

一只小人儿从涂坦后颈处探出来，缓缓落到孩子们当中，炸出阵阵惊喜的欢叫。

"百工灵！是百工灵！"

涂坦的念诵在空气中弥漫，神秘而深邃："上神有灵，百工有心。曲成万物，协创此形。"

小小的坦之灵在泥地里打着滚，那样子就像在跳一支古老的舞蹈。骤然间，泥地里生出了几个可爱的小泥团，仿佛是地心的精灵在呼唤着大地的力量。涂坦那双粗糙的手在泥团上巧妙地游走，指尖一会儿轻轻一捏，一会儿认真一挑，坦之灵在泥团上忙得犹如一只勤快的蜜蜂。

不久，几只活泼的小鸡便从泥团中跃然而出。紧接着，涂坦从他的口袋中掏出几小包岩彩，在空中散开，就像彩色烟雾。待烟雾散去，那些泥塑小鸡上了色彩，就仿佛被赋予了生命，每一只都活灵活现，连羽毛都闪闪发亮，好像能看见他们的嬉戏。

孩子们既好奇又惊喜地围着泥塑鸡崽。涂坦趁着这时候，微笑着悄悄退场。阿达追到读贤街口送他，将手中爹爹做的梅花糕递给他。

"涂坦爷爷，怎么才能成为百工族呢？"

"万物皆有灵，是为'芽灵'。如果你能看见芽灵，百工堂自会来找你。"涂坦道，"勤而有果，自虚至实，虽成无穷之道，然亦有未知之险。你可要准备好了。"

一波三折的报到

六年后——

从读贤街去百工堂这段路，没什么人走，是一片时而山林、时而草甸的荒野。十六岁的阿达，正沿着若有若无的道路前行着。

今天是百工堂开学的日子。

读贤街数十年来首位能看见芽灵的人，竟然是做事迷糊、终日懒散的阿达，大家都没有想到。可阿达不这么认为，为了能看见芽灵，她已经在竹林里苦苦守候了多年——虽然不过是每日坚持去竹林午睡而已。这天，她刚睡醒，亭亭长竿上，出现了点点青翠的影子，仿佛绿色的星星落了凡尘。"是飞萤吗？"阿达伸出手想掬住，到了手心却化成了透明的一缕影子。原来这就是芽灵。

三日后，骑白马的学使来宣布阿达因"冥感芽灵"获得进入百工堂学习的资格。全家喜极而泣，读贤街的老老少少都出来相送，好不热闹。人人都在夸她天赋异禀，为整条街争了光，只有爹妈心疼她"少小"离家——

"虽然过了端午，晚上还是冷，多带几床被褥，别着凉。"

"多交朋友，别有压力，大不了还可以回来。"

"这路线图也给带上吧，看得懂吧？"妈妈话里还透着担心。

"我帮忙修的，怎么会看不懂？"自诩修了一辈子图的阿达很是自信。

读贤街离百工堂不算远，翻过一座山就到。这里的人们虽都不是百工族，但是和百工堂往来密切，一直以来都协助百工堂做一些力所能及的工作，比如修缮地舆图志。

此时的阿达无论怎么上下左右核对路线，就是对不上，可能是不知不觉间，已经走上了图上不曾标记的小路，再回头，也是只见乱石不见道。

日头渐高，阳光火辣辣地刺在身上，不一会儿她便口干舌燥、步伐沉重。又绕过了一道弯，眼前居然没有路了，对面就是悬崖，幸亏她及时收脚。阿达叹口气，正要回头，这时看见一个人，黝黑的皮肤，修长的身材，懒懒地靠在石壁上："你迷路了？"

"嗯。"阿达老老实实点头，"请你帮……"

阿达的话还没说完，那人又说："你已经晚了。"

"什么？！"

"你这时候还没到百工堂，肯定赶不上报到了。"

啊，确实。但——"你怎么知道我要去百工堂？"

那人肩上落下一只穿着灰褐色衣衫的小人儿，跟他眯着眼的表情一模一样。

"百工灵！原来你也是百工堂学徒？"

那人不答话，转头就走。阿达把行李往肩上一扛就跟了上去，追着问："师兄，你叫什么名字？什么系的？几级了？"

那人回答得毫不客气："我不是你师兄。"

谁知阿达没听出话中的拒人千里："现在还不是，很快就是了。你是要回百工堂吗？我跟你一起走吧，大家做个伴儿。百工堂严不严格？你家里有没有其他人也在百工堂？我家只有我一个人能看见芽灵……"阿达本就话多，见了陌生人也并不害怕。

那人站定了，皱着眉头看她。

"啊，说了这么多，都忘了告诉你我的名字了。"阿达叫起来。太失礼了。她随手扯过一根树枝，蘸了树上残留的晨露，在地上写了自己的名字。

"林——达。"他念。

阿达注意到，这黑皮少年长相粗犷，但声音很好听，清朗如一尘不染的水晶。

"我叫石岐。"

虽然石岐不再说话了，但一路上阿达絮絮叨叨，他也并没有叫她住口。阿达随他进了一道白墙上一扇不起眼的小门。转过丛花乱树，顺着一条小径走，面前出现了一面大湖，水面上浮起薄薄一层雾，雾气里闪着明灭不定的日光，隐现着群岛。

原来百工堂在岛上，可从哪里上去呢？

"因为你迟到了，来接新学徒的船已经走了。你跟我来吧。"

真是遇见好人了，虽然背行李背得腰酸背痛，但阿达还是紧紧跟上了。也不知石岐是不是自己也走得累了，步伐不着痕迹地慢了下来。两人就这样一前一后，曲折向西，走上一条小路，是荆棘结成的隧道，阳光从层层叠叠的叶影间洒落在厚厚一层荒草上。隧道的顶特别矮，走不了两步，便要低头弯腰才能过去。地上时而有水打湿了阿达的鞋。

阿达问："这是一条湖中堤？"

"还有点儿眼力。你运气好，正赶上退潮，否则，这条路也是走不通的。"

隧道尽头，是一处石洞，阿达已经被这一路的蜿蜒曲折迷晕了。石岐拔下几缕肆意生长的蔓草，便见到了洞外人头涌涌，都是像阿达这样背着行李的人，站在一个广场上。黛瓦白墙前面是大大的牌坊，上书"百工堂"。

拜师仪式的意外

"终于到了！"阿达立刻跳出去，又想起来向石岐道谢，可回头时，他已经不在那里。阿达来不及想这人怎么神出鬼没的，只担心千万别再迟了，立刻冲进了队伍，被人误以为是插队，一气推着她到了队尾。

"我是最后一个。"怯生生的声音在她身后响起。阿达回头，一个长发及膝的姐姐，比自己大几岁的样子，又细又弯的眉眼，声音轻而柔软："不介意的话，站在我前面吧。"

阿达喜出望外："谢谢！"

尽管经过这一番折腾，阿达的兴致仍然很高，不一会儿便与前后攀谈起来，知道了方才那个姐姐叫石黛，而现在排在自己前面的小女孩姓毛，叠字绒绒，只有九岁，是少见的特殊系，能看见阿达头发上跳来跳去的芽灵。

阿达抬起头，问石黛是什么派系的。最平常的一个问题，石黛却明显慌了神："我，好像也是草木系。芽灵真是可爱，还会对我笑。"绒绒年纪小，石黛说什么她便听什么，阿达却疑惑了：我所见的芽灵，只是光点，为什么她能看见表情？

阿达正要问，石黛伸手指了指前面："绒绒，到你了。"

报到的过程很简单，问了籍贯年龄，核对了照帖，就可以领学服和香牌。学服分两套，礼服与工服，做工都非常精美，尤其是礼服，广袖云肩，隐隐的海水纹，雅致而不张扬。阿达只在书里读到过这样华美的服饰。而那香牌同样非常雅致，呈长方形，温润细腻，上面镌刻着她的名字，周围环绕着竹纹样。阿达简直爱不释手。直到石黛走上来，挽住她的胳膊，阿达才回过神来，见石黛也顺利地领到了学服，喜形于色，与方才的心事重重模样截然不同。

阿达心念一动："石黛姐姐，你是不是没有见过芽灵？"

"为什么这么问？"

"因为芽灵并无表情，不过是跳动的光点……"

石黛再没说什么，似乎是默认。

阿达着急起来："欸，那你的入学照帖是从哪里来的呢？"

石黛小声说："我……认识人，帮我做的。"

"我听说，百工堂最忌讳作弊，不知会有什么惩罚。你现在还有机会离开。"

绒绒远远喊她们："姐姐们快点儿！拜师仪式要开始了！"

石黛下了决心："既然来了，总要试试。"

阿达似乎不记得石黛是刚认识还没多久的人，比她还慌张："明知不行，为什么呀？"

但阿达这样说的时候，石黛已经走了。

新生队伍随着一位学使，井然有序地绕过了一座飞檐塔楼，楼前匾额上书"天一阁"，是用来收藏及整理先墟古迹的塔楼，门前一副对联："长物因美寄情，百工以巧胜天。"之后在百尺白玉台前，遥遥见到台后方一座大殿模样的地方，大理石圆顶若青云白霓，华丽肃静。这便是百工坛了，先古的遗留、百工族的圣地，不但评判着百工族的作品，也是他们永生的唯一路径，因此可以决定他们的命运。

"这就是百工坛吗？怎么让百工族永生呢？"阿达小声嘀咕了出来。石黛提醒她别出声，却有人回答了："人的身躯终有一死，创造出的美却能亘古流传。比如留下先墟的古人们，他们的作品，在万年之后，依然在决定着我们这个世界的选择。而百工坛可以将我们的作品送去千万年以后，成为那时人们的先墟。谁能说这不是一种永生呢？"

回答阿达的，是个中年男人，面庞棱角分明，一身黑衣，好像不容易亲近，金色的金属系族徽别于胸前，醒目却不张扬。他叫叶渚，是百工堂的一位西席，走在队尾压阵，所以就在阿达身后。

原来永生是寄托在作品之上的吗？自从见到芽灵以来，阿达夜夜会做同一个梦，梦里一钩弯月，一间草庐，一豆灯光。她于灯下雕刻，虽然辛苦，却满心欢喜，如春雨润了荒凉。

永生便是从这辛苦和欢喜中来的吗？

阿达一边想着，一边随着队伍鱼贯上了白玉台，一张上师的像悬在高处。这是张写意作品，寥寥几笔，画的是一个人的背影。再看画上题有五个字——"吾无隐乎尔"。

阿达微微转头看身边的石黛，石黛咬着唇、握着拳。

新生们在上师画像前行鞠躬礼。一声钟鸣，一位青衣人从队伍中间走过，叶渚在她后面跟着。那位青衣人四十岁左右年纪，一丝不苟的黑发，黑框眼镜，透着一股不怒自威的严厉。学使在上高喊："有请山长袁佑主持典礼。"阿达这才明白她是山长。

新生每人面前一张紫檀矮案，案上置一只青铜博山炉、一只小香盒与一些工具。学徒们便席地而坐，佑山长领着他们做香。"香篆，顾名思义，是将香粉做成篆书的样子。先墟古书上记载：'镂木以为之，以范香尘为篆文。'从前模子是用木片镂空制作的，将香粉压在里面，形成篆文。古人做的香篆，大的直径有一米，用香炉盛放。各位请打开面前的那个，里面已有白香灰了，右手边第一个工具是镏金铜勺，先轻轻铲匀香灰，再用旁边的香压抚平……"

虽然在上方，但白玉台经过了精心设计，可以将佑山长说的每个字清晰地传到坐在最后一排的阿达耳中。阿达拿过铜勺，见香炉和铜勺上的署名是同一个："子明"，而香盒上是一个"榧"字。

啊，是她！阿达记得这个名字，五岁便进了百工堂的天才女孩，却不知这"子明"是个已经学成的西席呢，还是同为学徒呢？阿达突然想到了方才遇到的石岐。算起来，石岐应该是她在百工堂认识的第一个人，不知之后还能不能再遇见。

不行不行，又走神了，阿达提醒自己要专心。做香点香，香粉循线而燃。她闭起眼睛，脑中渐渐清明，身体好似轻飘飘地飞了起来，去了一个从未见过的地方。那里有万里无云的天空，拂过柔柔的暖风。阿达回到了六七岁时候的样子，在竹林边蹦蹦跳跳。前面有个人，很高很大，背对着她，遮了她的阳光。她没见过他，却在此时突然有些了悟："上师……您是上师？"

阿达看不清他的脸，只知道他点了点头。

"您在做什么呢？"

不知何时，上师手中多了一只风筝，拿给阿达看。阿达接过风筝的时候，见到上师指尖跳动着的竹芽灵的影子。

"做风筝要多久呀？"

"做一只风筝，要用一整天；但做风筝这件事情，要做一辈子。"

幼年的阿达在上师身边坐下了，学着样，劈起了竹篾。不知过了多久、劈了多少竹篾，一次又一次地重复，既累又无聊，她点着头打起了瞌睡，眼前一片朦朦胧胧的青葱。又不知过了多久，她睁开了惺忪的睡眼，面前做了一半的风筝上，酣睡着小小的一团柔亮。

阿达从没见过，但她认识："百工灵。我的……"

上师仍旧在她面前，仍旧背对着她坐着，好像她睡去之前的样子。阿达低头看见自己的手，记忆中幼童的手已长满了老茧与皱纹，如一只旧靴。

暮鼓坎坎，惊醒南柯中人。

阿达徐徐睁开眼睛，烟尚在目前，在微风里缭绕。

阿达还在回味中，突然身旁石黛碰翻了她的博山炉，脸色苍白，豆大的汗珠往下落。阿达刚要去扶，只听见佑山长问："在坐忘幻境，你见到了什么？"

石黛颤颤巍巍站起身，却一直张不开口，脑中一片空白。

阿达拉了拉石黛的裤脚，用香灰写了三个字"百工灵"。这个刚认识的小姑娘这样不遗余力地帮自己。

叶渚追问："石黛？"

石黛鼓足了勇气："方才在海底，好像被一张透明的巨网罩住了，我完全不能呼吸，不停向上挣扎，好像很久，又好像只是一秒钟，直到一点儿力气都没有了。"

"你居然不是百工族？"叶渚惊呆了，脱口而出。

新学徒们立刻议论纷纷——

"怎么非百工族也能混进来？！"

"你在坐忘幻境里见到上师没有？"

"见到了，上师教我做陶器。"

"那你一定是土石系的，我也是见到了上师，还有我的百工灵！"

原来根据各人所属派系不同，坐忘幻境也是不同的。而叶渚的这句话，无疑是定了石黛的罪，众人的目光都聚集到佑山长身上，想看她怎么处理这个胆大妄为之人。

看佑山长渐渐皱起的眉头，石黛这次一定……

"什么？山长没有惩罚你，还留下了你？"刚在宿舍安顿下来的阿达，看见石黛也来了，又惊又喜。原来拜师仪式时，佑山长没有说什么，就让大家散去了，唯独带走了石黛。阿达开始还存有一线希望，但等的时间越长，她越是认定石黛必是回不来了。没想到柳暗花明，结果却并没有她们想的糟糕。

　　"为什么？"

　　"我不知道。"石黛满脸疲惫，"山长仔细询问了我的坐忘幻境，然后问我照帖是哪里来的，之后她罚我打扫今日拜师仪式场地……"

　　"那么一大片是你一个人打扫的？罚得那么重？"

　　石黛累得胳膊都抬不起来，阿达帮她打开行李、铺好被褥。石黛不住欠身道谢："能留下来我就很感激了。"

　　阿达说："如此说来，你一定也是百工族，佑山长才会留下你！"

　　"是不是百工族不重要……"

　　阿达犹豫着还是问了："你为什么一定要来这里？"

　　"我家里一共八个孩子，大弟弟石墨是最有天赋的，三年前来了百工堂。本来说好两三个月便回家一趟，但自从他来了之后，就再也没回去。"

　　"他是出了什么事……"

　　"我要找到他，一定。"石黛说着，躺了下来。后面还有半句话她不敢说出口——"在我忘记他之前。"

　　阿达见石黛被褥单薄，便把自己的行李打开，铺了一半到石黛身旁，拍拍她，石黛居然已经睡着了。

　　阿达躺下，心想：妈妈到底是对的，虽然已经过了端午，地上还是很凉。

湖边一间竹舍，梅花窗里，叶渚还在和佑山长争论着。

叶渚问："为什么留下了她？"

"依照规矩,是该当众追问她假照帖,且将她发配边陲,但……"

"你认为，她的坐忘幻境是真的？"

佑山长点头回答："那个答案编不出来。"

叶渚恍然："这便是说……"

"她在坐忘幻境中看见的，或许就是残缺的谜面。"佑山长一边说着，一边拨弄着眼前的孤光萤火。

"如今人人都知道她是百工堂的异类，她的路也不好走，这才是真正的惩罚吧。"

窗外，二更月落天深黑。

阿达的百工小课：古法制香

香道，在我国始于上古时期的祭祀活动，先秦时就已经流行佩戴香囊；汉代，人们开始熏衣、熏被，甚至熏房子；宋元时，烧香与点茶、插花、挂画这四样被称为修身养性的"四般闲事"，从此成为一门艺术。

古人所使用的"香"是由植物根茎、树脂或动物分泌物，经过数十道纯手工工序制成。香的种类按形状不同可分为线香、盘香、塔香等。百工堂开学仪式中使用的是唐宋时期流行的篆香。学徒们使用的香具源自汉代的博山炉，由青铜制成，镂空呈山形，雕刻有神兽、仙草、云纹。隋唐时期风行的香薰球，制作精巧，怎么转动香灰都不会撒落哟！

无论是香还是香具，都蕴含了古人的智慧和情感。你有没有准备好点一炷香了呢？

02

羁绊

BAIGONGLING

第一个朋友

"大家都睡了吗?"她轻轻推开门,听见了父亲的鼾声,于是又轻轻关上了门。痴立了一阵,走去卧房另一边,打开窗,窗外银杏落秋风,浮在上面的芽灵明黄得清贵,一根树枝依在窗棂旁。

虽然只有五岁的年纪,但她什么都不怕,紧紧攥住树干,一晃荡,借个力,坐上了枝梢。直到此时,她才放心地从口袋里掏出了百工灵,圆圆的一团,泛着浅浅的光,如清辉。

"对不起,我要把你藏起来,现在不能让别人看见你。"

百工灵歪了歪头。

"因为……因为如果他们知道你已经出现了,会抓我进百工堂。但我不想去。现在,我每个月还能见到爹爹一次。如果进了百工堂,我就见不到他了。"

百工灵又将头往另一边歪了歪。

"妈妈?我……已经没有妈妈了……"她低了头,但没有哭,赤着的脚在空中荡啊荡。

一点两点雨落下，她并没有要回家的意思，只合上了眼睛。百工灵也合上了眼。树枝上芽灵被召唤，聚集在了关节处。弹指之间，便有一些树枝离了枝干，聚拢在她们头顶，巴掌大的银杏叶盖在上面。

一把简陋的小伞做成了，伞的一角上歪歪扭扭刻着她的名字"榧"。

百工灵顺着她的裙边爬到她的肩上，躺在脸颊旁，蹭了蹭她的鬓角。

"好痒。"她笑了。

在滴答滴答的雨里，她有了第一个朋友——她的百工灵。

被禁锢的少女

阿达的爹是个丢三落四的人，尤其是眼镜，每天阿达妈妈要帮他找三次。但他从来不着急，他总说："如果你真心在找物件，那物件一定也在找你。"

阿达从来不找东西，往好了说，叫没有执念；往坏了想，是无目标亦无原则。她无法想象找一件要紧的东西的时候，会怎样着急。石黛为了找弟弟，天天都皱着眉头，阿达挖空了心思找安慰的话，找来找去，也只会按着爹爹的话照葫芦画瓢："如果你真心找一个人，那个人一定也在找你。"

说这话的时候，她们正在去第一堂课的路上。给新学徒的一周适应期已结束，课程终于要开始了。上课的地方在湖的另一边。因为太早，船坞还没开门，必须绕湖边走过去。天还未亮她们便起了床，路很长，足足走了一个时辰。绒绒累得喊膝盖疼，石黛和阿达轮流背着她。

"阿达姐姐，你有没有很想见的人？"绒绒在石黛的背上问阿达。

"当然有。我们草木系有个天才女孩，叫榧，五岁就进百工堂了。我在读贤街的时候听说过她的故事！"阿达回想起涂坦爷爷提起榧时自己爸妈的眼神，那会儿她多么希望自己就是榧，不过她好歹现在也是百工族了。

"天才"这个词，绒绒总听见是别人用来夸自己的，突然听阿达如此盛赞别人，有些不服气，却又不知怎么回答，于是，她拉长声音"哦"了一声。从这一声里，细心的石黛便读出了绒绒的小心思，笑道："你九岁就进百工堂，已经很棒了。今年的学徒里你最小呢。"被看穿了想法，绒绒不好意思地把脸埋进了石黛的长发。

直来直去的阿达，还自顾自说着："榧比绒绒可要厉害多了！你们记得拜师仪式上的香不？就是她做的！"

见阿达这样钝，石黛突然想淘气一下，便轻声问绒绒："我们走快点儿好不好？"绒绒点点头。石黛到底是有七个弟弟妹妹的大姐姐，背起绒绒来毫不吃力，放开了脚步快跑，不一会儿就把阿达甩在了后面，而阿达浑然不觉，依旧慢悠悠走着："大家都说她今后一定会是草木系的百工长！"

阿达停下来，她又走神了。阿达的天赋在于她总能注意到一路上的风吹草动。这次她见到的是一只百工灵，泛着浅浅的光。

"这是……"阿达还没看清楚，这只百工灵便顺着微风旋到了天上。阿达跟着往天上看，一个大约一米直径的银球在树枝上挂着，摇摇晃晃。里面——

"里面有人！"这银球是个硕大的镂空香薰球，雕刻得相当精细，通体镂空，蛇纹遍布整个球面。两个半球之间，一侧勾连着链钩，另一侧是个活轴。阿达急忙找到了锁链的固定处，花了些力气，才打开了机关，见里面设着两层银质的同心圆，中间一个半圆形的金香盂，盂里有一个与她差不多年纪的少女，双手抱肩、缩着身子。

阿达担心地问道："你还好吗？有没有受伤？听得到我说话吗？"

那少女并不答话，见机关被打开了，也就顺势跳出来。

"太好了，你没事呀。"

少女点点头，转身便离开了。

如此冷淡，连声"谢"都没有？阿达踩到了一方手绢，她捡起来。手绢上写着"绯"。这是刚刚那个人的？她也是新学徒吗？

阿达抬头看那银球，见到链钩上的署名"子明"。

任性的西席

端午之后入学的新学徒，须得找到自己的百工灵，并与其合作，在中秋前通过入学试，才能真正从零级进入一级，否则有被退学的危险。要通过入学试，需学习三大课程。芽灵认识课便是第一堂。新学徒们来到一大片野地，前方是一天堑，下面是浩浩荡荡的河水，对面是重重叠叠的高山，远远能见到山顶晶莹的雪。

阿达紧赶慢赶，终于到了集合地点。忽然起了一阵疾风，带起一地的尘土。绒绒不自觉地抓住了阿达的手："这儿也是百工堂吗？怎么像在野地里一样？有点儿吓人……我们来这儿学什么？"石黛挽住了绒绒的肩。阿达的心思还在那被她救下的少女身上，小声推敲着："子明？绯？"

果然，当你念叨一个人时，那个人很可能会出现在你面前。

绯就在那悬崖前面，漫不经心地坐在一块大石旁。她果然也是新学徒。阿达正想去还她的手帕，这时听见有个声音在人群前头说："各位同学，请少安毋躁，西席很快就到。"

月白长衫的少年，一段发绾于头顶。阿达的注意力又被那人吸引了去，原来，真有长得这样美的少年，如此明亮而温柔。

"我是你们芽灵认识课的司学，百里玉琪。在这堂课上，西席会将诸位送至芽灵真正的生长处，学习其特性，方可与之羁绊愈深。"玉琪顿了一顿，环绕四周，"幸运者，可得自己的百工灵。"

四周响起一片期待的雀跃。

玉琪高声说："恭请暮蕊西席。"

此时一阵花瓣雨洒落于众人肩头。方才的喧闹，瞬间变安静了。一脉紫藤从深涧另一边破雾而出。新学徒们争着往彼岸看，却未见人，只有紫藤交织着，一环接一环，不一会儿便凭空织出了一座藤桥。一位美人，身着紫衣，从雾中而来，约素腰、削肩，丹唇皓齿，华衣昭昭，每一步行来，都生出新的女萝来，无限婀娜。

阿达看得入神，立时忘了身边的玉琪。

到了此岸，暮蕊只侧头看玉琪："你的玉冠好像歪了。"玉琪叹了口气道："有请暮蕊西席，遵照学章，开课。"暮蕊也不管眼前还有别人，搭上玉琪的手，依旧看着他头上的冠，很认真地说："真的，歪了。"说着，暮蕊肩上与她同样芳泽无加的百工灵，飞上玉琪的玉冠，用两根藤簪，帮他正了冠。

众人都还未回过神，只有绯站起来，催促道："快上课吧，都等着呢。"

暮蕊巧笑倩兮："学海无涯，此为起始。请各位随我去芽灵生发场吧。"

蕊之灵穿梭在云雾中，如一位仙人，接连几脉紫藤破雾而去，交织着，一环接一环，织出了几座并排的藤桥。这桥搭好后，雾渐渐散了，能看到那边有山有海，有峡谷有瀑布，有大树有荆棘。

玉琪发着地图："那边就是芽灵生发场，是学徒们采集原料的场所。每个派系的人，都可以在那里找到与自己有羁绊的芽灵。"

一群新学徒，踏上了藤桥。

暮蕊却往另一个方向去了："我昨夜睡晚了，今天要补眠。我帮你们都搭了桥了，修行就靠个人吧。"刚走了一步，又回头，"对了，有一句话你们听好——百工灵，可不是什么信手拈来之物。不至难处，不得要领。到了对岸——不管遇到什么艰难的情况，都不要来找我。"

阿达不敢相信自己的耳朵，居然有这么不负责任的西席？抱着一丝希望，阿达看向玉琪，没想到他鞠了一躬，跟着暮蕊转身离去。留下众学徒面面相觑。

阿达拉住石黛和绒绒的手："我们三个一会儿绝不能走散！看地图，往右拐能见到的各系芽灵最多。进了山我们就往右拐。"

刚走到对岸，迎面就是一阵狂风卷着黄沙，阿达一手拿着地图，一手挡着脑袋，奋力前行："风这么大！你们跟紧我啊！"

石黛在她身后大喊："往右走，右边！"

"对啊，右边！"阿达一边说着，一边往左边的岔道走过去了。

原来阿达左右不分！难怪总迷路。

石黛正要去拉阿达，但因为黄沙大风，绒绒没看见阿达，顶着风去了右边的岔路。风太大，两人都喊不住，石黛一跺脚，追着绒绒跑去了右边。

阿达仍旧一个人走着，完全不知道她们都去了另一个方向："你们跟紧了啊，咱们不能分开。"

一阵风来，没站稳，地图也飞走了。阿达拉着一棵老树站定了："绒绒、黛黛，你们还好吗？"

没人回答。

阿达这才发现身后无人。

风停了，在这轻轻哼一声都能听见回声的山谷里，只剩阿达一个人。

读贤街是一条热闹的街，每天早上被婴孩的哭声叫醒，每晚能听见隔壁爷爷奶奶吵架。丁点儿大的事情，立时三刻传遍整条街。阿达一直嫌那样人多心烦。但这一刻，一个人走了两个多钟头，便宁愿要那种心烦，知道了什么叫人气。因为有了人，乡间才成了田园，险滩才成了美景。原来到了真正无人处，会觉得这样寂寞，寂寞得让人心惊肉跳。迷路之时，又恰逢乌云盖顶，心情烦躁又急迫，哪里看得见明山净水，分明山压着、水漫着。满心都是被自然的力量逼迫着的那种张皇。

石黛和绒绒都在哪儿呢？她们还安全吗？阿达想。她好像在这一天，走完了一辈子的路。步子重了，腿也软了，被地上的藤蔓绊了一跤。

"这位西席怎么这么不负责任！还有那个玉琪！把我们扔下，自己就不见了。"阿达低头叹气。就在这个时候，她看见了两株刚钻出地面的小树。其实那么弱小的幼苗，还不能称为树。那滴得出水的嫩绿上面浮着个纤细如丝的芽灵，在这风急草动的野地里，摇摇欲坠。

阿达忘了自己的无措，眼里只有这个芽灵，为它着急。怎么办呢？眼看就要下雨了。

"阿达——"远处传来石黛的声音。

阿达跳起来喊："我在这里！"

跟着石黛和绒绒一起走来的，还有绯。

"你不就是刚才那个女孩？"阿达惊讶，"你们怎么会在一起？"

绒绒解释："这是绯姐姐，我们刚刚遇见的。阿达姐姐，你也认识绯姐姐吗？"

"我们……"

"不认识。"

阿达刚想说故事，被绯冷冷打断。阿达想了想，估计她是不想被人知道自己受欺负的事情。

石黛笑着对阿达说："我还是第一次知道你不分左右。我们说好往右走，你喊着'右边'，结果往左跑了。"

"暮蕊西席也太不负责了，把我们丢在这儿就什么都不管了！"阿达抱怨。

绯叹气，接着这话说："她从来就是这么任性的。"

所以绯不是第一次见暮蕊西席吗？阿达想。

这时绒绒忍不住献宝："阿达姐姐，给你看个东西。"她从怀中取出一根羽毛，极其红艳，根部有一小圈火焰，翎梢却是似星非星的蓝。

"这……这是朱雀翎？！"

绒绒见阿达认了出来，更加兴奋："对！朱雀十分爱惜自己的羽毛，这个可是很难遇上的！还有，你瞧这个！"此时，从她的肩膀后钻出半个好奇的小脑袋，笑得张扬骄傲。绒绒将其一把抱住："哟呼，我有自己的百工灵了！"

原来当阿达一个人忧天忧地的时候，在山的另一边，绒绒见到了一只从窝里掉出来的小鸟，她想救了鸟放回窝里，却不敢爬树。石黛原本想代劳，被绯拦住了。"如果这是她想做的事情，还是让她自己做的好。"绯这样说，却不厌其烦地教绒绒爬树。终于送小雏鸟回了窝。原来鸟巢破了，雏鸟就是从这洞里掉下去的。绒绒趴在树干上，努力不去看底下。绯在下面指导，绒绒细心地用树枝填上了那个洞，并将鸟妈妈留下的残余的细羽铺设整齐，为小雏鸟新建了一个舒适的家，这才战战兢兢顺着树干滑下来。刚落地，天上落下一根朱雀翎，绒绒的百工灵便出现在了这根神翎之上。

"等成为特殊系百工长的那天，我要将这根朱雀翎戴在头上！"

石黛在一旁笑得勉强。阿达凑近石黛问："你还是什么芽灵都看不见吗？"石黛点头，少许失落，回答却很平静："慢慢来。"

阿达关心了石黛，方才转过身来，捏了捏绒绒的百工灵，话里满是羡慕："听说只要成功地指挥芽灵做出作品，就能唤醒自己的百工灵了。好想早点儿有一只啊。"

"放心，等你有了这个，赶也赶不走她。"绯之灵露出半个头来，宝石般的眼睛眨巴眨巴。

"为什么要赶走呢？百工灵会是我一辈子的朋友。"绒绒一心沉浸在喜悦里。

"谢谢你帮了绒绒。"阿达掏出一直放在口袋里的丝帕，"这是你的丝帕吗？还你。"

绯接过来，浅笑欠身还礼："谢谢。"

石黛站起来，伸出手探了探："好像要下雨了。"

风雨中的试炼

山雨欲来风满楼。

狂风中树枝猛烈地摆荡，从树干到树梢，飘摇和颤动，好像永无止息。阿达依稀看见树梢上闪动着绿色的芽灵，被风拽着，消失在空中，大树仿佛要被连根拔起。

石黛紧紧抱着闭着眼睛的绒绒，两人在一方巨石底下坐着，试图躲避风暴的侵袭。绯躺在一旁，好像睡着了。

阿达跑过去抱住老树，好像这样做，它就不会被风吹走了。绯半闭着眼，叹了口气："你以为一棵百年老树需要你的帮忙吗？"

阿达停下了："可是你看……"

绯站起来，指着她眼前："别看树枝，看地上。"

是的，如果只看树根，会以为这场暴风并不存在。褐色的芽灵稳稳压住根部，牵着枝叶，拉住那些深绿的同伴，无论它们如何扭转，最终还是被束缚住。

阿达恍然："先墟古书上说的'狂风不动树'，原来是这个样子呀。"

"我们能看到的，是地面上的树干和枝叶，我们以为那是树的大半了，但对于树来说，只是它很小很小的一部分，它的根在地下绵延不绝。树之间也会对话，只是我们听不见而已。如果有一棵树病了，方圆几里，很多树都会生出抵抗那病的汁液来。那是它们在彼此照顾。"

阿达看着这个比自己还小几岁的女孩，喃喃重复着她的话："彼此照顾呀。"

风弱了些，雨开始下。

"那我们要不要救它们？"阿达看向老藤底下，那两棵刚冒出头的幼苗，嫩绿得纤弱，被雨一点点打进泥里。

"随便你。"绯只丢下这句话。

绒绒听着风雨声，数着："一棵树、两棵树、三棵树……"但数到四百五十六棵树时，风还在刮，雨还在下。阿达已经独自离开好一会儿了。

绯翻身坐起来，石黛也在看着同样的方向："这么大雨，她去了哪儿？"绯叹了口气："你们别动，我去看看。"话音刚落，不远处现出了阿达的影子，扛着两根竹子在肩上。

大家都放了心。阿达扛着竹子，跑得上气不接下气："快来帮帮我！"

石黛和绒绒都跑上前，绯仍旧没动，她想看看这个女孩到底想干什么。

阿达双手合十，念念有声："上神有灵，百工……有心……嗯，什么来着……竹芽灵们，帮帮忙吧。帮我修个能为嫩芽遮风挡雨的小房子来吧。"她的脸上露出了一丝紧张和期待，眼睛紧紧盯着地上的竹竿，希望芽灵们能够听到她的呼唤。

竹叶微微颤动，发出沙沙的声音，竹芽灵们闪着微光，不知是不是听到了阿达的呼唤。然而，竹竿并未按照阿达的预期竖立起来，形成一个完美的小竹房子。阿达有些失望，但并未气馁。创造作品哪里会那么简单呢？她努力回想剩下的半句法诀，但怎么也记不起来了，这个小房子长什么样她也没想出来，看来这样是无法做出作品来的。石黛在她身旁蹲着，护着那嫩芽：“要是能帮你就好了。可是我什么芽灵也看不到，只有一双手。”

阿达灵机一动：“对呀，那我们自己动手好了！”

在竹林里住惯了的阿达随身带着把小巧的竹刀，与石黛一起劈起竹子来。

绯的口袋动了一下，一只小人儿样的百工灵探出头来。绯习惯性地想把灵压回口袋，但这次绯之灵抢先飞了出来，绕着飞了好几圈，绯都抓不住她。绯之灵顺着绯的裙边爬到她的肩上，坐在她的脸颊旁，蹭了蹭她的鬓角，与十年前一样，惹得她笑了。

她从十年前的榧，变成了今天的绯，换了名字，离开了草木系，却始终没能看见特殊系的芽灵。会不会是因为草木系的禀赋太过强大？于是只能压抑着自己不再做草木系的作品。连带着绯之灵也已经很久没有变成小人儿的模样了。如今再见到，绯的心柔软起来。看着绯之灵期待的眼神，绯叹了一口气：“那么想帮她们吗？”

阿达和石黛还在为劈竹篾而挣扎。风雨里两人好不容易劈出了几根歪歪扭扭的竹棒。但太厚了，根本弯不了。石黛将竹棒插在幼苗旁边，但没插住，反而倒下去，压住了苗，阿达赶紧扶起竹棒，眼见着那纤弱一点儿一点儿消散。

突然，地上的竹子动了动，更多的竹子飞了来，竹芽灵们围着竹子开始飞舞。绯，或者是榧，站在竹子汇聚的中心，绯之灵停在半空中。

“上神有灵，百工有心。曲成万物，协创此形。”绯的声音很轻但坚定。

人与灵，如同指挥着一场音乐会，而竹芽灵的光芒随着这指挥舞蹈。舞袖时，竹篾被劈开了；进退间，竹篾一道压着一道；又一阵旋转，地上的落叶相合成纸。两柄伞成，如星散落。伞面上几株兰花恬静地依偎在一起，花苞犹如害羞的少女，微微低着头。清新的绿叶在白皙的伞面上若隐若现，是一幅淡雅的水彩。

阿达、石黛与绒绒看得都呆住了，直到绯打着伞来到幼苗面前，才手忙脚乱地帮忙。

阿达问："那就是召唤百工灵的正确法诀吗？我刚才没想起来。'协创此形'的意思，是说与百工灵一起努力创造？"

"不只是百工灵，还有芽灵和其他百工族，创造从来都不是一个人无中生有。"绯回答。

幼苗安静地立在伞下，绯之灵轻轻摸着那纤弱的嫩绿，芽灵恢复了生机，淡淡地散着珍珠般的光。

阿达道："我们与这两棵幼苗，还真有缘分呢。"

人生于世，众生相连，你我皆在相互寻觅之中；若有幸，必能遇见彼此，共同跨越漫长的曲折。

与芽灵如是，与百工灵如是，与朋友如是，与亲人大约亦如是。

"姐姐们快来这里坐。"三人闻声望去，绒绒已经用朱雀翎生了火。在这样的雨夜里，火焰上下跳动，如一朵莲花。阿达和石黛先跑了去。绯将手伸向自己的灵，绯之灵却一直抚着那奄奄一息的幼苗。绯犹豫了一下，没有将百工灵唤回。

绯撑开另一柄伞。另外三人相视笑了笑，往打着伞的绯身边挤着，笑成一团。绯也笑了。

四人蜷在一起，坐在火堆旁，好像忘了她们在野地里，忘了她们刚刚经历的那场暴风雨。

"你刚才做伞是几级技能？那么厉害！"

"十级。"

"哟呼，绯姐姐，你已经有十级了？难怪你的百工灵都已经是高级形态了。"

"你难道就是那个传说中的草木系天才？！"阿达如梦初醒。

绯默认了。

阿达的问题一股脑儿倒了出来："你为什么和新学徒一起上课呀？你为什么之前会被吊在那里？你……"

"阿达姐姐，你太吵了，先让绯姐姐回答啊！"绒绒责怪道。

"等等等等，我再问一个问题，这伞太漂亮了！能送我吗？"

"凭什么？"绯假装板着脸。

"当然因为我们是朋友啦！"阿达回答得干脆利落。

笑声，一直传到乌云上。那里，没有风雨，月明星亮。

雨后清晨，山岚乍起，晴空之上，掠过朱雀鲜红的影子，宛若朝霞。

绯去查看昨晚几人保护的那两株幼苗，清晨的阳光洒在它们身上，它们竟然长出了好些新叶片。芽灵们在叶子上欢快地跳跃着，宛若重生，又如成长。绯端详着那两株幼苗，发现叶片之间，有一只白色的冰蚕宝宝安卧其中。它的身体如同水晶般晶莹剔透，熠熠生辉。

"这原来，是桑树苗吗？"正说话间，一缕几乎看不见的白丝出现了，在阳光下，点着晶亮。丝芽灵们犹如纯洁无瑕的精灵，轻盈地在空中飘舞，阳光穿过它们轻薄如纱的身体，散发出迷人的光环。绯欣喜若狂："我终于能看见丝芽灵了！"绯之灵跳上了绯的肩膀，露出了与她一模一样的笑容。

阿达正在收拾昨晚剩下的一些竹棒，瞥见上面睡着一只小小的百工灵，阿达蓦然有种说不上的熟悉感：像是偶遇一个认识了一辈子又分开了很久很久的朋友，终于重逢了；又像是面前放了一面镜子，镜子里是阿达还未曾认识的另一个自己，在舒缓悠长的清风里，萌芽长大。那是属于阿达的百工灵。

女孩们笑着搂在一起庆祝这一晚的收获。唯独石黛轻轻低下了头，悄悄走至悬崖间。阿达收起了自己的激动，走到石黛身边，看见初升的太阳。

"在先墟古人的故事里，东边有棵万丈之高的树，太阳就住在树上，所以我总觉得日光里有种子，每天都是新生。"阿达半仰着头，深深吸一口气，好像要把阳光都装进自己的身体里。石黛也学着阿达的样子，果然，有种温暖在心底生发。

"那……是海吗？"石黛指着天边现出的蓝色地平线，隐约有白浪的曲线。

"那应该就是先墟所在的海了。"

石黛道："原来先墟在海底。"

玉堂花院里，暮蕊坐在花香水影中，正在摆弄着算筹。

玉琪在她身后问："看一晚上了，是见了有趣的事，还是有趣的人？"

"这些孩子，出乎意料啊。"

"为何要选在这种恶劣的天气里上课？"

"百工族承蒙自然恩惠才能拥有力量，得让他们记住，我们不是主宰，芽灵从来都是自己的主人。"

玉琪顿了顿，说："今年你格外用心。"

那是自然的。有两位暮蕊感兴趣的学徒。一个是绯，百工堂中的叛逆者，离开草木系后三年无所成，却并未被退学；另一个便是石黛了，一个根本不是百工族的人，不知佑山长留她下来，究竟有何目的。

玉琪问道："接下来呢？"两人相视一笑。暮蕊说："还是得辛苦你了。"

院子外面，鸟儿鸣唱在繁华间，日初升。

阿达的百工小课：藤编与竹编

暮蕊西席最擅长的是藤编。用作藤编的藤条，要柔软坚韧、弹性好，特产于温暖湿润的热带雨林，比如我国云南腾冲。编织时用枝条做骨架，藤皮或藤芯编织平面。藤编可以制作各种家具和生活日用器皿。

而阿达首次尝试的竹编，正式制作时不能像她一样直接弯曲嫩竹，而要将竹子经过切丝、刮纹、打光、劈细等工序，制作成平整匀称的竹篾，再进行编织，编织技法和藤编类似。竹编技艺曾流行于各个盛产竹子的地方，如我国的浙江、福建、上海、四川、湖南等。竹编和藤编制品都曾是我们日常生活必不可少的一部分。

阿达的百工小课：制伞工艺

相传最早的伞是由春秋时期的鲁班和他的妻子云氏共同创造的。汉代之前的伞大都以羽毛、丝帛等原料制作而成，除了达官显贵，普通人用不起也不能用。汉代以后，因造纸工艺成熟，出现了以竹子为骨架、用纸制作伞面的油纸伞。于是平民百姓也可以有遮风挡雨的工具了。

制伞要经过九十多道工艺，集合了篾匠、印制、裱纸、油漆等各项工艺。即使是经验丰富的老师傅，做一把伞也需要半个月，太阳太大或阴雨绵绵都会影响到伞骨的成型和纸面的平整。一把能够遮风挡雨的油纸伞承载了人们对美好生活的向往。伞骨为竹，竹报平安，寓意节节高升。伞形为圆，寓意美满、团圆、平安。一把合格的油纸伞可是能挡住五级大风，一家人用一辈子都不坏的哟。

03

禀赋

BAIGONGLING

玉琪的礼物

对于一个总是迷路的人来说，有四个选择：一是不再出门；二是有人领路方才出门；三是出门必带地图；四是无所畏惧，迷着迷着便不迷了。

阿达是第四类人。她不会因为容易迷路，就把自己圈在安全区里。相反，她在几周的时间里，去了大多数新学徒没去过的地方。不知从何时起，她便从"小迷糊"变成了"活地图"。新学徒们记不得地方的，总会来问她，她也不厌其烦。

这天，石黛来问她："阿达，我想去天生社，怎么走？"阿达领她到了码头，又撑船送她去了东岛。回来的摆渡舟上，便只有阿达一个，以及她的百工灵。

得到了百工灵之后，阿达才知道，原来在入学试之前，初阶百工灵还要经过安憩、唤醒、磨合、无间这么长的过程，直到与主人一同做出被百工坛认可的作品，才能升为二阶，变为一个小人儿的模样。每只初阶的百工灵，都只是小小的团子，一天十二个时辰，他们要睡足十个，新学徒们就在百工灵好不容易醒着的两个时辰里，训练他们的能力。

舟上一人一灵，水天一色之间只闻击桨声，这样美啊——但达之灵的呼噜毁了一切。她在船的另一头，震天响的呼噜声借着水传出去，连岸上走着的人都在往这儿瞧。阿达窘得想钻到湖底不出来了。不一会儿，达之灵翻了个身，呼噜声停了。阿达却又担心她出了什么问题，迟疑了一会儿，猫着腰，轻手轻脚凑上去察看。是只很可爱的百工灵啊，阿达想，粉嫩粉嫩的新生，梦里伸个懒腰，却是想撑又撑不长的徒劳。阿达有种从未有过的心悸，在最深处挠着痒痒。

阿达屏气凝神划着桨，连击桨的声音都不敢大，生怕吵醒了达之灵。到了岸边，阿达发愁，是坐在这里等她醒呢，还是把她放回肩上继续睡呢？

"别醒啊，千万别醒啊。"阿达对着达之灵祈祷。

"别人都盼着自己的百工灵能少睡点儿，为什么你会祈祷她不要醒？"

"我没有。"阿达直觉先反驳，再回头看，问话的是在岸边等船的玉琪。

船载着阿达和玉琪再次行在了湖中央。

阿达这么个一张口就停不住的人，在行船的时候，一直没说话，半低着头，只敢在玉琪转头看风景的时候，偷偷看他被波光映亮的侧脸。虽然被玉琪和暮蕊扔在了芽灵生发场，那份不服气还没消散，但阿达面对这位俊美的司学还是忍不住赞叹，玉琪的眼睛，碧色如玉，若清寒早春残雪里的几点草色，真好看呀。

阿达喜欢玉琪，就像百工堂里大部分女孩子一样，平日里时常把他挂在嘴上，可到了人面前，却是头都不敢抬。玉琪仿佛在壁画上，总觉得不属于真实世界。

壁画里的玉琪开口说："谢谢你愿意载我一段，我划船不太好，好几次都翻进湖里。你刚才是从哪里回来的？"

阿达回过神来，慌忙答道："送石黛去艺能社。"

玉琪追问："你那位朋友，听说是位看不到芽灵的新学徒？如此说来，她并非百工族？"

阿达此时第一次抬头正视玉琪的眼睛，坚定答道："她会看到的。"

"你为何会这样笃定？"

"我……"

就在此时，达之灵开始打呼噜了。阿达手忙脚乱去捂她的嘴，达之灵骨碌碌顺着她的胳膊滑下来，在船舷上弹了一下，眼看就要掉进水里，被琪之灵托住了，放回到阿达手上。

达之灵被吓醒了，阿达也被惊着了。一灵一人对着看，大眼睁着，小嘴张着，一模一样的表情，动也不敢动。

玉琪司学教导："百工灵是个能量场，掉进水里并不会受伤，但会受惊，如果以后怕水就麻烦了。当她还处于安憩的阶段时，不能飘也做不了什么事，更像是个婴儿，需要用心照顾。"

阿达道谢，微微欠了欠身，还不敢动作太大，怕再次惊了百工灵。照着玉琪的嘱咐，小心翼翼将灵装回口袋里，这才舒了一口气。经过这个意外，她累得要虚脱。玉琪没催她继续划船。一翻手，从袖袋中抽出一块掌心大小的玉料，举在空中，仰着头，看着那块玉。

阿达想问，又没敢问。玉琪看穿了她的心思，笑着招呼她往前一步，来自己身边坐。于是阿达放好桨，慢慢挪到玉琪身边，抬头看向那块玉，惊呼："原来一块玉是有不同颜色的？"

"不错，白、墨、紫、黄、红……都能在一块玉上。颜色单一均匀的当然好，但这种边角料的玉石，看似废料，最后成为的作品，却往往会有意外的趣味。"

"不是你雕出什么就是什么吗？"

"当然不是。每块玉都有自己的命运。"

小舟停在湖面，水色天光相连，这一片不规则五边形的玉在其中，似滴露玲珑，但底部泛黄，越往上越透明，透明处又有些细细的裂纹，远谈不上无瑕。

玉琪看了看阿达睡着的百工灵，突然笑了："这块玉，我一直不知道它应该是什么样子，不过我现在知道了。"

阿达依旧一头雾水，玉琪已于天水之间站定，念叨："上神有灵，百工有心。曲成万物，协创此形。"念的时候，玉石飘浮到了半空中；在玉琪眼中，晶莹剔透的玉芽灵浮出来，令这块玉更加熠熠生辉。

玉琪手指隔空点着画着，他的百工灵也跟着上上下下。每过一会儿，便将玉料浸入水中，再拿出来对着太阳。

阿达凑过去看，看不出什么变化来。

"玉要琢磨，点滴方可成型。这里光正好，又近水，正是磨玉的好地方。但这一步特别慢。你如果着急离开，可以去岸边先走。"

阿达摇头："但你不会划船呀。我今天没什么事儿，你不用担心。"

如果真的没事儿就好了。其实新学徒忙得很，要为师兄师姐们打下手，还要打扫屋舍。但阿达宁愿把其他事情先放下。尽管看不出什么门道，可她很喜欢看玉琪雕琢复雕琢的样子，也很喜欢玉琪与琪之灵合作无间的样子，还喜欢看他专心无他的样子。

什么时候，我也能像他一样呢？阿达想。

看着看着，阿达睡去了，再醒来，看见玉琪疲惫但满足的笑容。

"做好了吗？"

玉琪点头，递过来给她，阿达双手接住。

雕的居然是达之灵！那黄色与透明都恰到好处勾出了达之灵的轮廓，她睡着时候的眼睛和微笑的嘴角，因为那些细细的裂纹而有了生动的气息。在不同角度的明亮里，闪着不一样的光。

"太美了。"

"那就收着吧。"玉琪像是不经意地说。

阿达自然十分惊喜，却不敢立刻就收下，直到玉琪靠近，合上了她的手心。玉琪的手指比玉凉，她不由得屏住了呼吸。

"我很幸运，第一次见的便是玉芽灵。"玉琪说，"这么多年，也明白了每样玉器都有自己的主人。"

阿达一面摩挲着玉，一面问："原来是要随着玉本身的样子来做的……这样算不算对创作的约束？"

玉琪笑答："是约束，也是必须。'三分人工，七分天成'，暮蕊西席的教诲还记得吗？"

听到暮蕊西席的名字，阿达有点儿气恼地撇了撇嘴。听说玉琪和这暮蕊西席好像关系很好，那就不好在他面前表达不满了，只好说："这么说来，人也一样，必须跟着自己的禀赋走。"

玉琪赞她："你有些慧根，这么快便明白了。"

阿达摇头："可是禀赋这东西，明明是自己的，但又不归自己管，喜欢的却不一定是擅长的。"说这句话的时候，她想到了绯，"常常感觉，我是在被禀赋牵着走，好像没有自己做主的余地。"她又想到了自己的百工灵，摸了摸口袋："禀赋，不会束缚我们吗？"

"禀赋，会束缚我们吗？"玉琪反问道，像是回答阿达，又像在思考。

两人这一问一答间，小舟摇近了岸。

玉琪问阿达："你的朋友去的是哪个艺能社？"

"听说是天生社。"

"那可巧了，我也是去那里。要不要一起？"

天生社的碰面

艺能是三大课程之外学徒必修的社团课程，百工堂教导，"思""学""做"三位一体。在艺能社里，来自不同派系的学徒之间，互相切磋与讨论同一种主题的作品，这样的主题有时是高等的手艺，譬如制瓷；有时是有趣的项目，比如"蓝社"便是专注做不同的蓝色作品。社首必定是资优的学徒。至于进哪个社，是学徒自己与艺能社双向选择。

阿达随着玉琪进了一个小院，四周翠竹围着，留出一个开口，便是门。门口一条布帘用竹竿挑了，上书三字"天生社"。进去走上一条点着青苔的白石径，不久便见到一棵巨大的古松，如腾龙直上青云。树的四周，是一圈屋子，以镂空梅花窗相隔。来自不同派系的人在这里做着同一件事——雕刻。

阿达暗暗念叨："既然是雕刻，便一定是人为的了，为什么取名'天生'呢？是刚才玉琪提到的'三分人工，七分天成'的意思吗？"

玉琪问她："有没有兴趣参加？"

"我还是新学徒，并不熟悉怎么驾驭百工灵，就能参加了吗？"

玉琪指了指巨松下的一群人道："他们也都是。"

阿达心惊，原来想入社的有这么多人，一眼看去，石黛就站在人群里。

石黛正端详着一个手掌大小的盒子发愣。听到阿达呼喊，惊慌地迅速将盒子收进口袋。阿达跑去问她天生社的事情。石黛告知阿达，玉琪便是天生社的社首。

原来玉琪所在的百里家在土石系中很有清誉，这一代的两位公子都年少有为。这专注雕刻的天生社，因为用途广泛，向来很受学徒们的追捧。据传玉琪入社三年便被选为社首，因为他擅长玉雕。虽然土石系的学徒众多，但并不是所有人都能看见玉芽灵。在玉琪来之前，百工堂已经有七年没有以玉为禀赋的人了。物以稀为贵，人亦如此。

"你又是为什么要来天生社呢？"阿达问。

"我昨天上午去天一阁借书，阁中的涂坦爷爷……"

阿达惊讶："涂坦爷爷！原来他在天一阁？"

"你认识他？"

"对，他是我祖父的好朋友，也是从读贤街来的，不过那是好久之前的事了。他也是西席吗？"

石黛摇头："我开始也误会了，涂爷爷说他只是学徒，只有三级，奉佑山长之命，做了天一阁的管理员。"

"二十年只到三级？"阿达仿佛窥见了自己的命运。

"自从我进百工堂以来，涂坦爷爷是第一个说认识石墨的人。"

石黛眼眶泛红。

阿达舒了一大口气："太好了！有线索了！"

石黛拿出一个号码签："还得看运气。这么多的人，都是想入社的，为了公平，会抽签决定入社人选。"

阿达从石黛手中接过号码签来看，二百三十一号！而每年仅收五人。

阿达立刻捧签拜求："上神有灵，百工有心，请给石黛上上签！"正祈祷着，这签被人从背后抽走了，阿达急得跳起来："还给我！"回头一看，居然是石岐。

石岐没想到在这里又碰见了阿达，一眼便认出是自己之前在百工堂外捡回来的新学徒。听到阿达的抗议，他没说什么，将签扔回到阿达手里，向松下走去。

阿达接住签，对着石岐的背影做了个鬼脸。

石黛好奇："你什么时候认识他的？这就是玉琪的双胞胎弟弟石岐呀！"

千里之外都能听见阿达夸张的喊叫声："他与玉琪是双胞胎？"

整个天生社的目光都集中在了阿达身上，天地一瞬间很安静。

远远站着的两个当事人同时回答："是啊，有问题吗？"

怎么可能！一个白，一个黑；一个柔，一个刚。外表看来气质完全不同的两个人，真的有可能是双胞胎吗？

抽签仪式开始了，主持人是石岐。他抽完三个号，下一个——"二百三十一号。"石岐大声宣布，转而轻哼，"算你走运。"

阿达激动得抱着石黛又跳又叫："是你是你！抽中了！"

石岐愣住了："不是……你吗？"

玉琪笑着问："是石黛？"

阿达笑着点头。

石岐扬起倨傲的下巴："对不起，天生社只接受百工族。"

石黛呆立在那里，仿佛被冰封住了。

众人议论纷纷，唯有阿达打抱不平道："可是抽到她了！"

石岐没有理会阿达，走到石黛面前："你没有百工灵，也看不见芽灵，来天生社，只会浪费了名额。"

阿达要替她反驳，石黛反而劝她："没关系的，这个号，就送你吧，就当你抽中了。"

"该是谁的就是谁的，不能这样欺负人……"

"既然如此，那就算阿达入社了吧。"此时，玉琪从抽签处走来，打断了阿达的话。

阿达委屈："连你也这样……"

玉琪接着说："不过，社首每两年可以特邀一人入社，不必抽选。今年，我就选石黛。"

阿达欢喜得一跃而起："石黛是被社首特邀入社的，看谁还敢说不行！"

阿达这话自然是对着石岐说的，石岐没有回她，却笑玉琪："摆什么社首的架子，不过是靠着玉芽灵撑腰！要是论手艺，这里随便挑一个人出来，都能比他强。"

阿达于是又为玉琪仗义执言："才不是！三分人工，七分天成，总要看原料……"

石岐打断了阿达："要我说，三分天成，七分人工！能将到处都是的黏土和沙石变成艺术品，那才是本事。"

阿达要与他争辩，却不知怎么回驳，他这话说得似乎也有几分道理。

玉琪说："凡事因材而为，芽灵无贵贱，手艺有高低，是否为精品也不是由你说了算的。"

石岐挑衅："那便由说了算的来评判。你我各出一个作品，十五日后，百工坛，见高低！"

玉琪点头应战。

众人闻言，似乎已经见怪不怪：百里家双胞胎的第一百三十四次比试开始了……

未完成的对决

月上柳梢的时候，天生社离门最远的一间房里，石岐还在那里坐着。

他袖子挽着、头发束着，聚精会神地在一块砖上工作着。只见他绘了一张少女采莲图，蒙在一块青砖之上，用手指带着岐之灵沿着那线条游走，到了最后一条线的收尾，岐之灵轻轻吹，纸碎了，四散飘远，于是见到青砖上的画稿。一层浅浅嫩灰的芽灵，簇簇于画稿之上。石岐深吸一口气，带动百工灵，若疾风般向那嫩灰削去——这时窗外飘过一个影子，石岐的百工灵突然一抖，跳到石岐肩上，瑟瑟地躲在他的耳后。

石岐暗道不好："有猫？！"

猫是百工灵的天敌，倒不是因为猫会伤害他们。百工灵的恐惧源于还是初阶时来自猫的侮辱。对猫来说，这些飞在四处的小团子，是绝好的玩伴，可团子们忘不了被猫爪拍过来又打过去的欺凌。

所以说，猫，是百工堂大忌。

石岐奔出门外，哪里是猫——阿达骑在一根竹子上，上下晃啊晃："上神有灵，百工有心，帮我削点儿竹篾子吧。"

最不能分心的时候，偏偏她来了。

石岐恼得顺手一颗石子打到阿达骑着的竹子上，竹子一弹，阿达没抓稳，跌到了地上。

再回到工作间，青砖上那一段线条，都坏了。石岐和岐之灵同时叹了一口气。再次端坐，双手放在膝盖上，岐之灵屏气凝神，重新开始。

"依依似君子，无地不相宜。"[1] 阿达将古诗唱成了五音不全的曲子，飘进石岐的耳朵，扰乱了他的心神，芽灵们随着四处飞散，青砖裂开，百工灵坐在裂缝里，泄了气。

石岐瘫倒在地上，阿达来了，俯身看他，影子罩着他的脸。

石岐控诉："你是不是存心和我作对！"

"谁叫你欺负石黛！"

"实话实说叫欺负？我是为了她好！表面看她是进了天生社，但大家一起练习百工灵凝神的时候，她能做什么？大家一起训练百工灵、召唤芽灵的力度、力求雕刻精准的时候，她怎么办？你觉得大家会不会笑话她？她会有什么感觉？"

"黛黛……好难……"阿达这才意识到自己的打抱不平原来如此幼稚。

"我现在都后悔带你来百工堂了，真是好人不能做。"

"没有你带我也找得到！"阿达嘴上不能输，心里为误会了

---

1 出自唐代诗人刘禹锡的《庭竹》，形容竹子如君子一般，没有什么环境不能适应。

石岐感到一些歉意，"送你个礼物，跟我来！"

一轮明月照映下，湖边湿地里，芽灵活跃蹦跳着。

"有谁会在大半夜放风筝？"

"我们啊。"

石岐与阿达在湖边，融光渺渺之间，飘飘荡荡、跌跌撞撞着一只最简单的菱形风筝。

"这就是你给我的礼物？"

"不不不，风筝是我的，我好不容易才做好的！"

"看出来了，谁做的能比这个更粗糙？"

"你还做不了呢！快来，我送你的礼物是这'和风霁月好时光'，不能都浪费在工作上。"

"难道你要我来放风筝？"石岐不屑，"这风筝线是棉的，骨架是竹子的，纸是薇草做的，你一个草木系的，还要我搞土的帮着放风筝，丢不丢人？"

"谁说要你帮了？"阿达毫不示弱。

风筝上了天，阿达坐在草地上，石岐站着，紧张地收着线，把握着方向——他还是放起了风筝。阿达觉得石岐放个风筝都全身紧绷，于是伸手一拉，石岐跌坐在她身边的草上，马上跳起来："湿的！"

阿达悠闲地吸着花露："这叫'更深露重'，凌晨的草地上，可不就是湿的吗？"

"那你还坐？"

"因为石头更凉。"这回答好像强词夺理，又好像顺理成章。

石岐只好坐下，但仍旧紧张地拉着手上的风筝线，时不时就想站起来拽一拽，被阿达叫住："坐着别动。"

"不管的话，风筝要掉。"

阿达极有信心："不会。"

果然不会，石岐这才发现阿达小小的还在初阶的百工灵，在棉绳底下吊着，不费力气便能掌控得很好。石岐有点儿意外，阿达却还不满意："我这只灵啊，要是雕刻也能像玩风筝这么好，我早就过了入学试了。"

"灵随主人。"石岐知道阿达在瞪着自己，得意扬扬地笑了。

阿达靠在树上，嘴里衔根草，仰头望着风筝一直攀到月上去。达之灵在线上站着，打了个哈欠躺下来，好像在吊床里一样悠然。

"每天只醒四个钟头的百工灵，用来放风筝，暴殄天物。"

阿达回嘴："你和玉琪是百工龙凤，我只是个普通人。"

"只要有心，普通的沙土，也能比过稀有的玉材。禀赋，只是起始，并非高度。"

"为什么要执着于比较呢？沙土有沙土的变化，玉有玉的制约，我玩竹子也很快乐，本来就不用比。"

石岐轻声重复着阿达的话："本来就不用比？"

天上飘过一片云，半遮了月，蛙声处处，流萤在水面上照着影子。

当他俩回到天生社的时候，初日正映着朝露。

阿达跑到了巨松下："那是什么？"

石岐跟着过去看，是十余块青砖，嫩灰中微微渗出苍蓝，用手叩了叩，果然丁零当啷，有金石之声。

"从不知道砖也可以这样美。"阿达赞叹。

"我炼制的砖，孔洞太多，容易碎裂。而这砖……"石岐心里现出玉琪的影子，没来由地一阵恼：玉琪尽做这种多余的事情。

虽然这样想，他还是小心翼翼地将青石砖捧进了屋内。

阿达在他身后，有些计谋得逞了的得意。昨天，玉琪来找她帮忙，请她晚上把石岐引走，因为想送他青砖。阿达不懂，玉琪耐心解释："砖雕必须用水磨青砖，而水磨青砖的原料必须精选没有一丁点儿沙粒的泥土。石岐每次要跟我比试的时候，都会心浮气躁，这次他的砖不到三日便出窑了，一定不好。所以……"

"所以你才不惜牺牲了自己的时间帮他做？"阿达眼前的玉琪，不再是遥不可及的偶像，而是某人的哥哥，"原来你可以做其他的土石材料？"

"平时没有练习，我做得也不好。"

"可是，为什么要找我帮忙？你们在百工堂那么久了，一定有更熟悉你们的朋友吧？"

"认识的人是不少，可说交心……如果擅长的话，我们的关系也不会到今天这样。"玉琪沉思了一会儿，"以及，我认为，如果你叫他，他会跟你走，其他人未必可以。"

"为什么？"

玉琪玩味地看着阿达的天真茫然。当石岐听说二百三十一号并不是阿达的时候，他语气里透露出的失望；当阿达跳着感谢玉琪的时候，石岐隐隐压着的怒气……别人或许没在意，但玉琪这个双胞胎哥哥立刻发觉了。尽管不知道为什么，可石岐对阿达另眼相看是不争的事实——至于这个事实石岐自己有没有意识到，那就是另外一个问题了。

"双胞胎的直觉吧。"玉琪笑着说，说完就要走了，"啊，还有——之前我说得不对。并非我禀赋如此，没有选择，而是我选择了做玉。"

"什么？"阿达还没回过神来。

玉琪语气郑重："你问，禀赋是否约束了我。我想过了，答案是没有。如果没有百工灵，我这一生，不知是否有意义、有动力。身为百工族人，与其说要顺从于禀赋为我限定的道路，不如说，我在用自己的力量，找到属于百工灵的自由。"

"灵随主人，她自由，便是我自由。"此刻，阿达望着屋中在一遍又一遍地尝试着的石岐，喃喃对自己说道。

正在阿达肩上睡着的百工灵，微微睁开了眼。

十五天后——

阿达到了月过中天才摸回了宿舍，到石黛旁边躺下，打了个哈欠："白玉台上好冷啊！今天石岐竟然没去百工坛跟玉琪比试。害得我们等了那么久。他是不是悟到了玉琪对他的苦心，不好意思了？可他不太像那么会反省的人啊。对了对了！我今天第一次知道，原来百工坛会收走提交的作品，那会送到哪儿去啊？好奇怪呀！难道石岐舍不得作品，所以没来？哎，不管怎么说，玉琪赢了，你可以进天生社了！但是听说进了天生社以后，可能会更难。石黛？"

阿达说了许多，石黛并没有回话，许是已经睡着了。阿达帮石黛掖了掖被子："如果这是你想要做的……可别忘了你还有我，如果有人欺负你，我就帮你！"阿达说了这样的大话，感觉很爽快，笑着进入了梦乡。

睡着的石黛，手里仍旧拿着那个在天生社里找到的黑色盒子，手指拂过底下刻着的签名。

阿达的百工小课：玉与石

玉是一种无法再生的稀有材料，是经过复杂的地质过程从石头转变过来的。中国的四大名玉有陕西的蓝田玉、辽宁的岫玉、河南的独山玉以及新疆的和田玉。玉器的雕琢要根据每块玉石的形状、颜色和纹理专门进行设计。雕刻需要借助各种木钢结构的工具，玉石硬度极高，人们把硬度更高的石块捣碎制成解玉砂用于研磨玉石。《诗经·小雅·鹤鸣》中说的"他山之石，可以攻玉"，指的就是解玉砂的妙用。

阿达的百工小课：砖雕工艺

砖雕是一种广泛用在建筑上的装饰艺术。制作砖雕的原料是水磨青砖，精选毫无沙粒的黏土，加水调和，多次沉淀，去除杂质，揉捏成型后，在1000℃高温中持续烘烤1—2周。往窑中淋水冷却，黏土中的铁不完全氧化，就会呈现青灰色。雕刻前再细致打磨，就能得到软硬适中，色泽一致，敲击有金属声的水磨青砖啦。如果进行通风冷却，铁元素就会充分氧化，得到很常见的红色砖块。

04

偷闲

BAIGONGLING

逃课奇遇

天生社后面，有一大片竹林。阿达躺在林子边上，眯着眼欣赏远处的湖畔青山卷白云。

"上神有灵，百工有心。曲成万物，协创此形。"阿达将念诵哼成了不成调的小曲儿，随着竹子摇摇晃晃。达之灵一边打着哈欠，一边不怎么用心地摆摆小手，面前那些青翠的竹芽灵混战成一团。也不知过了多久，一只竹夫人终于成型，尽管八角不全，但被阿达当成宝贝抱在怀里。

论不务正业，整个百工堂，阿达肯定是第一名。

石黛和绒绒都在芽灵培育课的课堂上端坐着。绒绒小声问石黛："阿达姐姐怎么还不来？"

"应该还在竹林里睡觉呢，这些天一直下雨，她都没去晒太阳，抱怨好久了。唉，真羡慕她可以逃课逃得毫无负担。"

"司学和西席也还没来呢。那我们，还上吗？"

石黛吃惊："你这么一个好学生，居然也……"

绒绒不好意思地吐吐舌头："看阿达姐姐那么惬意，偶尔也想试试。"

当石黛在摇头感慨近墨者黑的时候，阿达这个罪魁祸首正在享受日光浴："只要有太阳，每天都是新生。"

突然，一颗石子砸到她身边，激起一片尘土。

"哎哟——谁在恶作剧！"阿达翻身坐起来，见石岐正表情严肃地看着她。

"快给我起来，芽灵培育课不上了？"

"别逗了，你找我回去上课？你自己都逃了多少堂课了。"

"那不一样。"

"怎么不一样？"

"那当然是因为——我是这节课的司学！"

芽灵培育课司学百里石岐在湖畔小径上健步如飞，身后不远处，是个足有三丈高的陶俑。这只陶俑的头盔下是个监牢的模样，阿达坐在里面，手把着栏杆，在大声呼叫："救命啊，快来人啊，司学体罚学徒了！"

"这就是对你偷懒逃课的惩罚。"

阿达耐心解释："我不是偷懒！芽灵培育课怎么能在教室里上呢？明明就应该在培育芽灵的地方上啊，比如竹林……"

"那你先说说芽灵培育课上的是什么内容啊！"

"当……当然就是……培育啊……小芽长成大树，竹笋长成茂竹。"从来都是伶牙俐齿的阿达，突然开始结巴。

石岐叹了口气，开始尽他司学的教导责任："芽灵培育课，学的是将一种原料的芽灵培育成另一种复合材料的芽灵。比如让棉花芽灵长成布芽灵，让漆树芽灵长成漆芽灵。你不学这个，将来怎么出作品？"

"我不是一直都在做竹编吗？我是在竹林里第一次看见芽灵的，从前在家里跟着爹娘读的是先墟里的竹简，我的百工灵是在竹子做的伞骨里第一次出现的。"

达之灵抱着竹夫人，插在石岐和阿达——陶俑——之间，上下飞着，唧唧唧唧，因为着急而唠叨的样子。

石岐问："她说什么？"

"她说这竹夫人夏天抱着睡，可舒服了。你要不要试试？"

石岐不理，转身就走。陶俑仍旧在后面跟着，阿达仍旧在牢里喊着："这辈子我就跟竹子在一起了，不可以吗？"

"不可以。"

"可是玉琪这辈子不就只做玉吗？"

"玉只是统称，其中有各种不同的种类，比如琥珀……"

"琥珀？那不是我们草木系的树脂变的吗？"

"树脂经过上万年，变成了化石，便是土石系可产生羁绊的芽灵了。各种土石材质他都驾驭得了，不仅如此，他还学了很多草木系的知识……"

"还真是难得听到你夸他……"阿达严正抗议，"你不也说了，人和人不一样！你跟玉琪不一样，你做常见的原料，他做稀有的；我跟你也不一样，你以后要做大师，我就喜欢躺在竹林顶上晒太阳，做个普通人不行吗？"

石岐此时方才拿过达之灵怀里的竹夫人："你削的篾片连宽度都不均匀，这竹夫人不到晚上就会散架。手艺不进则退，这是普通吗？是不合格！如果缺乏自己的特色……"

"能用就行了，还要特色干什么？先墟的古物我看得多了，以前的手艺人都是一辈子就做一种东西，大家做的都差不多，没什么不好的。"

"古人没有百工灵都能不断精进。身为百工族明明有着百倍于古人的力量，你却如此浪费？"石岐对着这个不上进的师妹恨铁不成钢，顽皮又暴脾气的石岐，向来是被教训的那一个，这么板起脸来教训人还是第一次，实在伤心伤肺，"算了，正事要紧——我要去西岛了。"

石岐一挥手，陶俑落在地上，碎了。阿达自由了。

但她并没有着急走，反而好奇追问："西岛？那是什么地方？"

"要是你也在百工堂长大就会知道，说起来也好久没去了……"石岐指着湖中离岸不远的地方，果然有座小岛，岛上郁郁葱葱。看来石岐也是很小就来百工堂了。阿达仔细辨认了下："那是不是入学那天你带我走过的湖中堤？"

石岐点头："湖中堤经过西岛的外沿。最近雨天多，湖水涨上来，湖中堤都隐去了。"

"那我们怎么过去？"

石岐一摆手，岐之灵迅速搬运，在湖岸和西岛之间搭起一座石桥。石岐上了桥跑了两步，阿达在后面跟着，脚下的石芽灵很不买账，纷纷跑开，她站不稳，几乎要落下水，急得大叫。一语未落，石岐已经拎她起来，阿达紧紧抱着石岐走在了石桥上。

石岐脸红到了脖子根，也不敢甩开她。阿达没看见，刚走稳，她就又开始动脑筋："我们这么走太慢了。不如……这个好！"

"什么？"石岐还没反应过来，只见阿达已经跨到了边上的一方竹排上，达之灵立在一根撑竹排的竹篙顶上。

阿达欢唱："开船啦！"

达之灵驱动，一篙下去，竹排如箭飞驰。这转折来得太快，石岐还牵着阿达的手呢，顺势被拽到了竹排上。此时听见了石岐的叫声——

"慢一点儿，我晕船！"

终于踩上了扎实的西岛土地，石岐扶着树才能站稳：这个阿达怎么咋咋呼呼的，该不是故意整我吧。

两人一上岛便听见了震天响的喧哗声，走不远便看见插天的太湖石，奇形怪状的假山上牵藤引蔓，山后是枝繁叶茂的森林。阿达刚往里走了不远，忽地头上落了什么东西，尚有温度。她拼命摇头要将那东西晃下来，却晃到了右脸颊上，更觉得软绵绵、黏糊糊。阿达一边尖叫着，一边伸手去扇，绒绒迎面跑过来："哟呼！别跑！"

一双小手从阿达脸上把那生物取下来，阿达一看，是只冰蚕，尖叫声立刻变成了宠爱："好可爱！绒绒，你为什么在这里？这里是什么地方？"

"这可是我最近才找到的秘密基地呢！"

绒绒让开一步，阿达这才看见西岛全貌。那边立着标杆射垛，这里一个蹴鞠门，几个秋千；几个孩子在空中用七巧板打架，又有几只百工灵争着抢一个金属的陀螺；左边一个吹喇叭一个吹骨笛，谁也听不见自己吹的声音，右边草木系在空中荡起了空竹撞上了土石系在玩的沙袋，甚至还有摩天轮和旋转木马。哪里哪里都在吵，哪里哪里都在闹。

阿达摆出大人的威严："这里没人管吗？"

绒绒不以为然："百工堂里的小孩都来这儿玩。大家以后都有可能是百工长，谁敢管？"百工长是各派系的最高首领，这么早就入了百工堂的孩子有先发优势，确实更可能成为人上人，阿达听了这话也缩了缩头。

石岐终于赶了上来，叉着腰环视四周，感慨道："那个，可是我小时候做的呢。"

看来这里被当作孩子们的秘密基地，已经有些年头了。阿达完全可以想象小时候的石岐控制百工灵造假山的样子，一定有一群小孩兴奋地围在旁边，助长他的得意。那绯会来这里吗？她看着不像是爱和别的孩子玩闹的样子，来了大约也是冷静地坐在一群鸡飞狗跳里，观察着大家吧。

阿达跑上前抚摸绒绒手中的冰蚕宝宝们："你怎么有这么多蚕？"

"我好不容易才找来的，养了好多在这四周的桑树上，有不少已经结茧了。我特别想要个丝绢娃娃，可就连绯姐姐也做不了。"

"难道这群小毛孩里有人能做？"

绒绒雀跃着："有啊！他来了！"

绒绒从阿达身边跑走，跑进人群。阿达才发现这些天不怕地不怕的孩子，此刻聚起来围成了一个圆，圆中心坐着一个四五岁大的小男孩，娃娃脸肉嘟嘟的，一双眼睛乌黑闪亮。

阿达心想，原来还有这么小的孩子呢，跟绯刚来百工堂时的年纪差不多吧，是哪个派系的天才学徒呢？

一个七八岁样子的孩子先对着那小男孩喊了起来："帮我做剪纸吧！"另一个孩子跟着喊："还有我的爆竹！"

阿达吃了一惊：剪纸是草木系，爆竹可是金属系和草木系合作才能完成的高级危险项目，他也能做？

这时绒绒郑重其事地举起手，阿达想，果然是个好学生呀。

那个小男孩一本正经地说："我知道，你想要绢娃娃。"

阿达这次忍不住大声说出来："难道你连特殊系的绢娃娃都能做？"

阿达的问话没有人理会，一群孩子都只顾着争先恐后地拥在小男孩身前。只见小男孩不急不慌一摊手，各路人马立刻奉上了各种零食。绒绒手上的是阿达送她的梅花糕。

"你求了我好几天的，原来是借花献佛……"

绒绒长长睫毛下面小鹿一般的眼睛眨巴眨巴："阿达姐姐，我特别想要一个娃娃。"

男孩子看了一圈"贡品"，有些失望："没有人带冰糖葫芦来吗？"

大家都摇摇头。

小男孩一副勉为其难的神情，在这一圈"贡品"中扫了一圈、一圈，又一圈，颇有些无奈地从绒绒手上拿过梅花糕。

绒绒喜形于色，其他人都深深叹了口气。

小男孩咬了一口梅花糕，好像有点儿惊喜，立马整个塞进了嘴里，一边嚼着，一边向自己的百工灵挥挥手。

那只淡黄色的百工灵飘飘荡荡到了半空，四面八方的桑树上的蚕开始吐丝，丝茧上的丝被抽离，汇集到了一处，如魔法一般，汇成丝线落下；还来不及上梭，便如同在一个无形的纺车上，由一双无形的手织成了绢。绢在阳光下闪闪发光，裹上了几根树枝，成了绢人的骨架，又立刻有了人的形态。

从丝到线到绢，再到绢人，一气呵成。那里绢人已有了头发，这里的野蚕还在吐着丝，这丝很快又变成了绢人的衣服。像是成百上千只百工灵在努力着，但分明只有小男孩这一个人。

绢人做好，正是惟妙惟肖的毛绒绒的模样，小男孩刚刚吞下最后一口梅花糕。

大家一面赞叹着一面鼓掌，阿达惊讶到连叫好的声音都发不出来了，心里想：他连"上神……百工……"那些念诵都不用吗？还不过是个小孩！

男孩将娃娃递给绒绒，依旧一副大人模样地发问："这是什么？味道不错，还有吗？"

绒绒拉着阿达的衣袖，将她拉到男孩面前："这梅花糕是阿达姐姐给我的，可以问问她。"

"你叫阿达？"

"叫阿达姐姐！"

小男孩并没有屈从于她大人的威严："刚才的梅花糕是你的吗？"

阿达掏出零食袋："是我爹做的，只此一家，别无分号。"

小男孩将手一摊，好像理所当然地认为阿达肯定会将吃的拱手送上。可阿达将袋子藏在背后，蹲下来，与男孩对视："那你也送我一样东西，我们交换！"

"你想要什么？"

绒绒不失时机地炫耀自己的偶像："阿达姐姐，不管什么，宫仙他都能做，你随便要。"

"原来你叫宫仙，那么——"阿达眼睛在周围地上扫了一圈，起了玩心，指着地上的烂树皮和渔网残片，"这种东西也有芽灵，也能做成作品吗？"

绒绒觉得可惜，阿达姐姐怎么不再要一个娃娃，白白浪费了机会，还没来得及阻止，宫仙就说："看好，你的梅花糕我就收下了。"

刹那间，树皮和渔网交叠在了一起，纸芽灵飞舞在空中，在天空中绽开成了颜色淡雅的纸花，花瓣徐徐落下。

阿达惊呆了："烂树皮竟然能做成这么光滑轻薄的桃花纸！"

宫仙嘲笑："你一个草木系的，难道从没培育过纸芽灵？"

阿达羞红了脸："做纸……这有什么难的？我一学就会……"

身后传来了石岐的声音："宫仙西席，你不给她上课，她怎么能会呢？"

石岐一把揪住了宫仙的衣服，好像抓小鸡一样拎起了他。

阿达惊呆了："西席？"

"逃课的学徒过来见见逃课的西席吧。"

宫仙，百工族近百年来最天才的儿童，正是芽灵培育课的西席。

"我早就跟佑山长说了，没有吃的我不上课！"

"这话跟你爷爷说。"

"你不许跟我爷爷说梅花糕的事情。"

"那你回去上课。"

"上课有什么好玩的？我才不要去呢！"

石岐就这么拎着宫仙，他一路挣扎，两人渐渐走远，留下愣神的阿达和绒绒，看来只有她俩是不知道宫仙身份的。

"原来绯姐姐五岁进百工堂做学徒还不是最厉害的，宫仙居然五岁就当西席了！"

"原来我这个逃课的学生还不是最差劲的，居然还有逃课的西席。"

海边的少年

石黛也没去上课。她独自来到了海岸边，直到暮色将至。

海水清澈到明明水面已经到了膝盖，还能清楚看到脚的周围流动着的沙粒。透明的小鱼们时隐时现，不经意间看见了痕迹，努力去找的时候，又都不见了。

石黛想：芽灵会是这个样子吗？

在这里，虽然有阿达、绒绒和绯这样的朋友，但石黛还是常常会感到寂寞。寂寞的源头，还是因为不能看见芽灵。阿达是这样描述的："芽灵大约是万物的表情。就拿树周围的芽灵来说吧，当你看着芽灵时，就好像听见了树心里的话，那一时刻，分不清是自己变成了树，还是树变成了人。"这感觉，对石黛来说，她听见了、记下了，但并不明白。看见与看不见的区别，在人群里画下了界线。石黛在这边，她们在那边。

从前在家里，大家都看不到芽灵，有了禀赋的石墨反而是大家打趣的对象，如今石黛想来，石墨那时候在家里，会是跟自己现在一样寂寞吗？

石黛记不起来了。

家里那么些弟弟妹妹，石黛与石墨最好。石黛以为就算石墨去了百工堂，他们的感情也不会有变化。可石墨不见了的这些年，石黛对他印象越来越模糊了。比如拿她现在手上拿着的这个盒子来说吧，盒子上的署名是他们的约定，"黑"字上面加了"代"、下面加了"土"。"以后我的作品，就这样署名，就好像是姐姐跟我一起做的。"石墨那时候这样说。石黛以为这话，她永远会记得，其实她忘了，不知什么时候忘记的，直到看见这盒子才想起来。

浪一次又一次打上来，石黛甩了甩头，想把因为忘记而带来的愧疚甩开。

那盒子上写着，"仿先墟古物作"。那么你来过先墟吗？这里能找到你的线索吗？石黛纵身跃入水中，她来百工堂，不是为了石墨，是为了即将忘记石墨的自己，愧疚几乎要压得她喘不过气。她一定要找到他，在彻底忘记他之前。

日光被海水揉碎成了橘色的水晶。石黛在水里十分如意，浮沉随浪。远远见到海里各色瑰丽的珊瑚，隐约好像有人工的柱石。石黛心中一喜，迅速划了两下，潜得更深了一些，突然面前被一只百工灵拦住了去路。还没等石黛反应过来，百工灵就召唤了巨大的水流，冲向了石黛的身体，她被冲上了岸，岸边有个人预备接住她，但水流的力量太大，她直接砸在了他身上。

事发突然，石黛乱了呼吸，呛了水。那人还来不及擦去自己头发上的沙，便拍着她的背，关切地问："你没事吧？"

石黛好不容易缓了一口气，见那是个跟自己差不多大的少年，蓝色的头发，一脸关切。

石黛正要发的火灭了一半："那是你的百工灵？我好端端在游泳，为什么把我赶上岸？"

那少年的百工灵倒是脾气很大，不屑地把头扭向另一边。少年看这情形，慌了神，忙解释："对不起，他现在还不算是我的百工灵，我们还在培养默契，所以力气没掌握好。大概是他守护先墟心切了……"

石黛闻言一惊，这是被守护先墟的神家捉住了吗？情急之下，石黛决定借着新学徒的身份装糊涂："原来这里是先墟海域。"

她不大会说谎，语气明显透着心虚，但那少年好像并没有听出来。

"嗯。你不知道吗？"

"我是新学徒，不知道这里是禁地。"

"其实也并没有明文规定不许在这里游泳，大约大家都有些忌惮之情，我在这里守卫多年，确实从没见过来游泳的，溺水的倒是不少，所以……"

"所以你是为了来救我？"

"对不起。"

他的道歉如此恳切，石黛想这少年估计不会为难她，但还是又确认了一下："所以，我不会受到什么惩罚吧……"

"啊，不会，应该……不会的。我……我不大会跟陌生人交谈，我是说，平时我也很少遇见人……"

石黛这下确定，不论少年是谁，确实没什么恶意。

最后一缕夕阳的光，收尽了，落晖入海。暮色将沙滩上他们的剪影收成了一束，在盈盈的海水旁。

一阵风吹来，石黛抱紧了胳膊："我得回去了。谢谢你……救我……"说着，石黛站起身，却没有立刻走开。

那少年说："如果你还想来游泳，是可以的。"

"谢谢……"

"不客气。"

她该走了，但没有走。

他也该走了，但也没有动。

"我叫石黛。"

"我叫海云。"

阿达的百工小课：绢人

绢人，以铅丝为骨骼、棉花纸絮为血肉、绢纱为肌肤、真丝为秀发、彩绘丝绸为服装。这样精致的人偶工艺，至今已有一千多年的历史。《东京梦华录》中记载过，北宋民间艺人"剪绫为人，裁锦为衣，彩结人形"。

"北京绢人"被列为中国国家级非物质文化遗产。主要特色是全身都以丝绢为材料。想要做出一个绢人来，要会雕塑、绘画、花丝、服装设计，还要会做头饰、发饰、道具等。尤其头部和手部的制作非常复杂。给绢人衣服上色并不是简单用画笔来涂抹就可以了，而是以清漆和金粉一起调成膏，卷在玻璃纸中，像给蛋糕裱花一样喷挤上去，呈现的立体效果宛如刺绣，称为"赛绣"。这样精致的绢人，难怪绒绒一心想拥有啊。

05

友情

BAIGONGLING

女儿的心意

绒绒与绒之灵追着一群羊，在生发场最高处的雪山上跑来跑去。

"小羊别跑，我会温柔一点儿的，你们慢点儿……"绒绒正跑得上气不接下气，突然出现了一排竹围栏，羊群跑到另一边，围栏便也出现在了那边，将小羊们圈在里面。

围栏外面，站着骄傲的阿达和达之灵。

"这样就不会乱跑啦。"阿达虽然骄傲，但也心虚，"不过你得快点儿，不知道我做的围栏能撑多久……"

绒之灵一会儿给小羊们按摩，一会儿跟小羊们抱抱。渐渐地，一群羊毛芽灵聚拢在绒绒的手边。

阿达还是第一次到雪山上来："你不是恐高吗？怎么来山顶？"

绒绒红了脸："我在羊群后面追它们，一不小心把它们赶到山上来了。没办法，我只能跟着上来。我都不敢看山下。"

阿达站在最高处远望："这里能看见那么远啊，读贤街就在那边呢。啊，也不知道我们在学堂的时候，咱们爹妈在做什么呢。"

"我妈妈肯定在写字！"

"你妈妈也喜欢写字？"

"我收集羊毛，就是想做支羊毫笔给妈妈写字用。原来阿达姐姐的妈妈也喜欢，我给阿姨也做一支吧。"

"谢谢！你说要是我们都像宫仙一样，手一挥，什么芽灵都听我们使唤，那多好啊！"

百工堂的每个人，都知道关于宫仙的传说。

传说中，他还是婴儿的时候，各种芽灵都主动飞来祝福他；他两岁的时候，不管做什么，百工坛都评成特级；他三岁的时候，各百工长都想争抢他到自己的派系下，为了公平才让他来百工堂做西席。

传说中没有说，当他去集市看热闹时，被一群人围着，鼓掌逼着他当场表演做精美凤冠，还以为这是对天才最好的表彰；当他正玩着跳房子时，旁边有土石系大神奔跑过来，求他补全宝石带钩上的瑕疵；当他在爷爷肚子上画脸的时候，佑山长来了，她说，宫仙这样的天才，应该在百工堂做西席。于是第二天，他必须站上讲台。

没有人关心，宫仙还只是个孩子。

世人爱活在传说中的天才，世人爱天才顶级的创造，世人不管天才爱什么、害怕什么。

就像此刻阿达和绒绒向往地感慨："天才，这就是天才。"

阿达更早一点儿回到现实："唉，天才是羡慕不来的，我们还是老老实实上课考试吧。"

绒绒点头："都收集齐全啦，我们回宿舍？"

"嗯，我收拾下这里，天色不早了，你怕高又怕黑，先下山吧。"

绒绒离开了。达之灵将竹围栏收成一捆，跟着阿达来到百工堂的废料处，小心翼翼地将废料放在地上，好像是个珍贵的作品。阿达蹲下来，仔细看着这些边角料："还是嫩竹呀，就这么丢了，真可惜。"

这时候，阿达想起宫仙用烂树皮和破渔网做纸的样子，任何芽灵，都可能有自己的用途，边角料也一样。

"记得以前百工堂会运来很多竹纸，供读贤街的人修复古籍用……要不，我也来试试？"

百工灵在她肩头"唧唧"欢唱。

一个人的倔强

见人挑担不吃力，说的就是阿达了。原本阿达想：就算宫仙是天才，他在三秒钟内做出来的纸，我三天总能做成吧。何况纸这样的寻常物件，俯拾皆是，能有多难？

很快她就知道了，难，是没有止境的。

石岐这日从池塘边经过，见阿达半个身子浸在池塘里，咳嗽咳到必须弯着腰，脸与水面几乎齐平，石岐的三魂吓去了五魄，立刻跳进去，救了阿达上来，反被她推开。

"我在做竹纸，你别拦着我。"

这一道做竹纸的工序，叫"杀青"。收集好做竹纸的竹子，按一层石灰、一层竹子的顺序，层层垒叠，以浸泡的方法，让竹子褪去粗壳和青皮。阿达指挥百工灵还不利索，被石灰呛得喘不上气。

"什么人做个纸也能出危险啊？"石岐一边将石灰铺设到位，一边抱怨，"不过蠢材也进取了，不容易，要不要求我来帮帮你？"

阿达听了这话直生气："谁是蠢材？你走开，不用你帮忙。"

"我可没看不起你，不过你捻个线做个风筝还可以，做纸没我帮忙的话，那可有点儿难哟。"

被石灰染了脸的阿达追着石岐跑，将他赶走后，回来继续指挥达之灵放下另一层竹子。

又走来了绯。

"做竹纸？杀青可不是将竹子放水里就行了，需要一天看三次，看竹子在水里的变化。你一个人能行吗？需要早起哟。"

为什么都不相信我呢？阿达想，她攥紧拳头，昂起了头："不用，我一个人可以。"

天刚蒙蒙亮，听见第一声朱雀鸣，铜壶更漏滴着水，叶渚已经到了大钟旁，运气凝神，将钟敲响，钟声杳杳上云霄。

这时，百工堂诸人顶着蒙眬的睡眼，开始新的一天。

阿达居然已经起床了。她不但起床了，还从池塘里取出了浸泡了三天的竹子，来到了敞坪上。敞坪就是一大片空地，可以晒料，做无法在室内做的工序。阿达在"去皮存质"，这一步是将竹子表面已经泡软的青皮削去，露出白色的纤维。

别人做这道工序在室内便好，可对阿达这样的后进生来说，非得在室外不可。青皮一张一张四处飞溅，简直像飞镖，若是在室内，必然有旁人要遭殃。阿达移到敞坪上，想：我一个人能行！

中午烈日当空，阿达手上拿着石锤，达之灵在下面用灵力搅着纤维，一人一灵都气喘吁吁。这一步叫作"捶捣如丝"，用石锤捶打白色纤维，直到散成纤维细丝。

"我一个人能行！"

打散的纤维需要被研磨。夕阳西下，达之灵上下捶打着巨大的木桩，实在没有力气了，捶了一半，木桩转变方向，向阿达倒过来，阿达跳起来就跑，达之灵也跟着跑，木桩子在后面滚着跟着，眼看就要压到阿达，一块飞来的长地毯挡在木桩前面。因为摩擦力加大，木桩在地毯上停下来。房子后面走出了一直躲着看阿达做纸的绒绒，站在场中央四处找："阿达姐姐呢？"

阿达并不知道危机已经解除了，一路狂奔到树林里才停下，大口喘气，抱着达之灵哭："十五个环节，七十二道程序，做竹纸好难啊……我一个人真的能成功吗？"

回到宿舍的阿达却怎么也睡不着。"事情做一半就好像吃不饱还饿着……"这是她从来没有经历过的感觉。累到每个关节都在酸痛，但又放不下，心里焦躁。翻来覆去了好久，阿达爬起来，拖着步子往火窑方向走。

夜幕已经低垂了。

火窑里，只有阿达一个人。一只直径三米的大铁锅架在炉膛上面，锅里放水，另有一个足足高两米、直径两米的大篁桶，竹浆用上好的石灰化了，放在篁桶中，安置在铁锅上，盖上盖子蒸。达之灵在锅盖上方盘旋着，蒸汽把她熏得晕晕乎乎。阿达在下面续柴烧火，被烟呛到昏昏沉沉。

烟熏火燎里，有个人过来，坐到阿达前面，用棍子把烟囱清了清，终于烟雾散开了。

阿达揉了揉被烟熏得生疼的眼睛，看清了来人，惊讶地叫起来："是你？！"

对面的绒绒回过头，满脸的黑灰，对着阿达笑了。

阿达舀来一盆水，帮绒绒洗脸。绒绒问："阿达姐姐，前些天你是不是就知道我在你身边了？"

"你是说……我做杀青、捶打和研磨的时候，你也在吗？"

绒绒吐吐舌头："我以为我藏得很好呢。"

如果你不说，我还真不知道！阿达强掩着内心的震惊，假装一切尽在掌握："傻孩子，我能不知道旁边有人？"

"因为你一直说你要一个人做，我就没出来，怕你会生气。"

"谢谢你一直陪着我。"绒绒这么小的年纪竟这么懂事，阿达觉得不太好意思，让小孩子反过来担心自己，"有什么需要我帮忙的要记得说哟。"

"那你教我画画吧，我认识的人里，就阿达姐姐画画最好了。"

"在读贤街那么多年可不是白练的！我就收你这个徒弟啦！"

"太棒了！"绒绒欢呼，继而压低了声音，眼里闪着崇拜的光，"我第一次见你这么认真地做事呢，跟以前懒洋洋的阿达姐姐一点儿都不一样。"

"以前我只是没发挥实力。这一天一夜，有你在这里……"阿达把头靠在绒绒的肩上，开始打哈欠。

"一天一夜？"

"是啊，这蒸竹需要一天一夜……"

绒绒一脸迷惑："可绯姐姐告诉我，要八天八夜！"

阿达眼前一黑，晕了过去。

不请自来的帮手

西岛的溪流旁，绒绒舀来一大锅清水，虔诚地跪坐在旁边，默默念叨："上神有灵，百工有心……"

一大把羊毫从水里升起来，湿漉漉的，非常重，绒之灵涨红了脸，显得很吃力。

绒绒正念到"曲成"，此时突然响起了奶声奶气的声音："你在做羊毛被吗？"

绒绒被惊到了，绒之灵瞬间破功，羊毛都落在了绒绒的头上，沾在她的眉毛上，模糊了她的眼。

到底是哪个小毛孩这么没礼貌？"什么羊毛被？我在做羊毫笔！"绒绒愤愤回头，只见在她身后不远的树枝上，宫仙高高地站在上面。

"啊，是宫仙……西席。"

"羊毫笔？哈哈哈哈哈！"宫仙笑得夸张到直接从树上摔下来。

绒绒眼泪汪汪涨红了脸："西席的工作是教学生，怎么随便嘲笑人呢？"

宫仙叫："现在又不是上课，我才不要教你！"

绒绒也不示弱："我也不要你教！"

"你凭什么不要我教？这么笨！"

绒绒被绕糊涂了："你到底要教还是不要教？"

"我……"宫仙摸摸自己的后脑勺，"我也不知道，我就是不喜欢上课。"

绒绒看着个子只到自己腰的宫仙，突然生起一种怜爱："你才五岁呢，就做西席，也真的难为你了。"

“教室里面所有人都比我高，就这么盯着我……你也比我高。”宫仙突然停住不说话了。

“所以你不好意思？”

宫仙噘嘴：“那么大年纪还当学徒，不好意思的应该是他们！他们就知道让我上课，也不陪我玩……也不给零食……”

绒绒恍然大悟：“西岛上都是小孩子，是比课堂好玩多了。”

宫仙突然脸红了，试图转移话题：“你想做羊毫笔？笔杆呢？”

绒绒递上一支歪歪扭扭的小竹棍。宫仙嫌弃：“这一看就知道是阿达做的，根本不行！”

达之灵绕啊绕、转啊转，浪费了多少根好竹子，阿达才捧出了这么一根“笔杆”。而宫仙随手转了转，便用溪边看起来很不起眼的一根小竹子，做出了一管十分精致的笔杆。

“笔杆最好选用鸡毛竹，节稀竿直，竹内空隙小。”

原来那不起眼的细竹才是做笔杆的好材料。宫仙真是什么事儿都知道呀！绒绒不知从哪里找来了纸笔，埋着头飞快记录。

“笔头——”宫仙又转了转手，仙之灵飞快地将方才绒绒用的羊毛重新放在水里，一根一根抽出来，速度快如闪电，让绒绒看得眼花缭乱。

“慢一点儿！你讲我记。”

“你还记笔记？”宫仙愣住了，有些瑟缩，“我们，这是在上课吗？”

绒绒想了想，坐下来，这样可以平视宫仙，小心地问：“这样，我就不比你高了，可以继续上课吗？”

宫仙清清嗓子，模仿着佑山长说话的模样：“笔头制作有三准则，‘精、纯、美’，首先是择料……”仙之灵以慢动作将毛一根一根拣出来摆好，绒之灵在后面笨拙地跟着做。"择料之后的步骤叫漂洗。"仙之灵打着哈欠，将一根根毛放进水盆里漂洗，绒之灵跟着，却掉进了盆里，被仙之灵拉出来。

点点繁星下，绒绒指挥着绒之灵，小心翼翼地顺好一个笔头，将笔头放入笔管中。

宫仙皱着眉头拿起笔，仔细观察，又蘸了不知什么时候做出的墨，在一张雪白的宣纸上很认真地画圈。绒绒坐在旁边，如同一个等待检阅的士兵，大气都不敢出。

半晌，宫仙点点头："做得不错！"

"真的吗？"

"'齐、锐、圆、健'，四德齐全。"这次不等绒绒问，宫仙就解释了，"'齐'指笔头饱满浓厚，吐墨均匀；'锐'是笔锋锐尖不开叉，利于钩捺；'圆'指圆转如意，挥洒自如；'健'指健劲耐用，不脱散败，有弹力而显书者笔力。"

绒绒大大地舒了一口气："太好了！你也太厉害了吧，怎么什么派系的芽灵你都能指挥？"

"我搞不懂你们这些分派系的。在我眼里，所有的芽灵，都是平等的，各有特色而已。很多技艺，其实是共通的，只要用心沟通什么都能做成。"

"原来你对芽灵的理解这么深刻呀，比大人都成熟。"

宫仙虽然听多了夸赞，但这样认真而恳切的评价，却还是第一次。他红着脸问："我帮你做了这么久，连口吃的都没有吗？"

"当然当然！"绒绒摸摸口袋，"还有两个梅花糕。"她递给宫仙一个，自己吃一个，一边吃一边站起来，摸摸自己蹲得酸麻了的腿，"这么晚啦，阿达姐姐做纸，我做笔，终于配起来了。

谢谢你啦！"

绒绒刚站起来，被宫仙叫住："等一下，你再蹲一下。"

绒绒不解，但不顾酸麻，又蹲了下来。宫仙踮起脚，小手努力往上够，碰到绒绒的唇边，轻轻擦掉一点儿梅花糕的残屑。

那晚，宫仙睡得很香。他在梦里笑出声，许是梦见了梅花糕，又或是别的什么。

纸芽灵的诞生

阿达可没时间睡觉。

她常用来午睡的竹林边，蜿蜒着一道小溪，映着竹子婆娑的影子，以及阿达。

她在清洗竹浆。虽然站在水里，但骄阳似火，达之灵瘫在她肩上。阿达心疼，不再使唤百工灵，自己端着盆洗，不一会儿便汗流浃背。这还没完，将杂质去除之后，阿达将材料搬去溪边石臼做另一次捶打。

另一边正在坐着钓鱼的石岐问："快做好了吗？"

阿达回答得有气无力："还在打竹浆。你在我洗材料的溪水里钓什么鱼？"

当然是来看她要不要帮忙的，但碍着阿达的自尊不好意思直接问，不问的话，石岐又一直担心，什么事都做不了，只好以钓鱼为掩饰，却忘了洗造纸材料的水是不干净的。石岐一时乱了阵脚，正不知回什么。此时飞来一柄伞，撑在阿达头上，阿达抬头一看，绯之灵正对她笑。原来绯也来了，开口就问："需要帮忙吗？"

"不用！我一定……"阿达眼前突然一花，趔趄了一下。绯赶不及去拉住她。此时热晕过去了的阿达被另一只手拉住，石岐将阿达抱上了岸，紧张地摸她的额头，探她的脉搏，及至发现她只是睡去了，才无奈地摇摇头："逞能！"

终于，终于！终于……睡了个好觉。

阿达伸着懒腰、打着哈欠、睁开眼睛，意外地发现朋友们都围着她。

"怎么把自己累成这个样子……听说你拒绝了所有人的帮助？"石黛心疼地问。

"大家一直说我没用。我只是想，试一次凭借自己的能力，完成一个作品。"

"你知道百工族为什么能这般繁荣昌盛吗？每一个作品都不可能独立完成的，每个人都有自己擅长的地方。能做出好的作品才是大家的最终目的。没必要执着于一个人单独完成。"绯总是有让人不可辩驳的大道理。

"可……可是……"

"请朋友帮忙，可不丢人哟！"石岐清朗的声音低柔起来，让人无法说"不"。

入夜了，百工堂仍旧灯火通明。在技艺上试图精进的人们，连睡觉都舍不得。这些人里，包括了阿达和她的朋友们。

绯在耐心做着讲解："用木槽盛放处理好的纸浆，以竹帘在木槽中荡料，注意要均匀。试试吧。"

阿达手上的竹帘里，芽灵在水面上欢叫；随着抄帘的节奏，渐渐成了平整的队形。

"然后将帘覆过，使湿纸落于板上，即成纸张。"

阿达小心且吃力地将竹帘平举起来，交给石黛，石黛将湿纸反扣在纸架上。

"当湿纸叠积上千张后，在上头加木板重压挤去大部分的水。"

石岐的岐之灵在架子顶上放上一块平板石材，绒绒跳上去，用自己的重量挤出水分。

造纸坊里，灯光如昼，欢声笑语不断。

"你又慢了！"

"还说我，你不说自己的手多重！"

"我的绢娃娃都湿了！"

"你来工作还带娃娃？"

"她才九岁呀！"

当清晨的第一缕阳光落入造纸坊时，阿达将纸一张一张挂起，可见碧色的光晕。

"有一种竹子的清香味呀！"绒绒陶醉了。

"这纸不错，可以送上百工坛了，说不定可以通过入学试呢。"绯建议。

阿达问："我听说送了作品，不管是否通过，百工坛都会收走的，是不是？"

石岐回答："不错。我们的作品通过百工坛完好保存了，万年之后重见于世，这就是百工族做作品得以永生的唯一路径呀。"

"但是收走了，我们就要不回来了！我做这个可不是为了给一万年以后的人的。"阿达拿起一叠纸，递给绒绒，"这些拿去给你妈妈写字！"

绯瞪大了眼睛："为了让家人欢喜而放弃上百工坛考工的机会，林达真是百工堂里的第一个。"

"这样不也很好吗？"石岐靠着墙，眯着眼睛看着阿达，满是欣赏，也许还带了一点儿佩服。

天真的绒绒只记得高兴了："好棒！我妈妈一定会很喜欢的！那羊毫笔我也要留着！阿达姐姐，你看看我做得怎么样？"

"好精致呀。"

"不是我一个人完成的，宫仙也帮了忙。"

石岐丢给阿达一枚玉石印章："玉琪托我捎给你的，既然要当作礼物送人，你做的竹纸，就用印章签个名吧。"

在大家的注视下，阿达取下一张纸，在角落盖上刻着"林达"名字的印章。达之灵跳到阿达肩头上，指着印章，阿达凑近了看，从印章周围跳动出了纸芽灵，洁白又晶莹、细长而柔韧。

"我……我看见纸芽灵了！"

"不错啊，看来芽灵培育成功了！"石岐由衷为她高兴，"和百工灵终于有了一次有效磨合。"

"这就是芽灵培育吗？"

绯点头："以后你的百工灵就能直接召唤纸芽灵了，试试念诵吧。"

阿达迫不及待想试试。她站定了，以虔诚之心念着："上神有灵，百工有心。曲成万物，协创此形。"

达之灵顺着指尖的方向游走，柔白的纸芽灵聚在达之灵周围。阿达突然明白了念诵中每一个字的意思，有种不能言传、只可意会的领悟，这领悟汇到她的指尖，给了她前所未有的坚定。纸芽灵们蓄势待发，等着命令。做什么呢？不一会儿，一张镂空剪纸出现，是阿达妈妈临窗写字的样子。

阿达用只有她怀里的百工灵才能听见的声音说："我的作品……"

又是芽灵培育课，课堂里打打闹闹，司学石岐探头进来张望。绒绒有些失望。

"西席又没来吗？"石岐拍拍脑袋，叹了口气，正准备去西岛找人，刚转身就撞到一人，稳住身形，定睛一看，正是宫仙。

"你……也终于知道要来上课？"石岐熟练地拎起了宫仙。

"百里司学。"

"嗯？"

"我是西席。"

石岐被一种莫名的权威感压到，乖乖放下了宫仙。

宫仙走上讲台，清清嗓子："安静！今天的芽灵培育课——"

课堂上非常安静，每个人都像被定住了一般，等待着西席发话。

"我们先来让林达教我们梅花糕的做法。"

课堂重新吵闹起来。只有绒绒一人笑眯眯地看着宫仙，宫仙转过头对她眨了眨眼。

阿达的百工小课：造纸工艺

造纸术是由中国汉朝时期的蔡伦改进的，后经丝绸之路传遍了世界各地。人们一开始用破布头做成最早的麻纸，后又改良了工艺，开始使用不同的树皮造纸。唐代时书画文化以及佛教兴盛，用纸需求较大，稻麦秆、藤、竹子等原料都加入了造纸豪华套餐。

尽管造纸的材料多种多样，但造纸过程一直是分为制浆、成形、干燥、表面处理这几步，就像阿达做纸的过程。有没有跟阿达一样跃跃欲试呢？

阿达的百工小课：毛笔

根据甲骨文记载，在商代就有制作精良的毛笔了！到了秦朝，蒙恬对毛笔做了重要的改进，决定用鹿毛、羊毛、狐狸毛和兔毛混合制笔，效果出人意料地好。魏晋之前，古人席地跪坐，一手拿纸，一手拿笔，三指握笔，这时适合用笔尖细尖、质地偏硬、笔杆细长的笔书写。隋唐时期，椅子开始普及，大家伏在书案上书写，因此需要五指持笔，粗短的笔杆和偏软的毛质受到欢迎。

06

补过

BUGUOLING

何为强者

见识了暮蕊和宫仙两位西席，阿达异常珍惜可以端端正正坐在教室里上课的机会。这堂芽灵装饰课的西席，是在拜师仪式上她便见过的叶渚。

叶渚虽然看起来很严格，但实际上是最靠谱的西席了，像变戏法似的做出作品来讲解，深入浅出。比如此时，他正在台上指挥着渚之灵，以数根细细的金丝，在空中弯出不同的纹样来："纹样，是装饰中极常见的。每个民族的纹样各有不同。比如这是西宛国的莲花，这是我们洪华的忍冬……"

虽说珍惜，但整堂课，阿达还是在走神。她看着窗外，此时已到日落时分，云卷云舒。

今天一天都坐在这里，没有日光滋养，都没精神了。阿达想到这里的时候，叶渚西席正在说："纹样的美，是在抽象里隐藏着希望……"

那夕阳忽然间明亮了起来。在炫目的华彩中，进来一位十八九岁的女子，高挑艳丽，手腕上一只双头蛇的金镯，闪亮得晃眼；银色的秀发垂至腰间，发丝里都带了夺目的光辉；一双酒红色的眸子，右颊处文着一只小小的绯色蝴蝶，危险中带着致命的美，瑰丽若正午时分的太阳，惊呆了在座的所有人。

这女子一副极不耐烦的模样对叶渚西席说："你的教学怎么还是这么死板！"

叶渚依旧微笑着继续上课："装饰的作用之一，就是让人无法忽视它的存在。但装饰更重要的是，显示创造者对'完美'的理解。"此时隔岸飘来了钟声，这堂课结束了。"今天的作业是做出一个作品来，呈现你心中的'完美'。这位子明学姐是八级学徒，以前是本课的司学，你们有什么问题可以去请教她。下课。"

阿达正揉着饿得咕咕叫的肚子，听到这里，停下了手："她，就是子明？"拜师仪式上的香炉和铜勺，圈住了绯的金属香囊锁，那个署名——"子明"？正想着，只见周围人都走了，阿达追上去："绯，你跟不跟我们一起去找石岐？"

子明听见"绯"这个名字，特意扭过头去找，只见到一个瘦弱的背影。这时叶渚西席走近了她。

"还想让我回来做司学吗？"子明高高在上的样子，仿佛她才是西席。

叶渚也并没有笑脸相迎："你若诚心忏悔，自然还能回来。如若不改，怕是百工堂不能留你了。"

"接受了你们的惩罚，你们就会放过我？"

"你自己种下的因，要尝自己的果。哪里是我能左右的？百工坛自会给你个公道的。"

"那就好。"子明转身出了教室，叶渚在她身后皱起了眉头。

百工堂，是个慕强的地方。只要是技艺精湛的强者，就处处能享受被仰慕带来的好处。比如子明，哪怕她是个让人望而生畏的人，仍然被许多人围着，投以崇拜的眼神。

"师姐，这博山炉上的细节，这贮香盒上的镌刻，又雅致又考究。"

"您的金丝怎么能抽得那么细？"

"都是天分，你们几辈子都赶不上。"子明半躺在湖边的石舫上，身边围满了金属系的新学徒。明之灵隔空踢着把剪刀，刚将一枚凤仙花剪了，便有人捧着送到她手边来。

阿达、石黛和绒绒正路过，抱着一个巨大的青花直口花瓶，是石岐刚出炉的作品，送给她们放在宿舍里做摆设。

阿达见着子明，犹豫了一下，还是把花瓶递给绒绒，走上前："就是你把绯关在银熏球里的吧？我看见球上刻着你的名字了。"

"你认识绯啊？也对，现在的她只配和你们这些无聊的普通人来往了。"

"你凭什么欺负绯？"

"浪费自己的天赋就是罪过，我不过是代替百工坛给她个教训。"

阿达从来没见过这样强词夺理的人："你现在就去给绯道歉！"

石黛不知所措地拦着："不要吵架啊……"

听见石黛发声，子明并不领情，嘲讽倒都冲着她来了："你就是那个不是百工族，却被留下来的贱民？"

虽然在百工堂明里暗里被嘲笑过不少次，可当着石黛的面叫她"贱民"，这还是第一次。阿达气不过，撸撸袖子就要上去，却被石黛拦住了："我有名字的，叫石黛。佑山长留我下来的，不服气，可以去问她。"

"不配得到永生的贱民，果然既没礼貌，又没胆子。"

话音刚落，子明的剪刀直冲到石黛耳边。石黛还没反应过来，剪刀已经在她头上随意上下翻剪。阿达着急，伸手就去拽剪刀，这剪刀直着冲阿达飞过来。阿达直觉闪躲，一个平衡没掌握好，倒在身后的绒绒身上，绒绒脚一滑，手上的花瓶跌碎在地上。

周围的新学徒被吓到，战战兢兢地往后躲。那剪刀还不收手，直往阿达头上招呼。眼看阿达的两只辫子不保，一束丝线飞过来，绑住了剪刀。剪刀与丝线在空中纠缠着、对峙着。阿达和石黛头发凌乱，抱在一起瞪着子明，瓷器碎片散了一地。

来救她们的是绯。

"你能控制丝线了？"子明的语气里透着惊喜，但一秒钟后她就变了脸，剪刀唰唰几下，剪了绯的丝线，绯一个趔趄跌坐到地上。

子明走到绯的面前，蹲下来，点着她的下巴："不过又多了一个特殊系的庸才而已，你什么时候才愿意放弃这种无谓的挣扎呢？"

绯的冷面孔显出了能与子明的嚣张抗衡的力量："听说学堂这次的惩罚让你很为难？"

"关你什么事？"

"他们要你与别人合作完成作品，并经受百工坛的检验。照你一直以来的作为，怕是没有人愿意。我看你在百工堂待不久了。"

"怎么会没有……"子明环顾四周，刚才簇拥着她的学徒们都一个个躲避着目光，"他们就是故意刁难！贱民都留得下，敢让我走？我就不走！"子明开始急躁。

阿达见绯渐渐占了上风，一直僵着的身子放松下来，转身扶起石黛："呀，你的胳膊！"

石黛这才发现自己的胳膊被割伤了，一阵钻心的疼，但她强装微笑着摇摇头："没事，习惯了。她也不是第一个这么对我的……"

"石岐送的花瓶也碎了……"阿达捧着满地的瓷器碎片，"破坏别人精心完成的作品，你根本不配做百工族！活该没朋友与你合作！"

"走吧，不用管她。"绯转身挽起石黛，阿达护着绒绒，四人走了。所有方才还在崇拜着子明的新学徒，也都散开了。

百工堂是个慕强的地方，但或早或晚，人们会发现，善于合作才能变得更强。

子明倔强地看着天："哼，我什么时候稀罕过朋友！"虽然这样说，此时在她脑海中的画面，却是很久以前框的笑脸："子明姐姐！"那样的笑脸，她已经很久不曾看过了。

一阵风吹过，池塘青草略低了低，石黛和阿达方才被剪到地上的头发飘了起来。其上芽灵萌动，逆着风一直飞到了绒绒的手上。绒绒瞪大了眼睛，看着里面没精打采的芽灵们，有了主意。

故人之心

宿舍里，一盏一人高的梨花木灯架下，平铺着一张竹席。竹席上依次坐着三个人，最后面的绯在帮坐在中间的阿达梳头，阿达在帮坐在最前面的石黛梳头。绒绒在一边坐着，绒之灵跳来跳去，不知在忙些什么。

石黛唤她："绒绒，你也来，我帮你梳梳头？"

绒绒摇头："不用，我在做作业呢。"

“你最近画画练得怎么样了？”阿达摆出一副西席的样子来问她。

“宫仙西席夸我很有进步。”

“你怎么不让我看看？我才是你师傅……哎哟，绯，你轻点儿！”

“你怎么不说自己头发有多乱？”

“全是那个子明剪乱的。吓死我了，现在想起来还后怕。”阿达有些伤心，“石岐送的花瓶就这样没了吗？我帮他打了好几天的下手，他才愿意送我的……”

石黛说：“碎片都忘了搬回来，也许石岐能修好。”

“算了吧，我可不敢告诉他，他肯定怪我没看好，下次再也不会送我东西了。啊，对了！”阿达从口袋里拿出一个竹哨子给石黛，“黛黛，以后如果子明再欺负你，你就吹这哨子，我们就来救你。”

石黛笑着收下了。阿达又拿出了一个给绯：“这个是给你的。”

“我不需要。”

阿达急了：“上次子明都把你锁进银熏球了，万一她做出更过分的事呢？”

“不会的，她这样欺负人，学堂已经惩罚她了。”

绒绒也好奇：“你和她怎么认识的？”

“我们是同乡，在一个叫永乐村的闭塞地方长大。我的百工灵苏醒得太早，经常因为无心展现的力量被同村的孩子欺负。”

“只因为你有百工灵就欺负你？”绒绒不解。

“那里没有别的百工族。当你与众不同的时候，就会引来麻烦。”

那时候，绯还叫榧。五岁的她怀抱着百工灵，身后卷起金黄的银杏叶，叶子一层累着一层，涌起成了一面墙，将她和身后的孩子们分隔开，那些孩子在喊："怪物！怪物！没人要的怪物！"

那时候，每一次都是子明挡在前面，拿着一把剪刀，将荆棘当成项链和腰带佩在身上，将自己装扮成很凶恶的模样，驱赶着孩子们。等人都散了，子明来到榧面前，摸摸她的头发，向榧伸出手："我也可以看见芽灵哟！这是我的百工灵，我们和他们不一样！"

真诚的温柔和同类的惺惺相惜，让榧卸去了防备。那时，子明也不过八九岁。

很快，学使出现在她们面前，百工堂终于发现了她们，入学的时候到了。

子明拉着榧的手站在百工堂大门口心生向往："该去属于我们的地方了！"

榧捧着黑纸扇小心翼翼地递给子明："子明姐姐，你看我用柿漆涂的扇面，能防水。"子明很珍惜地接过："好像少了些什么。"子明单手扫过，扇面上立即出现了漂亮的金箔装饰。"送你吧，子明姐姐，这是我们一起做的第一个作品！"榧觉得，也许来百工堂也是个不错的选择，因为子明也在。

子明说："以后在这百工堂内，再也无人敢让我们受半点儿委屈了。"

子明以最好的成绩通过了入学试。榧知道，她之所以这样拼命，是为了不被人看轻。春风得意的子明身边，众多崇拜者都希望与她合作。子明和榧两人的天赋在当时无人能及，百工堂对她们倍加礼遇。

但，子明不再像从前一般了；还是，她从来都是如此，只是榧现在才知道？早已脱去了荆棘装饰的子明，戴上了越来越多、越来越重的金首饰。她变得恃才傲物，经常与人争执。那一把蛇头剪曾经是她自保的武器，如今是她欺负人的工具。

"金属系不就是会点儿掐丝描金？我们土石系一砖一瓦能让高楼平地起！"

"脏兮兮的土石系胆敢在司学面前放肆！"子明恼怒，蛇头剪刀射向新学徒。此时一把纸扇飞向剪刀，剪刀穿扇而过跌落在地，扇面坏了。

是榧，哦，不是，此时的她已经是"绯"了。交过转系的申请，绯不再做草木系的作品。这一把纸扇，是她，也是她们，从前的印记。

子明的心被高高悬起。

"你这样胡来，小心山长责罚！"绯提醒。

"管她什么责罚，抄书还是做工，自有人完成。"

"你这副模样，与当年村里那些孩子有什么两样？！"

"你怎敢把我与那些贱民相提并论？"

绯转身离去。

"不准走！你为什么要放弃草木系？"子明抢到绯的面前，逼她面对自己。

"轮不到你管。"绯这样冷，冷得让子明不敢认。

"你变了……"

我变了？绯想，变的难道不是你吗？

"你以为这样自暴自弃，你爸妈就会回来了？我们早就是没人要的孤儿了！没有禀赋，你就什么都不是了！你回永乐村，再也不会有人来管你的死活，我也不会再管你的……"

"那就请你不要再来管我了。"

绯继续说着故事，好像故事中的人并非自己，阿达看不清她脸上的表情。

"我与子明不再往来，百工堂内也无人敢招惹她，很快她就变得独来独往。"

记不得是哪一夜，绯提着灯笼在归家路上正要过桥，瞥见前方一个人影，绯吃惊："子明？"

只见桥头独坐着子明，然而束发模样，去了满身的金饰，一身素衣，眼神柔和，与平时判若两人。

"你，不是子明？"

"我是……伍瑟。"

可那分明是……绯震惊，将灯笼举高了凑上去细看，子明的眸子是红色的，而这一位的，是碧色。初初知道这样一个秘密，绯一时不知该说什么，也不知该不该走开。

"别害怕。"

"我怎么从没见过你？"绯小心翼翼地问。

"我见过你，小时候我们一起在山里捡到过穷奇的牙齿，还有那次山洪来袭我们一起做的筏子……"

"我以为那是……所以你们是不一样的。你也是来劝我的吗？"

"我知道你肯定有自己的打算。只是离开草木系以后的路一定不会好走。"

"佑山长同意我留下来，重新探索其他系的禀赋，跨越派系虽然困难，但也不是没有先例。"

"别让自己太辛苦了。"

"别让子明太放肆了。百工坛容下了她，佑山长却未必。"

伍瑟苦笑："她的行动我干涉不了。"

绯一声叹息："这座桥我每天都要走。"

"有缘桥上再见。"

灯下，绯的故事到了尾声："百工堂内一个奇怪的说法不胫而走，说子明司学变得阴晴不定，一会儿温柔如水，一会儿暴虐如冰，应该是伍瑟在替她广结善缘。我不知道这些年和我结下情谊的是子明还是伍瑟，也不知道哪个才是真正的她……"

"与其在这里猜，不如直接去问问。"阿达说。

"可是……"绯犹豫。

"可是子明真的很凶。"阿达也犹豫。

看着阿达双眉皱紧的样子，绯笑了起来："她的凶，不过是用满身的刺把真实的自己包裹起来。"

阿达歪着头看绯："真可惜啊，以前你们一定是很好很好的朋友。"

可惜……吗？

真正的完美

一日之计在于晨。百工堂虽然没有非得早起不可的规矩，但大多数百工族最忙碌的时候都是在清晨，有的锻炼体魄，有的写生山河，更多的人已经进了各自的工坊开始工作。

人来人往之中，一个身材修长的人坐在桥下的阴影里，素衣碧瞳，头发被扎起。看来就是伍瑟了。她正摆弄着一些碎瓷片，试图拼接，试了好多次都没有成功，瓷器再次摔在地上，跌成几瓣。

"唉，破坏他人作品，又违反一条校规……"伍瑟自言自语。

"修好它，就不会被责罚了。"绯捡起了那块碎片，后面跟着石黛和阿达。

"绯？好久不见。"

"她最近有点儿失控。"

"因为惩罚，她害怕离开。"

"百工坛不问出身、只看作品，是她所有安全感的来源。如果被赶出百工堂……她——你——该有多难过。"绯这样说，难得地红了眼睛。

"我和子明还是一起离开百工堂比较好，再也不会给别人惹什么麻烦。"

一旁的石黛突然发言："既然有想要守护的人，怎么能说放弃呢？"

阿达也赶紧道："别说那么多了。要不趁子明还没回来，我们来把花瓶修好吧。"

伍瑟看着满地的碎片："重做会不会更好？"

"旧物凝聚的心意怕是新物无法替代的。"石黛说。

"是呀是呀，修补的意义不就是在不完美中追寻完美吗？"

"都碎成这样了，怎么修呢？"

绯捡起一块碎片："锔瓷和金缮，听过吗？"

锔瓷，那是一种修补残破陶瓷的妙技。匠人们精选金、银、铜、铁，巧妙地锤成菱形锔钉；然后，运用金刚钻在瓷器的破损处钻出细孔，以锔钉将其拼凑。金缮，是用漆将碎瓷拼合塑形，令那破损的瓷器重生，展现出新生的光华。

伍瑟犹豫："这两种技艺需要金属系和草木系配合完成。"

"我们和你一起。"绯说。

"完成这个，你就不会被学堂开除了。"石黛很乐观。

"可是子明这样待你们……"

好像没人听见她说这句话，大家已经忙碌起来了。石黛是拼图的好手，没一会儿，就将花瓶大致拼接成形，裂缝处暂时贴上了贴纸做固定。阿达用手扶着，颤颤巍巍。伍瑟跟着扶上去。

"要打孔了，这是偷偷问玉琪借的金刚钻，黛黛，你来。"

石黛有些犹豫。

阿达为她鼓劲："我们都不是土石系的，百工灵用不上，你最细心，一定可以的。古人没有百工灵也是这样做的！"

石黛拿起了金刚钻头，深吸一口气，专注于一点上，钻头旋转起来，每过几秒，绯便用水泼上去，防止瓷器的温度太高。伍瑟与阿达一起扶着花瓶。如此忙了许久，洞打好了，四人都流了一身的汗。

伍瑟意外地看着石黛，没有百工灵却可以完成难度这么高的工艺，子明凭什么轻看她？

绯提醒："现在该上锔钉了。"

伍瑟提醒自己，不能大意。她凝神静气，念叨："上神有灵，百工有心。曲成万物……"

"等等。修补错处，不用曲成万物，而是'残破非失，归原清净'。"绯更正。

阿达想：残破并不是失败，无须丢弃，只要有心，总会回到最初的样子……原来念诵中有着很深的意思呀。

伍瑟召唤百工灵制作了若干锔钉，有梅花样的，有柳叶样的，——与这花瓶上的花式相应，嵌入了打好的孔中。

最后一颗锔钉上好，伍瑟喜形于色。

阿达战战兢兢把手放开，花瓶立住了。大家刚要欢呼，阿达仍旧不信，打了水来放进花瓶里："真的！一滴也没漏出来，太神奇了！"

伍瑟仔细看了看："边沿还有几处。"

"黛黛，你来磨瓷粉补缝。"绯调度起来，"阿达，剩下的我们用金缮修补，先来调漆，混合糯米粉与黑漆……"

绯的这份淡定和沉着，比她大几岁的阿达总是自愧不如。

几番忙碌之下，基本补全的花瓶展现在眼前，各种裂缝用瓷粉和漆已经黏合好，金色的铜钉与青花相得益彰，瓶口缺的那块用铜件补上，抛光之后，铜与瓷之间几无痕迹。

伍瑟仍旧不满意："好像少了点儿什么。"

她解下自己金项圈的一环，百工灵将其碾磨成粉，绕着花瓶飞了一圈，所有裂缝处闪出了金光。裂缝里被镶嵌了金箔，熠熠生辉，让人挪不开眼睛。

大家鼓掌赞叹。没人注意此时伍瑟的瞳色又变回了红色，头发也散落下来，子明回来了。

"这……才是'完美'？"

怎么办？怎么办？阿达想上前抢下好不容易修好的花瓶，可是子明已经把花瓶捧在了手里。她连忙把石黛和绯护在身后，紧张得嗓子冒了烟，说不出话来。

"只有珍贵的东西，才需要修补。"子明说。

这话听起来有杀气。又见子明去怀里掏什么，一定是剪刀！阿达闭上眼。

但剪刀并没有来。阿达小心翼翼睁开眼，只见子明正将手里的折扇递给绯。

"你那么爱修东西的话——"

绯接过这把黑纸扇，除了之前被戳破处之外，扇骨上也被磨破了，有了许多岁月的痕迹。

绯之灵绕着纸扇飞了一圈，破损处发出光亮，很快修复如初。

"如果还有磨损，可以随时来找我。"

子明将扇子放回怀里，欲言又止。此时绒绒来了："阿达姐姐、黛姐姐、绯姐姐，我做好了这个！"

绒绒递过来的是一样绣品，画面上是绯、阿达、石黛与绒绒互相为对方梳头，线条都是褐色或黑色，十分传神和淡雅。

绯惊呼："这难道是发绣？"

阿达第一次见发绣，新奇得很："是我跟黛黛的头发吗？"

绒绒回答："还有我跟绯姐姐的，你们看，这根是阿达姐姐的头发，这个是绯姐姐的……除了上次被剪的，我还偷偷拔了一些……"

阿达惊得忙按住自己的宝贝头发。

绯端详着发绣，赞叹："技巧掌握得不错，兼具了提按顿挫之笔意和浓淡枯湿之墨韵。人物之间的细微差距都能看得出来，非常不错。"

石黛戏谑反问："我们和阿达之间的差距细微吗？"

阿达向石黛做了个鬼脸，惹得她笑个不停。

绯评价："我看可以送去入学试了。"

"真的吗？"

"初一和十五的考工，可以向百工坛送作品，下一次……"阿达掰着手指头算，"是七月初一，如果你通过了，七夕前就能升级了。"

绒绒骄傲地昂起了头，看见了修好的花瓶："哟呼，石岐哥哥送的瓶子，变样了！你们偷偷跑出来完成作业？"

阿达被提醒："好像确实可以算是作业……我们赶快拿去给叶渚西席看看！"

绯说："不仅是我们的作业，也可以算作某人接受惩罚需要提交的作品呢。"

阿达恍然大悟："对啊，这是我们和伍瑟……子明合作的作品！可这起初是石岐送我的花瓶，送去百工坛可就没了。"

子明闻言，一脸不可思议："能有机会被百工坛接受，是这个花瓶的荣幸！不然等旧了碎了化成了灰，谁都记不得。百工堂里居然还有你这样看轻百工坛的人！"

绯笑眯眯地说："阿达的想法确实和大家不一样呢。"她并没有否定阿达的想法。

阿达完全没听见子明和绯的话，挣扎了一会儿，还是叹了口气说："算了，要你再找人合作可比我再去求石岐难多了。便宜你了……"

子明直视着绯，有个问题她无法释怀："你是为了帮伍瑟还是帮我？"

"她不就是你？"

子明轻笑一声，带着花瓶离开了。

"世上之事，皆为因果。"叶渚西席在远处敲着钟，这几日的闹剧他尽收眼底。

天边云卷又云舒。看来子明在百工堂的日子还长着呢。

阿达的百工小课：锔瓷与金缮

由于瓷器价值较高，破碎后普通人家往往不舍得丢弃，因此锔瓷这门技艺就产生了。古有"没有金刚钻，莫揽瓷器活"的说法，指的就是锔瓷过程中需要使用金刚钻给瓷器钻孔。钻完孔，打上锔钉之后，用蛋清混合瓷粉补缝。

金缮工艺同样发源于中国，是用来修补瓷器或紫砂的一种技艺，也可以用在玉、竹木、象牙等材质上。调制漆为黏合剂，拼合器具碎片、填补孔洞，再用金箔装饰表面，成为具有特殊残缺美感的新器具。

07

静候

BAIGONGLING

石黛的危机

如镜一般的湖上，圆圆的新荷浮在水面，岸边嫩绿的小麦已在扬花。

"我虽然允许你留下来，但百工堂不养闲人，你需要跟其他人一样，在中秋之前通过入学试。"各处在忙，百工堂的牌坊下反而无人。佑山长特地将石黛叫来这里教训，一来郑重，二来并不想让别人见到，更加为难她。

"可就算我现在看见了芽灵，这么短的时间，还要唤醒百工灵，制作入学试作品……"

"如果你不能通过入学试，便只能退学，并且以后，再也不能回到百工堂。"

石黛的声音打着战："那作为学徒的家属，我能不能问一句，石墨去哪里了？"

佑山长顿了顿，回答："百工堂上上下下那么多学徒，我怎么可能每个都关注到？"

"他是来了这里以后失踪的，如果我从此都不能来百工堂，那不是永远都找不到他了？"

"如果我是你，会尽快发掘自己的禀赋。留下来，才有希望，不是吗？"

石黛忍着泪握紧了拳。

佑山长匆匆地离开了，她怕看见石黛的眼泪，同时心里生起疑惑："石墨……到处都查无此人……难道也是……"

仲夏时候，即使是晚上，也依然酷暑难当。宿舍里，阿达在教绒绒画画，整个人趴在地上，焐热了就滚去另一边。绯警告她："你这样贪凉，小心风寒。"

"才不会！"阿达叫着，"这么热的天，寒气都来我这里吧。"

孺子不可教也。绯摇着头叹息，手上并没有停，七汤点茶，她已经调到了第五汤，茶色已经出来了。

"你这画的是我吗？疯疯癫癫的，人家明明是安静的淑女……"阿达对自己新收学徒的画很不满意。

"阿达姐姐，人没有自知之明好可怕。"

绒绒和阿达闹成一团，绯招呼她们："来喝茶了。"

只有绒绒跑了过去，阿达捏着鼻子说："不知道你们为什么这么喜欢点茶，这么麻烦。"

绯回说："这是明前露芽，我特地收起来的，心静自然凉。黛黛就比你懂得欣赏，问了我好几回了。对了，黛黛去哪里了？这么晚还没回来。"

"她今天被佑山长退学警告，很难过。"

石黛的铺位上，除了被褥，其他衣物都装进了包里。

"难不成她已经做好了离开的准备？"

阿达心焦："我们去找找黛黛吧，太让人担心了。"

绯点点头，放下手中已经第六汤的茶不要了，回头嘱咐绒绒："绒绒，你别去了，就在这里守着，万一她回来了，见我们都不在又要去找，让她等着就好。"

夜里的芽灵生发场，山上几盏微弱的灯笼影影绰绰。此起彼伏听见她们喊石黛的声音。喊了一会儿，两人到了一处。

"你找到什么线索没？"两人一见面就不约而同地问道，又都失望地摇了摇头。

"再往北，去海边看看？"阿达建议，绯点头。

石黛果然在海边，站在十来米高的礁石上，往前一步是茫茫海雾，往后一步是没有灯火的黑夜。

"晚上来，他应该不在吧。"石黛想起前些天那个少年，"不知有没有机会去先墟找线索。"

她的身后，隐隐约约传来阿达和绯的喊声——

"黛黛……"声音清脆而坚韧的是绯。

"黛黛，你迷路了吗？"以己度人的那个，肯定是阿达了。

石黛转身踮脚，挥着手："我……"话刚出口，脚下一滑，从礁石顶上掉了下去。

借着月光，阿达眼见着那巨大礁石顶上跌落的人影，惊异之下，奋力跑去海滩。

阿达声音打战："那是黛黛吗？"绯和阿达先后来到海滩边上，可夜晚的海漆黑一片，只有浪花点点泛白，哪看得清分毫？绯望向方才那人落水的地方："好像有人来了！"

只见是海云托着石黛从水中慢慢游了过来，月光将他们的轮廓描在粼粼的海面上。

"谢谢你，又救了我一次。"石黛刚刚定下神，发现又是当时偶遇的少年。

海云指着岸上的两个人问："她们是你的朋友吗？"

阿达和绯此时已经拥上来，接过石黛："你没事吧？都湿透了，先回宿舍吧。"

石黛从阿达和绯的肩头上看过去，海云已经走远了。

这么一番折腾，夜已经深了。灯下，石黛散着头发躺着，绒绒的百工灵在给她梳理。

绯继续摆弄着她的茶汤，阿达愣神看着，欲言又止的样子。

绯看穿了她："不想喝可以不喝。"

阿达舒了一口气，毫不客气："太好了。你做的点茶太苦了。"

绯笑笑，阿达怎么和小孩子一样欣赏不来点茶？

阿达问："黛黛，你认识那个救你的人？"

"之前遇见过一次，他叫海云。"

"他是海家的人！"绯恍然，"怪不得能及时救你。"

"怎么你也认识？"不愧是五岁就来了百工堂的人，阿达想，绯什么都知道呀。

"他是百工族唯一的水系传人。整个百工族的水系只有海家一支，他们每一辈都只有一个孩子。这个孩子一出生就能看见水芽灵。历代海家的孩子都要担任百工堂的神官，职责就是驻守先墟海域。"

水系，神官，守护先墟，在阿达驰骋着的想象里：远远的海底，瑰丽珊瑚间有断壁残垣，其中藏着无数宝物，一个白衫少年在海底游走，还真有点儿浪漫。

绯继续说："海家的百工灵是传承的，他与这一只百工灵的默契达成，就会正式取代他的父亲，升任神官。而他的父亲，便丧失操纵水芽灵的能力了。"

阿达抢着问："这么说，这只百工灵得几百岁，不对，上千岁了吧？"

绯做好了茶百戏，点的是海水纹，一人一碗，除了阿达："好了，故事讲完。你们喝碗茶暖一暖，早点儿睡吧。"

不一会儿，宿舍里响起了阿达和达之灵的呼噜声。

绒绒掐灭了灯火。

黑暗里，石黛听见绯在自己耳边轻声细语："以后还是不要这么晚去海边了，危险。"

石黛心头一暖，握了握绯的手。

美好的愿望

到了后半夜，蝉声微，在石黛的梦里，划出细纹。

那是个很冷很冷的冬日，呵气成冰。石黛四处找石墨："石墨！你在哪儿啊？石墨！"这么喊着，一直到了山上，听见人们唱着劳动号子，一个满脸还是稚气的男孩走在最前面。

"哼唷哼唷！"石墨唱着。

石黛奔上去叫住他："石墨！你怎么会在这里？"

"姐，我刚帮大叔们找到了……"

"我是问你为什么在这里？你应该在百工堂！"石黛说着就要拽石墨走。

"我去百工堂做什么？一个低等学徒。但……"石墨的声音变得模糊，石黛提醒自己要专心听他说，"你们……他们……必须依赖我！"石墨的轮廓开始消散在背景银白色的森林里，"……姐，我不要去百工堂，我只想……"石墨变得透明，越来越远，越来越淡，"姐……"

石黛惊醒：是梦还是一段迟缓麻木的记忆？不能放弃！我得再去问问……

立于白玉台边的天一阁六角檐塔挺拔，傲然于云端，仿佛古智慧的守护者，晨曦初露，洒满檐角，映照出斑驳岁月的痕迹，门前的对联写着"长物因美寄情，百工以巧胜天"。石黛见了，格外刺眼，她与长物无缘，与百工族更是隔着一道深涧。门紧闭着。石黛敲了敲，没有人回应，于是轻轻推开，走进去，在书架和百宝架之间，找到了涂坦。

"涂坦爷爷，我想再问一下，上次您说见过石墨……"

涂坦转过身，惊喜道："来得正好。"

石黛不明所以，这时见到涂坦身后还有一个人："叶渚……西席。对不起，我打扰了。"

"正好我在跟涂坦商量给他找个帮手，我们都觉得你很合适。"

"我？我不行。"石黛连忙摆手推让。

"反正你也看不见芽灵，做这个还有点儿用。"宫仙说。

"瞎说什么呢！"阿达揪住宫仙的耳朵。

"阿达！宫仙西席怎么也在这儿？"

"原来这个小孩是涂坦爷爷的孙子呢！我来找涂坦爷爷玩儿，他和我爷爷是好朋友。刚刚叶渚西席正好提到天一阁要帮手。我在想，温柔细心又有责任感的人，除了你还有谁呀！"

"我哪里有那么好？"

"我可一个字都没夸张！"阿达小声对石黛道，"只要在天一阁工作，就没人能轻易赶你回去。快点儿接受吧！"

涂坦笑了笑："天一阁的工作，是处理从海底的先墟中发掘出来的比较重要的古物，然后将粗拣的东西分给读贤街去修复，之后再回归天一阁。这些古物中间，也许会有……"

石黛兴奋地打断他："会有我弟弟的线索？"

"也许能找到你的禀赋所在！"阿达听她提弟弟，又翻了个大白眼，"天天弟弟、弟弟，他年纪比我还大一岁，也是个可以独立生活的大人了！你也想想自己好不好？"

宫仙看着阿达，一脸不可思议："你这样也算大人吗？"

当然，被忽略了。

"不管怎么样，天一阁，可能是新希望。"石黛正满怀期待地望向远方。眼尖的阿达突然瞥见楼下院门口的人影："那不是那个那个那个那个……"

楼下站着的正是海云。

众人下去迎，宫仙冲在前面："你又来找我爷爷呀？"

阿达忙不迭地把石黛推到海云面前，又一把拉回宫仙："不要打扰大人说话。"

"你为什么会在这里？"石黛和海云对上了目光，同时发问。

"叶渚西席推荐了我来天一阁做帮手。"石黛低下头。

"那这个给你也可以。"海云递给石黛一个黑色的盒子，石黛打开，里面灰扑扑一团，还带了海底的泥，泥里隐约闪现着亮点。

石黛刚要拂去泥，被海云抓住了手："这泥是封住宝物的，不然漆绘容易失去颜色。"

两人掌心贴着掌心，石黛能感觉到脉搏的跳动，但分不清是自己的，还是他的。

过了许久，不知谁的手先松开了。两人不约而同往后退了一步，都低着头。

"涂坦爷爷知道怎么做。"

海云交代，石黛点头，两人依旧低着头。

"交给你就好，我先回去了。我……会再来的……"

"请等一等！"石黛绕到海云面前，欠身道谢，"那天晚上，谢谢你。"

"你好像比前些天轻松了不少。"

"啊，是吗？"石黛笑了，"也许愿望终有成真的一天。"

"既然如此，不如在我这里许个愿，通常都会灵验的。"

石黛不明白。

海云在空中画出祥云纹样，海之灵飞去了天上，带回了一片云，石黛和海云周围瞬间下起了一阵小雨。

石黛更不明白了。

海云红了脸，有点儿狼狈："对不起，不太熟练。"他努力回忆了下，再次打开双手做了个手势。然而什么事情都没有发生，海之灵在他的肩上跷着腿、吹泡泡……

"对了，还要念诵。"

"你快点儿，我的衣服都要湿透了……"石黛忍不住发了牢骚，又觉得有点儿好笑。她想起绯说的，这位见习神官还在和百工灵磨合，看来还有好一段路要走。

"上神有灵，百工有心。大美无言，微雨日影。"

海之灵收了那朵云，又送回了天上，云随着海之灵一路洒下霏霏微雨，日光之下，成了一道彩虹。

"我母亲说，彩虹下许的愿望都会成真的，要不要试试？"海云真诚地说。

石黛慢慢合起手："上神有灵，百工有心，希望……"

她注视着这难得一见的彩虹，直到渐渐消失，不知愿望会被送去哪里。

而他注视着她难得一见的笑容，暗自许下了自己的愿望。

涂坦的秘密

因为在天一阁工作，石黛暂时卸下了要被退学的忧虑。这许多的古物，让她看见了百工堂与百工族的根基。

这一日，石黛在蝉噪明窗之下，正读到先墟古籍中对百工坛的记载："百工坛负有收藏佳作之责，储于隐秘。经未知之径，越千载而献于后世，以示后人。匠人因此得以名垂千古，获永生之光辉。"原来百工坛是这样的神迹，难怪叶渚西席会说它是百工族人信仰所系。不知石墨是否也完成过百工坛接受的作品，得到了他的永生呢？

即使没找到弟弟，这一趟百工堂也没有白来。石黛对涂坦甚为感激。

"谢谢您收留我在这里。"

"你是来帮我的，我得谢谢你才对。"

石黛小声说："我现在都还没看见芽灵，也不知道能帮什么。"

"我五十岁才看见芽灵，入学之后虽然勉强过了入学试，但二十年才升了三级。你才多大，急什么？"

"您一定受了很多委屈。"

涂坦有些心疼眼前的女孩："只有受过委屈的人，才能想象我在百工堂可能经历了什么。"

石黛低下了头，眼圈有点儿红。

涂坦又说："命里给你什么，你永远不知道的。我居然得了个天才孙子。百工族上上下下都崇拜他，顺带着，也高看我一眼。"

"您怎么会来天一阁呢？"

"五年前，天一阁上一任的管理员去世了，佑山长那时刚上任不久，她让我这个万年学生接替做了管理员。天一阁，容得了我，也一定能帮得了你。"涂坦指着放在桌上的盒子，"你也可以慢慢学着做了。"

"那是海云送来的？"

涂坦点点头，将盒子放上工作台，接着在架子上找到一个小瓷瓶，用瓷瓶中的液体，将一块棉布打湿，小心翼翼地上下擦拭，不一会儿，海泥被擦净，露出了盒子中物件的本来形状，是一把梳子，但只剩了一半。

涂坦坐定默念："上神有灵，百工有心。残破非失，归原清净。"

稳重的坦之灵先是召唤来了褐色的木芽灵，接着召唤来了黑色的漆芽灵，两者相绕，补全了梳子的残缺部分。跟着，涂坦拿出了一个贝壳，坦之灵震碎了它，飞起了片片绚丽多彩的螺钿芽灵，稳稳地嵌在梳子上。一把螺钿梳光彩夺目，螺钿组成了一朵花的样子，下面是四个字：尘香花尽。

石黛虽然看不见芽灵，但这些日子对古籍的研习，让她看出了点儿门道。她惊呼："这是……大漆修补和贝壳镶嵌？您怎么……草木系和特殊系的工艺都能使用？"

涂坦淘气地向她眨眨眼，手指竖在嘴上，抿紧了唇："这种跨越派系的本事可不如你想象的受欢迎，告诉了别人，只会招来更多的麻烦。"

"我明白了。"

"这把梳子，我找了好些年了。"涂坦起身，从书架上拿下一部书，打开，很快找到了一页，递给石黛看。石黛见那页上画着一模一样的梳子，下面写着"风住尘香花已尽"。

"怪不得您知道怎么复原和修补。"

涂坦摩挲着这梳子："从前有位故人，提到过这梳子，我一直想亲眼见见。这么些年，找找又停停，我都快忘了，这就又见到了。"

"真是神奇，先古的遗物，就这样到了我们手上，被再创造成了这样精美的艺术品，又可以再流传千万年吧……"

"人与人、人与物，都是一样。你跟我，你跟阿达，你跟石墨，你跟你还未曾见面的百工灵，你找他的时候，他也在找你。找的时候，你以为的方向，未必是对的；你放弃了，以为失去了，其实就来到你眼前了。"

石黛细看那螺钿的光华，若有所思："这花，叫什么名字？"

"这叫曼珠沙华，又叫彼岸花。"

"彼岸……"

石黛轻轻拿起那本书，坐在窗前。清风吹动书页，隐隐可见最后面一页上画着好些圆形和线段。空气里跳动着些不知什么芽灵，透明如气泡，刚到石黛的身后，便四散成看不见的烟花，陨落在水晶帘底。

阿达的百工小课：螺钿

螺，指的是螺壳和贝壳；钿，有镶嵌装饰之意。将螺壳或贝壳精心打磨、抛光成薄片，根据画面需要镶嵌在器物表面，这就是涂坦爷爷用的螺钿工艺啦！螺钿能随着角度和光线的不同变换出斑斓的色彩，是古代的奢侈品。螺钿工艺起源甚早，周代已流行，后来传遍了东亚地区，最常见于木器，也能用于漆器、铜器和金器。

08
专心

BAIGONGLING

意外的访客

再过十天就是七夕了，这是百工族最大的节日，百工堂为庆祝节日，做了三大准备。

一为"架桥"。由暮蕊带领搭建，用粗长的裹头香搭成一条横跨整个湖面的桥，装上紫藤栏杆，玉琪于栏杆上扎上各种装饰，其中最显眼的要数一枚三尺长的玉如意，装饰在桥头。

二为"曝书"。曝就是晒。古人说，"冬日可爱，夏日可畏"[1]。夏季这可畏的温度能除去书中蛀虫，所以七夕晒书，是天一阁的大事。石黛将一张紫檀长架搬运到天一阁外阴凉处，两边装上防风板，板上写着"曝书处"。

三为"穿针"。叶渚为首的金属系族人，做了许多七巧金针，特殊系配以五彩丝线。七巧针上有七孔，古人以穿针来比赛，借

---

1 这句话出自《左传》。《左传》是中国古代第一部叙事完备的编年体史书，更是先秦散文著作的代表。

助月光，最快一个将线全部穿过针孔的人称为"得巧"。这样的金针和彩丝装饰在了百工堂的各个角落。

以上是官方的筹划，宫仙和绒绒这些天才学徒自然也不会闲着。在西岛，宫仙做出一座高耸入云的纸祭塔，上面开满各色可以乱真的纸花，其他人放上各色手工祭品，最下层有巧果、酥糖和花瓜。绒绒恭敬地放上羽毛扇子时，抓住了想要偷吃祭品的宫仙。

佑山长在牌坊底下，迎来了两位客人，草木系百工长候选人，木辰和森晴。

"二位这一路辛苦了。不知森郁百工长如今可好？"佑山长作揖道。

森晴回礼："多谢问候。堂兄最近越来越记不住事情了。所以今年的评选势在必行。"

木辰道："今日演练典礼的流程要麻烦佑山长了。"

"客气。草木系新百工长的评选，是整个百工族瞩目的大事，能协办典礼，是我的荣幸。二位请随我来。"佑山长带着木辰和森晴步向百工坛，所过之处，站满了仰慕的路人，比如阿达和绒绒。

"所以他们中的一个，是我们草木系未来的百工长啊！"阿达赞叹。

绒绒年纪小，百工长的评选她只听说过，于是问："是怎么评选的？"

"候选人拿出作品由百工坛评分，评级高的人自然就是下一任百工长啦！"

"这次的候选人之一木辰来自已经没落了的木家，所以备受瞩目。"阿达回头，是玉琪在解说，他刚完成了香桥的装点，忙着过来看热闹，"另一位森晴来自现今草木系最大家族森家，是这一代禀赋最高的,从小就受家族最好的师傅教导。"

有玉琪在,暮蕊当然也来了:"常有木辰这样的人来打破局面才有意思呢。"

因为忙着七夕准备或是四处看热闹,学徒们无暇学业,艺能社各处都冷清,只琼月坊有动静。

绯正一个人在练习织锦。特殊系的高手做织锦不需要任何织机的帮助,丝线在空中铺排交织,每一行都是不同的颜色,丰富的层次和瑰丽的色彩一气呵成。显然绯还没有达到这个境界,绯之灵驱使丝芽灵的能力还不足。一线跑偏了,绯之灵想拉回来,却在拉那根的时候放走了另一根线,于是越缠越乱,直到被缠成了一个茧子,跌在地上。

"曲成万物,协……"几声剧烈的咳嗽,打断了念诵,绯无力地把丝线都拂在地上,急躁地说,"出来,我们继续。"

绯之灵害怕地躲在茧子里面不肯出来。

绯想将线理顺了,还没拉几下,就成了一个死结。绯之灵爬到绯耳边,唧唧,好似在哀求。绯一边咳嗽一边拒绝:"不可以。她从前不用织机,我也不能用。"

"她从前是特殊系十九级,你拿什么比?"只见窗户上映出子明的影子。

"你来这里做什么?"

子明手里的托盘上放着一个精巧的银盒子,盒子打开,明之灵牵着几百枚针飞悬于空中。

"你以为我想来?"子明语气一向倨傲,"送七巧针是我的工作。"

一根丝线从房间里飞出来,迅速地穿进针孔,拉起挂在屋檐下面，好像一串风铃。

"针我收到了，你还有别的事吗？"

子明见绯不领情，于是用了激将法："你躲着干什么？是怕见到他吗？"

果然绯探出头来，一脸怒气，面色通红："我为什么要躲？！"

"你也不问问他为什么来？"

绯不答话，脸色更差，摔了帘子进屋。

子明也不走，一边唱着小曲儿，一边指挥着金针飞舞起来。

阿达正急急忙忙赶来找绯，看见子明，愣了一愣，凑近她，瞪大了眼睛："是伍瑟吗？"

"不好意思，在下子明，让你失望了，七夕快乐！"

阿达赶紧跳开："警告你，最近绯身体不好，你不许欺负她。"

"你的意思是，她身体好的时候，我就可以欺负她了？"

"歪理一大堆，让开，我要进去。"

阿达一边掀帘子一边问："子明来干什么？"

没有回音。

绯被埋在丝线里面，只露出一个头，看来织锦又失败了。阿达放声大笑。

"还不快来拉我一把？"被别人撞见自己的狼狈，绯有些不快。

阿达将绯从一团乱丝中拔出来："呀，你的手好烫。"接着就要摸绯的额头，被绯打下去。

"我没事。"绯坐下理线。

阿达也跟着坐下，帮她找线头："你每次织锦都搞成这样，要不别弄了。"

子明在外面开口道："你有多久没去百工坛提交过作品了？

不过就算你什么都不做，佑山长也不会赶你走，估计还指望着绯小姐哪天回头是岸，继续将草木系的技艺发扬光大呢！"

阿达不理子明："啊，说到我们草木系，今年七夕……"

"你的草木系！"绯纠正。

"好好，我的草木系，今年要选百工长了，候选人是——"

绯冷冷打断："是谁跟我都没关系。"

"可跟我有关系啊。"

绯停下手里的活儿，好奇地问："跟你有什么关系？"

阿达兴奋不已："候选人之一森晴，她是我奶奶的妹妹的女婿的舅舅的女儿，八竿子打下去能擦个边的表姑！"

绯愣住了，完全不知道该如何接这个话。窗外子明爆发出一阵大笑。

阿达对着窗外喊："笑什么！"转过头来拉住绯的手："听说森晴今天会去瓷窑，与佑山长一起表演瓷胎漆器。难得顶级高手献技，我们一起去看看吧。"

绯甩开："不去。"

"为什么？"

"我劝你也别去。已经快七夕了，中秋再不过入学试，你就得被赶回家了。"

"回家就回家，我早就想家了。走之前能长长见识也好啊！"

"那你还留在这里干什么？像你这样不思进取还不如早点儿离开。"

阿达急了："你倒是进取，一天天地把身体都熬坏了，做成什么了？"

子明在门外听见阿达说这话，耸了耸肩："一个不思进取，一个不自量力，五十步笑百步罢了。"接着听见门里一阵乒零乓啷，阿达的手脚被绯用丝线绑了个结实踢出了屋子。

"你不是她的好朋友吗？怎么……"又有人来了，子明刚想开启嘲讽模式，看清来人，立刻住了嘴。

"好久不见，子明。"

子明警觉地点点头。

阿达看着他们互相问好，有点儿惊讶，对着来人说："你……你是我们草木系的百工长候选人？"

来人正是木辰。他为阿达解开身上的丝线："你叫阿达是不是？听说你是绯的好朋友。"

"你认识绯？你是绯的……"

"……父亲。"子明回了阿达的话。

阿达大吃一惊："啊？！"

子明冷冷地对木辰说："她不想见你。"

阿达愣愣地问："为什么？"

没有人回答她的问题。

子明拽着阿达就走，阿达刚想挣扎，看见子明的瞳孔变成了碧色。

"让他们单独说会儿话吧。"伍瑟低声说。

阿达好像懂了什么，点点头，老实地跟着伍瑟离开了琼月坊。

只剩了木辰和绯。他踱步到帘外，隔着薄薄一层丝帘，绯的身影若隐若现。

屋子里的绯忍着眼泪，倔强地一直理线、织锦，越做越急躁，丝线一次次打结断线，直到暮色降临，父女二人始终不发一言。

木辰轻轻叹了一口气，在门口放下了一个大木箱，离去了。

最后一缕晚霞如火。

关于母亲的梦

瓷窑外，阿达看着天边如火的晚霞。

"也不知道绯跟她爹爹聊得怎么样了。"阿达在心里念叨着。

"你在干什么？"

阿达回过头，见石岐双手叉腰瞪着她。阿达跳起来，兴奋地向石岐展示她手里的活儿——瓷胎竹器！

"我从佑山长和森晴瓷胎漆器里受的启发，但漆器太难了，我还不会，所以……"

"所以你把我精美的瓷杯套在你这么难看的竹篓里面？！"

阿达照例没听出石岐的话里带着怎样的情绪："对啊对啊！这叫瓷胎竹器！竹篓接不住水，瓷杯容易碎，你看这样套起来是不是正好互补？"

"不是不可以，但是——"石岐忍不住吼起来，"你也找个没有装饰的瓷杯套啊，你也做个漂亮点儿的竹套子啊！我好不容易烧出来的郎红釉，你这么一套，什么都看不见！"

"你早说啊……"

"没见过你这么笨的！"

一阵静默。

石岐见阿达与平常不同，没有回嘴，有些担心自己的话是不是说得重了，搜肠刮肚想找补、说点儿什么来挽回，还没开口，就被阿达吼了回来。

"你们今天一个个的……就是看我不顺眼是吧！"阿达吼完就走。

"我是不应该骂你笨，但你不至于气到要走吧？"

"要你管！我要拿这个瓷胎竹器去过入学试，到时候百工坛给我评个上品，不，甲等！看你怎么说！"

石岐看着她的背影，拍了拍脑袋有点儿想笑："不可能会通过的吧……"

阿达一路小跑回到琼月坊想再看看绯，不见木辰，却见到石黛在门口，挪着一个大木箱。

"这是什么？"阿达问。

"有人留在门口的。"

箱子里装满了五彩夺目的冰蚕茧。阿达见了，惊得下巴都要掉下来。

冰蚕生长在野外，挪到室内就不容易活，且一只冰蚕三年才成茧，破茧而出的冰蛾向阳而飞，一直不停，直到化在天上。收集冰蚕茧，必须在冰蚕融化之前，放于特别制作的金丝楠木盒之中，否则茧也会跟着化了。所以冰蚕茧是极其难得之物，特殊系的百工灵们对冰蚕有着特别的嗅觉，就算这样，绒绒收集做娟娃娃的三只冰蚕也用了好些日子。要收集这一箱子冰蚕茧，怕是特殊系的百工长也要个一年半载的。

阿达赞叹："这是绯的爹爹送给她的吗？他是草木系的人，收集这么多冰蚕茧，花了多少工夫啊！"

门里传来绯咳嗽的声音。阿达和石黛放下箱子跑进去，只见绯倒在地上，绯之灵被困在一团丝线里不能动弹。

昏昏沉沉中，绯听见阿达呼唤的声音："绯，你醒醒……"

这声音越来越远。绯的身体越来越轻，轻得像是太阳底下一缕烟。她与阿达、石黛一起在百工堂里走着，有说有笑。不知什么时候，阿达和石黛不见了，身边人变成了子明，他们在永乐村里。

子明拉起了绯的手，绯发现自己回到了五岁。又一阵晃眼，绯变成了小婴儿，护着她的是一双温柔的大手，绯见到一张熟悉又陌生的脸，是妈妈。妈妈笑得眉眼弯弯，真好看。绯去摸妈妈的眼睛，但被一道道蚕丝隔开了，妈妈在蚕丝后面，越来越模糊。她发现自己被装进了一个大茧子里，那道茧，冷如冰。

"妈妈，我冷，好冷……"

冰茧一点儿一点儿融化，绯又看见了妈妈的脸，在太阳底下，流着泪，如那冰化成的水。

"妈妈，你为什么要走？难道你不想跟我待在一起吗？"

"想，但有人不喜欢妈妈在这里……孩子，不是每个人都能幸运地做喜欢的事情。妈妈希望你能是那个少数的幸运者……"

"今夜好眠……"摇篮曲的哼唱越来越清晰，"织梦铺陈在碧浪间……"

"妈妈！"绯大汗淋漓地猛睁开眼，含泪大喊。

已经是清晨，绯发现自己在宿舍里，抱着的妈妈是个慈祥的陌生人，绯收回了手。

这人摸了摸她的前额，露出了笑容："看来烧退了，有些精神了。"

"您是？"

"她是我妈。"阿达从妈妈身后探出头来。

果然，仔细看，阿达与妈妈几乎是一个模子里出来的，尤其是眼睛，弯成两道月牙，好像生活里总有能让她微笑的幸福。

阿达递上一杯水，打了一个大呵欠："太好了，你终于醒了。"

"谢谢你们照顾我。"

"幸亏今天是亲访日，我妈恰好来看我，不然你的病怎么可能好得那么快！不过你更应该谢谢我！我可是贡献出了我们家的祖传蓝印大被给你盖呢！"

绯这才发现身上盖的被子摸上去厚实绵软，十分温暖。

妈妈点了点阿达的脑壳："少说点儿话吧，你朋友刚好一些又被你吵晕了。"转过头来对着绯，阿达妈妈更加慈祥："昨晚很多人来过。知道你醒了，他们还会再来探望的。孩子，你昏睡的时候说了很多梦话……如果太辛苦的话，别一个人憋着，找人说说吧。"

绯没有点头也没有摇头。阿达已经在旁边睡着了。

温暖的礼物

头上金针如风铃叮当响，绯披着被子，病恹恹地靠在宿舍外的走廊上，看着已经渐晚的落日。

石黛递给她一杯茶："好些了吗？无意间听到你说梦话了，原来你妈妈也会用丝线。你转系是为了向她学习？"

"不。是为了报复。"

"报复？"

"他们放逐了我最爱的妈妈，我就放弃他们最看好的天分。这很公平。"

挂在屋顶上的铜针突然激烈摆动，子明又不请自来："真幼稚。你应该变得更强，当上百工长才能去真正报复他们！"

"我的事你不要管。"

两人眼看又要争执，一边的石黛幽幽地说："可是，不论草木系还是特殊系，不应该选择自己喜欢的那个吗？"

绯和子明相视，都有点儿愣住了。

"做自己……"

"喜欢的？"

"是啊，我也是最近才体悟到。"石黛忆起海云送她的那道彩虹。

确实妈妈也说过类似的话，这么多年，忘却的记忆又显了出来，但当绯想抓住时，那模糊的语言与影像却如丝一般由指间滑下，落入虚空。

子明看着绯，她知道绯在想什么，想如从前一样安慰，但话说出口却成了——"哼，我才懒得管你，离七夕没几天了，各处都在忙，病好了就赶紧干活儿，别偷懒！"说完就走。

"她是来探望你的，昨晚也来了，见阿达妈妈在照顾你，就走了。"

"哦，是这样吗？"绯轻轻啜了一口茶，她又何尝不知道呢？

"哎呀——""哧——"

屋外虽有三个人，却不及屋里一半热闹。

绯与石黛因为担心，几乎是抢进门去，只见阿达一脸委屈："我站起来的时候踩住了被子一个角，我妈正好使劲一拉，我们家这祖传蓝印大被，就成这样了！"

被面上划开了一道大口子，棉花都露了出来，大约是年代久了的缘故，布料磨薄了，跑出来的棉花都扯成了絮，再放回去，也是高低深浅不一。

阿达妈苦笑："几十年了，没想到这么坏了。是我外婆做给我的，她也是草木系的百工族。"

外婆做棉被那年，妈妈只有三岁，外婆弹棉花的时候，她用碎棉花做小人儿玩娃娃家；外婆晒着蓝印布，她与外婆捉迷藏。

等到阿达妈妈长大了，有了阿达。阿达三岁的时候，窗外下着大雪，青竹变琼枝，一家人盖着这床蓝印花被，一起享受温暖。

女孩子们坐在阿达妈面前，听她说着关于这被子的记忆。

阿达妈问阿达："你记得不？"

阿达点点头。

"都陈芝麻烂谷子了，不说了。跟人一样，物件也有它的命数……"

绯站起来说："阿姨，我想送您一件礼物。"

回到琼月坊，在一个热气腾腾、装满了热水的缸里，绯倒下冰蚕茧。站定，深吸一口气，神色平静："上神有灵，百工有心。曲成万物，协创此形。"

在众人的惊叹声中，茧在水里散开，绯之灵指挥散开的丝跳出水面，卷成一个个手掌大的小兜，五个小兜做成一个大兜，都挂在拴着金针的线上，在月光下晒干。丝绵上的水蒸腾而上，好像五色月晕。"织梦铺陈在碧浪间……"这便如昨晚阿达妈妈唱的摇篮曲。绯一边轻轻哼着，一边开始织锦，一经一纬，这一次，有条不紊，将那温暖和温柔，注入了每一根丝线。

"啊，织锦！绯终于做成了！"

妈妈握着阿达的手："不痛惜过去，不焦虑未来，万事以心为本，专心方能成事。这才是百工族！"

清晨，绯把这床清水丝绵锦被，郑重交到阿达妈妈手里："阿姨，谢谢您的照顾。我学艺还不精，这只是最简单的织锦。"

"啊啊啊！冰蚕做的锦被，这可太珍贵了吧！"阿达幸福得要晕过去。

阿达妈妈揉了揉绯的脑袋，就像对阿达那样："你的心意我收下了，但这被子这样好，给我太可惜了。还是拿去百工坛吧，好不好？"

没想到绯说："您放心，我自有另外的作品可以送去百工坛。这床被子如果被百工坛收了去，藏在我们看不见的地方才可惜。我也希望它能在冬夜里温暖您的一家，让它一代一代传下去，这才是我做它的初衷。"阿达不敢相信绯竟然这么说，绯却笑着拉过了阿达的手，"这些道理，都是阿达教会我的呢。"

妈妈意外又骄傲地拍拍阿达的背。

阿达把头埋进清水丝绵锦被，能闻到阳光的味道呢。

百工坛开放日

每个月初和月中午时，百工坛会开放评测，这个机会叫作"考工"。这日正是七月初一，需要参加考工的学徒来到白玉高台上排着队，手里都捧着不同大小样式的盒子，盒子里放着自己的得意作品。

绯也在其列。自从做成了织锦被面，她就通了其中关窍，又熬了两个大夜，织出一条织锦腰带，赶上了今日的考工。

"我们怎么进百工坛？所有人一起吗？"

"一会儿到底是怎么评级的？"

第一次来参加考工的阿达和绒绒有一万个问题。

"就在这里站好，到时候我做什么你们做什么。"绯小声嘱咐。

暮蕊来到百工坛，今日轮到她主持。见到绯也在，微微有些吃惊。

丁零零，百工坛里发出一阵风铃声。日晷正当时，暮蕊站在白玉台最高处："此次评级，第一次参与的新学徒众多，大家听我指挥。"

收敛心神，暮蕊转身面对百工坛，双手抬高，大声念叨："上神有灵，百工有心……"立时有一道光从百工坛处流出来，如千百溪流，辗转到了每个人的面前。"礼器大备，合于人心。"

每个学徒的面前都出现了一道拱门，门内隐隐透出光，瀑布一般，从门顶落下沙来。阿达吃了一惊，又听见暮蕊说："各位请将作品呈上。"

阿达见绯将腰带谦恭地举过头顶，面前拱门里的沙瀑布，像幕帘一般打开了，绯走了进去，沙瀑布再次合拢，但从外面看，那仍然只是一道薄如纱翼的门而已。

旁边的绒绒，也学着绯的样子，壮着胆子走进去，发现自己身处一个狭小的房间，四壁上都是紫色的沙，正簌簌下落，脚踩的也是绵软的沙地，有种冬日的太阳底下晒出的暖和。

难道这就是百工坛内部？断没想到是这样进入的。

在她的面前是一汪水面，平静得如同镜子能照出影子，绒绒的发绣飘去了水面上约一尺距离。顷刻间，周围的紫砂幻化成了星光，凝结成了那夜的一星烛火。绒绒仿佛回到了那晚，与姐姐们在灯下嬉闹的那刻。

这一刻，好像很长，又仿佛只有一瞬。绒绒回过神来，发绣不见了，定是进入了永生的通道！果然，绒绒从原路出来，见她的光之拱门上写着"下品"。

百工坛的评级分为四等：最优秀为甲等，次为上品，再次为下品，这三等都表示通过了。

绒绒蓦地觉得心口一暖，头发像是被谁撩了一下，她回头，见自己的百工灵从初阶的样子变成了一个小人儿，落在了她肩上俏皮一笑。

"恭喜你，通过入学试了！"

"绯姐姐，你呢？一定是上品！"

绯喜形于色，绒绒读到她的拱门之上标注的"甲等"："果然是绯姐姐！"

"阿达也出来了吗？"

当阿达的作品飘上了水面时，光之拱门中突然黑漆漆一片，将她吓了出来。门上亮闪闪一个"残"字，示意最次的残品等级。阿达沮丧不已。

暮蕊走来："学艺不精，怪得了谁？到中秋还有一个多月，练练再来吧。"

随着最后一名学徒踏出了拱门，几百扇门又全都消失了。

"你们看见了什么？"阿达期待地问绒绒。

"我看见了……"绒绒一时不知怎么回答。

绯代她答道："就像一场梦，是不是？好像都记得，但一旦要说，又说不出来了。但经历的多与制作时的心情相关。"绯拍拍阿达的肩，"努力吧，你会看见属于你的幻境的。"

"阿达姐姐，你要快点儿跟我在一级宿舍会合啊！"

"按我的速度，等我到一级的时候，你都去二级了。"

"倒也是，说不定三级了！"

"我跟你客气，你还当真了。"

阿达与绒绒两人打打闹闹、蹦蹦跳跳，一会儿就把沮丧丢去了九霄云外。

绯跟在后面，看见了远远站着看她的木辰。

她没有走过去，他也没有走过来。父女俩之间的距离，足有银河那么长。

阿达的百工小课：丝绵与织锦

丝绵被又叫蚕丝被，制作时需要用水漂清丝绵，因此又叫清水丝绵。制作时经过选茧、煮茧、漂洗、剥茧做"小兜"、扯绵撑"大兜"、晒干等六道工序完成。这么多工序都是为了去除蚕丝外层的丝胶，丝胶除去得越干净，丝绵质量越好，最难的是掌握分寸。

绯尝试很久的织锦工艺是我国丝织品工艺的巅峰，早在商周时期就有了。较为知名的织锦有南京的云锦、四川的蜀锦、苏州的宋锦、广西的壮锦等。制作织锦通常需要用到结构复杂的木织机，比如云锦使用的大花楼木织机比一层楼还高，一人在上一人在下，配合工作，但因为花样精细而复杂，一天只能织5厘米左右，因此有"寸锦寸金"的说法。

09

记忆

BAIGONGLING

同一个梦境

一滴晶莹的露水，缓缓从草尖落下，落入放在草间的瓷盘里。盘底已然波光盈盈，新的水滴没入，荡起一阵涟漪。

两只小手立刻伸进去，沾湿；跟着一双更小的手也伸了进去。

"嘿，这是我的露水盘子！石岐哥哥特地帮我做的。你随手一甩就能做几十个，为什么来抢我的？"绒绒喊起来。

宫仙不以为然："随手一甩做的有什么意思？抢的才好玩！"

"接露水难道是为了抢着玩儿吗？"

"那……为什么要接露水啊？"

绒绒从生气转而惊讶："你真不知道？"

"没人告诉我啊。"

绒绒心里一阵柔软，蹲下来，平视宫仙的眼睛："传说七夕节时的露水是牛郎织女相会时的眼泪，可以让人眼明手快，这可是给百工族最好的祝福呢。"绒绒一边说，一边将露水抹在宫仙的眼睛上、手上。宫仙就眯着眼睛，任绒绒给他抹。

他们当然不是唯一接露水的人。七月初七，夏已过半，草长得有半人高了。大半个百工堂的人都来了草甸，无论是新学徒、老学徒或是西席们，都用盘子里的露水梳洗，迎接旭日东升。

露水盘子里倒映出百工堂澄净的天空，突然闪过一丝不知是什么的不和谐。唯独绒绒见到了，盯着水里的影子。

"你在看什么？"宫仙问。

绒绒没有回答，只是皱紧了眉头。

三声钟响，一声空灵，一声恢宏，一声悠长。这是七夕才会有的钟声。

钟声回荡在湖上，云雾散开，百工坛闪耀在阳光下。

礼乐队带着他们的百工灵，在空中奏响了仙乐般的礼乐，沉着而典雅，随着寥寥长风散遍泱华的各个角落，甚至在边陲的永乐村里也能隐隐借着风声听见。佑山长带着各位西席，身后跟着各级学徒，踏着香桥，鱼贯走向百工坛前的白玉高台。阿达和石黛作为最后两名还没晋级的零级学徒，走在最后面。

"七夕的祭祀仪式，这么热闹！"石黛说。但阿达心不在焉，好像没听到石黛说什么，一边走一边往后看。

"你在找什么？"

"绒绒。你看见她了没有？"

"她应该在一级学徒的队伍里呀。"

"绯说接了露水以后，就不知道她跑去哪儿了。"

"那怎么办？祭祀这样的仪式不来参加，会被惩罚吗？"

怎么办？找不找绒绒？她俩在桥上犹豫不知该去哪个方向。

叶渚来了："你们还不跟上？"

石黛报告："叶渚西席，绒绒不见了。"

"她也不见了？"

阿达好奇："也？还有谁？"

"还有宫仙。"

"宫仙那个小子！把绒绒带淘气了！"阿达双手叉腰。

"到底还是孩子。你们别管了，跟上队伍。我去找他们。"

石黛和阿达小跑跟上队伍，香桥震动，栏杆上装饰的玉石敲打起来，发出清脆的声响。

香桥从湖那边一直架到白玉台中间，学徒们依次站在香桥上，四大派系的百工长立于百工坛前，佑山长立于白玉台最高处。

"是又要焚香了吗？"想起拜师仪式那时的遭遇，石黛心头一紧。

阿达握住石黛的手："是，但这次的坐忘幻境和拜师仪式时不一样的，你不用紧张。"

"你怎么知道的？"

"以前涂坦爷爷回读贤街时给我讲过。啊，来了！"

一声钟鸣，仪式开始。

草木系百工长的百工灵缓缓升入半空，呼唤起无数草木芽灵，在空中舞动，层层叠叠的树枝在众人头顶编织成了一个神奇的穹顶，遮天蔽日，让晴朗的白天如梦幻般变成了迷离的暗夜。

紧接着，土石系与特殊系的两位百工长的百工灵施展绝技，将数之不尽的宝石与神秘的贝雕镶嵌进这"夜空"，如同遥远星空中闪烁的星辰，宝石芽灵在夜幕下熠熠生辉，璀璨夺目。

而远处的天边，一轮皓月缓缓升起。这是金属系百工长的杰作，她的百工灵托起一轮由白金打造的明月，散发着柔和的银光，犹如仙境中的明珠，皎洁澄澈。

水系神官海逝舟与少年海云，父子俩一起，将水芽灵聚到了天边，围绕着那新月，晕为一片片彩云。

在这"夜"里，百工长们举起火把点燃香桥，香烟袅袅而上，弥漫在整个百工堂，如梦似幻。由粗藤织就的桥底落于湖面，成为一座浮桥，立于其上的学徒们在香雾里飘浮着。

佑山长念叨："坐忘于此，离形去知，同于大通。"

阿达再次进入了坐忘幻境。脑中渐渐清明，身体好似轻飘飘地飞了起来。这次飞去的地方，一钩弯月，一间草庐，一豆灯光。面前一人，手里摩挲着一把小刀，刀光映着月影。刀在一小块木头上面割着，一刀一刀……

是了，自从看见芽灵，她便时常会做一个梦，只是在梦里，雕刻的那人是自己。如今面前的，是谁呢？

那人回头——

"上师？"

"别站那么远，过来看。"

阿达迷迷蒙蒙地走到上师身边，只见上师正在刻着的是个面目模糊的人像。"这是谁？"

上师凑近阿达耳边轻声说："你记得，找到他。"

钟声再响，阿达清醒过来，发现自己依然在藤桥上，藤桥载着学徒们绕着白玉台一周，百工长们与佑山长以及西席们站在白玉台各个方位上，海逝舟父子立在白玉台中央。

百工长们为首，佑山长带领西席与各位学徒一齐跪下。唯有海逝舟站起，海之灵在天空划出一道彩虹。

以树木组成的黑夜渐渐散去，夜色的冷蓝渐渐变成了日出时的暖橙色。

海逝舟念："'夫道有情有信，无为无形；可传而不可受，可得而不可见。'望周知而谨记。"

众人鞠躬应诺。

七夕集市

仪式之后的七夕游园会热闹极了。平时冷清的林中小径旁，人们一群一群地聚在一起玩不同的游戏，为了想出个好玩的点子，师兄师姐们想破了脑袋，摆出了看家的本事，比如"什么圆最圆""什么剑最亮""什么钵传音最远"……

好学的石黛还在向阿达请教："刚才神官最后说的那几句话，是什么意思？"

阿达做作品不怎么样，但对古文颇有心得："意思是'道'不会把自己封闭起来，人们都可以获得，只是'道'不像有形的礼物或可以列举出来的知识，可以我整个儿给你，你再给他。要获得'道'的人，只能靠自己的努力去习得。"

"只能靠自己呀。"石黛若有所思。

不远处传来一阵欢呼声，阿达拉着石黛跑过去看热闹。原来是子明在"哪种上色方法最帅"的游戏上炫技。她先将金与水银混合，搅成金泥，涂在铜制品的表面，明之灵用金属棍挑着烧红的无烟木炭，围着抹金的地方烤银。水银蒸发而上，而金留在铜的表面。这一套操作，赢得一片喝彩。

鼓掌的人里，也有绯，子明看着绯，很得意地抬头。

绯不吝赞美："原来是镏金，你的技艺，是越来越炉火纯青了。"

子明得意："连你也要甘拜下风吗？"

"就是这炭的烟还大了点儿。"

阿达凑上来："这用的也算是上好的黑炭了。用白炭会更好点儿吗？"

子明恼怒："你这个零级的也敢来指手画脚？"

阿达拉着绯走开："我们别理她了，去看看别的。"

石黛放心不下，忍不住问她俩："刚才的坐忘幻境里……你们看到了什么？"

"上师在做着什么东西……"

石黛终于放下心来："太好了，我还以为又和大家看到的不一样。不过，我以前梦见过这个场景……"

"没什么奇怪的，只要是百工族，都做过这个梦。"

阿达像发现了一件了不起的事："石黛做过这个梦，说明她肯定也是百工族！"

虽然阿达不止一次说过这句话，但这是石黛第一次真的有一点儿相信自己也可以是百工族："所以我也能拥有自己的百工灵？"

绯也欢欣鼓舞起来："可以，一定可以的。"

原来，这么多夜里，石黛做着与绯和阿达一样的梦。她突然有种脚踏实地的真实感，从起起伏伏的浪里，踏上了岸。

"说起来，上师这次在坐忘幻境里跟你们说过要找什么人吗？"

绯和石黛一起摇了摇头。

这次轮到阿达疑惑了，心想：那我听到的是什么？上师雕刻的那个人是谁？他希望我去找那个人做什么呢？阿达也没有深究，想是坐忘幻境每人体验不同，也不是什么奇怪的事。

集市上的新鲜玩意儿真多，阿达又被吸引了过去："那边好热闹，我们去看看！"

石岐和玉琪两人一起开了个局，让人辨认哪个是玉哪个是瓷，摊上放着一个薄胎玉杯，一个薄胎瓷杯，一模一样，没人能认出来。暮蕊款款走来，随手拿起其中一个杯子往地上摔，另一个杯子往空中掷。石岐紧张地扑去救那一个被摔的，玉琪跳起来去抓那一个被掷的。暮蕊笑了，指着石岐手上的说是瓷，指着玉琪手上的说是玉，便伸手问他们要奖励，将两个杯子都揽入怀中。

玉琪无奈又好笑："你怎么这样逗我们？"

暮蕊示意玉琪看向旁边，在"哪种蓝是最耀眼的蓝"的游戏里，摆放着各种蓝色器具。海云别出心裁，以水点冰，在冰里显示了一长串各种不同的蓝色。海云一边做着，石黛一边跟着数："沙青、花青、竹月，这是雾色，这个……"

海云接上："这个叫月白。"

"原来这个就是月白。"

"你知道的颜色真不少。"

"最近在天一阁，我补了不少课。水真是一样神奇的材质。"石黛悠悠地说，"无限透明，又无限瑰丽。"

一旁的玉琪关心的可不是到底有多少种蓝色——

"快到中秋了，石黛的去留……"

暮蕊答得斩钉截铁："她不会走的。"

百工长的比拼

巨大的日晷显示接近午时。钟声再次响起，这回是急促的召唤。人们往白玉台的方向走去。

"是你最期待的草木系百工长的评选要开始了。"石岐过来提醒阿达。

阿达巴不得一路小跑："在这里的第一年就能赶上一场这么高水平的比拼，真是运气好。你们倒是都走快点儿呀！"

石黛打趣道："平时做作品，不见你这么积极呢！"

玉琪一语道破："因为她爱的只是热闹。"

众人都笑了，阿达一点儿没生气："对，我就是爱热闹。"

身边经过的路人也在讨论着。

"听说现任草木系百工长森郁已经病入膏肓，不让贤不行了。"

"森晴和木辰，你看好哪个？"

"我希望是木辰，森家这个位置坐两轮了，经常笼络草木系里的高等级人士，教森家弟子小课，现在大师们都姓森，也该换换了。"

"木辰就一个女儿，还退出草木系了，也不知道他当了百工长，谁能得好处？"

"还有谁？他自己呗。做了百工长，从此踏入神系，能窥到百工族的奥秘，能留名青史，还能左右其他人的命运。你敢说你不想当？"

路人渐渐走远了，小径上只剩下这几位好友。为了怕绯觉得为难，大家有意不去看绯，但这种刻意反而尴尬。

玉琪打破了沉默："百工长能一窥百工族的奥秘，百工族到底还有什么秘密呢？"

"想知道，你就去当百工长呀！"石岐高声说。

玉琪一笑："要不我当一个给你看看？"

石岐呛声道："要当也是我先当！"

"你们怎么又来了……"阿达急道。石黛看出兄弟俩是在故意打趣，化解尴尬，阿达却当真了。

"百工长有什么了不起？我就不想当。"绯上来拉着阿达的手，"但是热闹还是想看的，快走呀，再不走就迟到了！"

木辰站在湖边，看着湖上漂来的一艘艘小船。其中一艘上坐着阿达、石黛、石岐和绯。绯也见到了岸边的木辰，于是背过身去坐着，面前放着一张绣品，绣的是永乐村他们住的那座房子，房边一棵百年银杏，那是幼年时候的绯唯一的游乐场。

暮蕊打起鼓，震天撼地，排山倒海，亦如心跳。

海逝舟和海云站在湖边，默默念诵，海之灵飞上半空，一道光闪过，水面渐渐泛起了光亮，如一面巨大的屏幕，显现出白玉台来。台上比平时多装饰了两尊巨大的鹿角兽，鹿角纵横交错，极具威严。

阿达兴奋地拉着石黛，站在船头看湖面："这个角度，比站在白玉台前看得还清楚！"

石岐回答："这是在重要选拔时才能看到的，通过水系神官的力量，泱华每个角落，只要有水，就能看见一样的画面。"

森晴和木辰两位候选人，互相谦让了一下，并肩走上白玉台，各自捧着一个包裹。佑山长走上白玉台最高处，主持这场评选。

佑山长高声念叨："上神有灵，百工有心。礼器大备，合于人心。"

"跟我们评级时候的诵诀是一样的啊！"阿达说，"我以为会更高级呢。"

"在百工坛面前，只看作品，所有的人，都是一样的。"

光从百工坛流出来，落到森晴和木辰面前，拱门显现。森晴先打开了包裹，高举过头顶。

阿达看着湖里映出的作品，喊起来："这是……推光漆器！"

原本一直没去看湖中景象的绯，闻言大惊。

"听说做漆器特别需要耐心。"石黛说。

阿达点头："是啊，只是推光这一道，便要砂纸、木炭、头发、砖灰、麻油一遍一遍磨，一遍一遍推……"

"他们做的是漆器？"阿达与石黛回头，见到绯坐在船舱口，扶着船舷，睁大了双眼看着湖面。

"是，每次的比试，两位候选者做的都是一种器具。今年看来是漆器了。"

"绯，你怎么了？"石黛敏感地察觉到绯的不对劲。

"他……他对大漆过敏……按理是做不了漆器的！"绯着急地跪坐着，俯身几乎要与湖面平行，心里忍不住责怪：明知过敏还要做。为了百工长这个位置，真的值得吗？

木辰单膝跪地，缓缓地打开包裹。

时间如白驹过隙，刹那间已是二十年了……

二十年前，同样是七夕，这一片湖水上，一只小舟中，坐着年轻时的木辰与绦绦。几年后，他们成了绯的父母。而那时，他们仍旧是学堂中的学徒。

绦绦望着水面，画面因为微风拂过而略有曲折。绦绦招呼木辰同看，木辰没有理会，仍旧闭着眼。辰之灵在不停地抛光一只小碗。

"你爹做草木派的百工长了！"绦绦说。

木辰不语。

"光之拱门显出了彩虹色的轮廓，代表着我们最高的境界……"木辰仍旧不语。

百工族为什么要做作品？木辰问自己。每一个文明中的人，最需要回答的问题，便是如何延续存在。

"人的身躯会因时间而消逝，艺术却能亘古流传"，这是百工族找到的答案。百工族从古至今最有价值的艺术品，都被百工坛收去了。这个世界，只有关于这些作品的传说，除了创作者，没有人亲手触摸过。世人希冀的永生，到底会不会实现，都在书上的某句话中。不觉得荒唐吗？但为了这句话，多少人以牺牲为荣耀。比如木辰的爹爹献上的那座木雕，耗费了他整整三年的时间。为了作品，他没有回过家，没有问过一句木辰和母亲过得怎么样……

"让后人敬仰的艺术，真的比眼前的家人更重要吗？"木辰手中的小碗，断成了两截。

"我有你就够了。"绦绦轻轻靠在木辰的背上，她的声音，吹动了木辰鬓边的发。

木辰仍旧能感觉绦绦的气息在鬓边暖暖掠动着，居然已经二十年了，而绦绦也不知所终十几年了。面前的包裹已经打开，木辰正要将作品高举起来，忽然一个阴影从白玉台上掠过。

"天哪，是……猫！"阿达惊呼。阿达、石黛两人将瑟瑟发抖的达之灵护在她们中间。

只见一只大猫以各种小舟做跳板，在湖上跳来跳去。数千只百工灵都惊得飞到了空中，高叫着"唧唧唧"，声音大到完全听不见主人的召唤。百工灵们应激之下，搬运着各种材料，只为躲藏。于是，明之灵拽着子明的金腰带到处跑；岐之灵把自己包进陶罐滚入湖里，扬起一大片水花，掀翻了阿达他们所在的小舟；绯之灵用丝带把能看见的木质材料缠在一起做盾牌，香桥的栏杆都被拆了，于是一座桥应声倒塌，激起更大的水花，掀翻了更多的船；

海之灵哆哆嗦嗦将所有水花变成了跟他一样哆嗦的冰块，拳头大的冰雹砸下来，把白玉台的地面都砸出一堆窟窿。

这只身材修长的狸花猫一路跳上了白玉台，木辰的百工灵好像雕塑一般不能动弹，森晴的百工灵躲在了僵硬的辰之灵背后，瘫软了下去。

猫对着那两扇光之门，轻轻叫了一声："喵呜。"

于是这只猫出现在了水面上，全泱华的百工族都看到了。那混乱的喧嚣与嘈杂响彻天地，泱华一时间陷入不可言喻的狼藉中——虽然猫带来的实际的危害，远远没有世人因为恐惧猫而造成的破坏大——一个熟悉的声音响起："哟呼，小猫别跑！"

那是绒绒！后面紧紧跟着她的是宫仙。

"快停下，坏家伙！"

阿达的百工小课：漆器

中国人在新石器时期就开始制作漆器了，在各种器物表面涂抹天然汁液，画出各种颜色和图案。漆器能够杀菌、抵抗潮湿和高温，最神奇的是，表面会越用越新！

常见的漆器有两种：木胎和脱胎。木胎漆器是用精细的优质木材制作的，需要涂数十层相同厚度的漆。脱胎漆器则是用泥土和石膏塑造成胎身，用苎麻布涂抹生漆，用刮刀整饰伏贴，干燥后剩下的只有漆布，之后再批灰、打磨和髹漆研磨。福州脱胎漆器与景德镇瓷器、北京景泰蓝齐名，号称中国传统工艺的"三宝"。

森晴所做的推光漆器始于魏晋南北朝时期，数平遥推光漆器最为著名。需要用手掌蘸油不停地擦拭漆面，直到漆面变得光洁照人，这就是名字中"推光"的来源了。在红、黑色层上雕刻戗金漆，以色漆填入阴文的填漆，这两项都是推光漆器的绝技。而森晴参加百工长竞选的漆器这两项都有！

木辰做什么才能与森晴抗衡呢？下一章中见分晓吧！

10

愿望

BAIGONGLING

百工灵的大危机

绒绒出现了，没有人想到过此刻的救世英雄可以是这样一个小女孩，以至于后来的《百工志》中记载这次七夕大混乱时都要写："灵女降世，众人视之，若上师遣将。"

绒绒是踩着绒球出现的，猫看见绒球，停了几秒钟，便忍不住好奇地迎上去。

绒绒柔声说："哟呼！猫猫看过来，快过来！"绒之灵站在球上，慢慢往后踩着球引猫。绒绒对一直躲在自己身后的宫仙说："快做个笼子！"

"不行。"宫仙果断地拒绝了绒绒的提议，语调中又有几分兴奋，"我的百工灵不能动了。"

绒绒一瞥眼，果然，连高傲的仙之灵都缩成了一个初阶的团子，紧闭着眼吊在宫仙头发上。没办法，绒之灵做了个毛毡小房子，绒绒逗着猫往小房子里走。

"太厉害了……"宫仙叹为观止。

绒绒瞪了他一眼，"嘘"了一声，宫仙立刻捂住了嘴，不敢再说话。

终于，猫进了毛毡房子，绒绒迅速用毛线在小房子的入口缝上栅栏，猫被关进了笼子里。

"哟呼！终于捉住了！"

"给我处理吧。"佑山长小心翼翼拿过猫笼，叶渚要接过来。佑山长紧紧抓着猫笼，没有给他。"你还需要在这里主持大局。放心，我不会伤害它的。"叶渚这么说了，佑山长才半信半疑将笼子给了叶渚。

宫仙第一次对一个人有了膜拜的感情："太厉害了，简直就是上师再世……"

"还不快叫一声姐姐？"

"姐姐！"

绒绒满意地摸了摸宫仙的头。

各位学徒、百工长，这才从藏身之地爬出来，百工堂一片狼藉。

"后面比拼怎么办？"森晴苦笑着摸摸怀里的百工灵，"不管我怎么哄，她都还是缩成一团。"

木辰拍拍伏在自己肩上的辰之灵："我的也还僵着。"

每个人都在心疼着自己的百工灵。

佑山长宣布："经各位百工长商议决定，因为百工灵受了惊，草木派百工长的比拼以及盛典的其他部分，将延迟至明日继续。"

喜蛛问巧

虽然百工灵都瘫倒了，但"喜蛛问巧"可不能被影响。

喜蛛问巧，是百工族人最爱的七夕活动，捉一只蜘蛛，让它在小盒子里住一夜。人们许下愿望。第二天早上打开盒子，以蜘蛛结网的密度和完整度来预测自己的愿望可以完成多少。出于这个原因，蜘蛛是百工族人人喜爱的宠物，宠到很多人课也不上，只为蹲守一只会结网的蜘蛛，回去天天看着，据说对放松心情有特别的效果，问巧也成了最流行的占卜。

为什么是"据说"呢？因为逮蜘蛛带回去做宠物的人太多了，以至于野生蜘蛛几乎绝迹。于是几十年前，百工长们下了命令，不许再圈养蜘蛛，只七夕这晚除外。

几乎所有认识阿达的学徒都来到了零级宿舍，她的朋友还真不少，也包括刚刚升级搬走的绯和绒绒。

"你们怎么都跑过来了？不回自己的宿舍呀！"阿达打开门，惊呆了。

绒绒手上拿着一个绒线盒，天真地回答："整个百工堂，就零级宿舍的蜘蛛最多，到处都是。正好抓来当喜蛛！"

"哪有这么夸张？这里不是很干净吗！"

"干净的是黛黛的床铺，你那边就……"绯一针见血。

阿达的床上乱成一团，床底有很多蛛网，多到子明都在欢喜地追着一只蜘蛛叫："哪里跑！"说着就拿起一只金丝镶嵌成的花冠往蜘蛛上罩。

阿达与石黛看得连连摇头："这也……太奢侈了吧……"

另一边的玉琪——对，连玉琪都来了——对绯的盒子产生了兴趣："你这是月华锦吧？"

"嗯，我刚开始学。"

"你这最后一步踹绸没做好。"

"我总掌握不好力度。没想到你对织锦技术也很有研究呢。"

"我最近在研究分层镂雕，底层的纹路就如织锦纹，所以顺便学习了一下织锦的知识。"

"难怪你的这个翡翠匣的纹路看了眼熟，只是要小心喜蛛从镂空处跑出来。"

他们那么技术性的话题，阿达插不进嘴，转而向唯一与她同病相怜、没有升级的石黛看去，却发现："哎，黛黛，你也有盒子！"

"这是我弟弟留下的。"

阿达拿着盒子端详，看起来平平无奇的盒盖上，在灯光下反射出彩虹一般的荧光。石黛解释："盒盖上装饰了芫菁翅膀的碎片，要在特定的角度下才能看见彩虹光。"

"原来是芫菁的翅膀……这技艺，也比我强多了。"阿达由衷赞叹。

绒绒小心地将蜘蛛放到绒线盒里，开始许愿："上神有灵，百工有心！求求让我学到最难的点翠技法！"

石黛也关上了自己的盒子："我希望……能学会放弃。"声音低到没人听见。

子明不着声色地看了看窗边站着的绯，但听不清她许的是什么愿望。

阿达偷偷收起了原本攒在手里的纸盒子，大家的盒子都这么好看，自己做的这个纸盒子，实在太普通了，她悄无声息地退出了人群。

石岐呢，怎么没见到他？

山里的太阳总落下得很早，还没变成橘色，便隐藏在森林里了，只在特定的角度，树叶间渗出一缕光，这缕光将坐在桥上的石岐的影子延伸至清澈的潭水里。阿达的影子走过来，两人的影子合在了一起。

阿达在石岐身边坐下："你怎么在这儿呢？这儿也有蜘蛛吗？"

"我最后一次玩喜蛛问巧还是七岁的时候。"石岐不以为然，"一个百工族人，成就如何全在技艺上，问一只蜘蛛？笑话。"

"许愿这种事，成不成真不重要，重要的是搞清楚自己想要什么！那你七岁的时候问巧，用的什么盒子？"

那年，石岐和玉琪都还没入百工堂。一座熔岩小丘背风的地方，一个简单的玻璃作坊，两个少年藏在角落里，观察父亲做玻璃的背影。石岐淘气，趁着父亲去了别处，偷偷将夹着玻璃熔浆的金属棍从熔炉里拿出来。玉琪跑去制止，却被熔浆烧着了衣服。石岐又忙不迭拿起水桶浇上去。父亲回来撞见狼狈的两人，他们都争着抢着说是自己闯的祸。

"那年父亲带着我们做了个玻璃盒子。我们做得乱七八糟，盒盖子都盖不上。"石岐回忆着，好像又回到了当年。

阿达问："你现在会做玻璃吗？"

"会倒是会……等等，你该不会想让我……"

阿达搓着手恳求："让我看看吧，你的百工灵恢复了吗？"

岐之灵从石岐的口袋里蹿了出来，可精神了。石岐无奈地点点头："那就带你去个地方吧……"

石岐带阿达来到了东岛的一间房，门上有块匾额，但天色晚了看不清楚，房内大熔炉开了一扇窗，里面炉火烧得正旺。石岐进来好像回了家，卷卷袖子就开始动手了："这里是无纤坊，我刚加入进来，这间房还有点儿乱。我们开始吧！"阿达瞪大了眼睛看着，这时的石岐身上有她从前没见过的自信和笃定。

"上神有灵，百工有心。曲成万物，协创此形。"

岐之灵如同乾坤大挪移一般，通过一根柱子，将空气注入还是通红的玻璃溶液里，熔岩膨胀成了一个小球模样，渐渐褪去红色，变成透明。阿达遵照石岐的指示，小心地戴着厚重的手套捧住，岐之灵挥手切割，小球掉进阿达的手里。阿达小心翼翼站起来，达之灵好奇地凑上去。

石岐警告："别靠太近了，烫！"

太晚了，阿达的百工灵被热气冲到，跳开撞进阿达怀里，阿达失手将玻璃球摔在地上，碎了。

阿达见着满地碎片，慌了神，就要伸手去收拾，被石岐制止。阿达以为石岐生了气，连声道歉。可石岐连眉头都没皱，冲过来关切问道："刚才烫到没？"

阿达摸摸达之灵："百工灵不会真的被烫伤，就是吓到了。对不起啊，你好不容易做的被我搞碎了。"

"没事，做玻璃，最常见的就是碎了一地。你别动，容易戳了手，让我来。"石岐利索地整理好地上的碎片。阿达听了这话，很是感激，没想到还有后半句："跟你一起，这种可能性就更大了。"

阿达气鼓鼓地蹲着，岐之灵冲着她做了个鬼脸，她又忍不住笑开了花。

"你和玉琪当年一起问巧的时候许了什么愿望啊？"

"我希望……能长得比玉琪高。"

"噗，好幼稚的愿望哟。那玉琪许了什么愿？"

"我怎么知道？估计就是想当百工长那种无聊的愿望吧。"

"明明是他志存高远。"

"喊，那就让他做梦去吧。"石岐不以为然，嘴上说着，手里的活儿却一点儿不含糊，把材料放入炉火之中，与阿达一起看着炉里慢慢红起来的溶液。

石岐问："你知道最天然的玻璃是什么吗？"

"是什么？"

"是熔岩冷却后形成的黑曜石；是天上的陨石撞击到地面，沙土熔融后快速凝结而得来的玻陨石。"

阿达拍手赞叹："原来是这样！从前我与父亲一起读先墟古书，有这么一段故事，说有个西方来的人跟皇帝说，他能把普通石头做成五色玻璃，皇帝不信。他真的做成了，迎着日光的时候，可见五彩；圆润的形状，如满月，见到的人都以为是神明所做。"[1]

石岐大笑："这么说，我和神一样厉害？听说泱华所在的只是百工族的中央大陆。远方还有个西宛国很擅长做玻璃、珐琅这些，也是在西边呢。"

"是挺有意思的，什么时候能去西宛国看看就好了，我还没去过那么远的地方呢。"

这么说着，岐之灵已经从炉中抽出了烧红的玻璃。石岐指给阿达看："真可惜，你看不见玻璃芽灵。这是我见过最美的芽灵，要在一个特别的角度才能看得见，我形容不出来。"

"如清透的飞尘？玉琪跟我说过。"

---

1 这个故事出自二十四史之一的《魏书·西域传》。

"他那么多年没做玻璃了，居然还能记得？"石岐的语气怪怪的，有那么点儿感动，又有一点儿不屑。

阿达只当没听出来，换了话题："刚才看你和百工灵一起，那样的默契就叫无间吧？"

"你和你的百工灵，什么时候能到？"

"快了快了。"阿达低头看看在怀里安睡的达之灵，很温柔地微笑，"我们如今还有百工灵，先古人们的技艺，全在一双手上，每次想到这里我都觉得他们也许真的是神明。"

石岐难得感性："神也好、人也罢，至少我们有一点是一样的：总爱在物件里寄托些感情……"

"因为百工以巧胜天，做出的长物才能因美寄情，以及愿望。"

"那么你的喜蛛盒子呢？"

"我……我没做盒子，我其实也没什么特别的愿望啦……"阿达想起自己藏在袖子里的简陋纸盒子，赶忙收了收袖袋，没想到盒子反而掉了出来，被石岐捡起，他略加看了下，立刻明白了是怎么回事。

石岐就这么忙碌了整晚，阿达一不留神就睡了过去，天蒙蒙亮的时候，阿达醒来见坊内无人，于是走出去，见外面乱石清潭，水面上横着一根直径有半米的老树主干，若一座天生桥。石岐便坐在上面，阿达凑过去与他并肩坐着，打着哈欠。石岐递过来一个玻璃小盒子。

"这里面……是我的……"

太阳缓缓地从两座山之间升起来，阳光在潭水上反射了，又从玻璃盒子里折射出来，只见两层玻璃中间，隐约透着她之前用花草纸做纸盒子时的花草图案，在初日下，泛出亮眼的五彩色。

"我用了你的花草纸，也算你的作品，珍惜点儿行不行？"

阿达爱不释手："可以用这个许愿？"

"打开看看喜蛛有没有实现你的愿望？"

"你居然还抓了蜘蛛进去？这也是你做的盒子，应该你来许愿。"

"我的愿望已经实现了。"

阿达疑惑："什么？"

石岐站起来，眺望着初日："我一直想找一个值得钻研的方向，现在找到了。"

阿达恍然："难道是玻璃？"

石岐坚定地点点头："把最平常的材料，做成如神明一般的作品，能做到这种程度的话，做一辈子我也愿意……"

阿达眼里，看见此刻坚定了信念的石岐，整个人都在闪闪发光，她脱口而出："原来你有时候还挺帅的。"

石岐脸红了，催促阿达快许愿，阿达闭起眼睛："我希望芽灵培育课的司学别再暴力执教了！"

手到了她的脑门前，张开了，石岐温柔地揉了揉她乱蓬蓬的头发："你的愿望实现了！"

阿达睁开一只眼睛："还有呢，他能为从前的暴力跟我道歉。"

"对不起……"

"还有，不许骂我蠢，不许说我笨，要听我的话，要给我打高分……"

一玻璃缸的水浇在阿达的头上，打破了她的美梦。阿达站起来追着石岐跑。玻璃小盒子在天生桥上，泛着日光与树影，与他们的嬉戏打闹。盒子里，一只喜蛛刚刚结了网，尚吊着清晨的露水，阳光下晶莹剔透。

数年前，同样一只闪光的玻璃盒子里面，网结得层层叠叠、密密麻麻，两个七岁的少年欢呼起来——

"太好了！我可以长得比玉琪高了！"一边是大呼小叫的石岐。

"谢谢喜蛛，让我和石岐一辈子都不分开。"另一边是对着盒子悄然微笑的玉琪。

也许愿望如玻璃一般易碎，但只有愿望才能生出希望。

第一缕阳光下，大家小心地打开自己的盒子：子明似笑非笑；石黛有点儿沮丧，绒绒给石黛看了看自己的，是空的，两人沮丧的目光对在一处，都忍不住笑了；暮蕊与玉琪并肩坐着，互相交换着打开了对方的盒子；涂坦打开收藏已久的一个合拢的完整的贝壳，里面六角形的蛛网中央，端坐着一个比指甲盖还小的美人微雕；而另一边，宫仙打开自己的石盒子，居然发现里面装着几根糖葫芦——原来爷爷索性直接实现了他的梦想！

百工堂的七夕洋溢着属于庆典的美好氛围。

唯独绯，没有打开手中的盒子，也没有人知道她许的是什么愿望。

双星相会

草木派百工长比拼再次开始。

这次绯目不转睛地盯着湖面，手里攥紧了织锦盒。她没有打开，是因为根本没有许愿，因为不知道到底想要什么，若是许愿木辰落选，她又不想父亲失望；若是说木辰当选，她又不愿自己失望。

在平静无涟漪的湖面中，绯的倒影在嘲讽自己因为矛盾而带来的沉默。

"许愿许的是自己的愿望，不用管别人。"阿达在绯的耳边说。

说话间，海逝舟已在念诵，湖面泛起荧光，在光之拱门前，森晴高举起漆器盒。

阿达在给并不熟悉草木系技艺的朋友们做解说："这门技艺叫'雕填'。先用填漆的方法做好花纹，然后沿着花纹轮廓勾出花纹上的纹理，增加画面丰满度之后，再在勾线内填金，所以既有填漆又有戗金。这两种技艺，做好一样就很不容易了，做这一件宝贝，要两样都顶级。也就是说……"

绯轻轻舒了一口气："也就是说，这一个作品，是两项技艺的顶级，任何另外一种工艺就算登峰造极，也不容易赢她。"绯这时十分确信了，自己不希望木辰赢。否则从那一刻起，她将更加彻底地失去这位父亲。

期盼着木辰赢的玉琪就有些担心了："看来森家这次，又是十拿九稳了。"

石岐揶揄他："你一个土石系的，那么关心草木系百工长的归属干什么？"

玉琪尚未回答，阿达指着湖面喊："快看，绯的爸爸也举起他的作品了！"

木辰举起漆盒的时候，手臂上依然可见红肿的痕迹。

"这漆疮，怕是结了又好，好了又结，得有十来年了。"阿达说着，转头看向绯，却只能见到她紧绷着的背影。

木辰的漆器，初看不起眼，细看，连一旁的森晴都瞪大了眼睛，绯倒吸一口冷气，阿达激动地蹦起来："这难道是……犀皮漆？"

石黛惊讶："这盒子确实很好看，有什么讲究？"

阿达回答："草木系的传人众多，大多数先墟里出来的古物，都被复制过。但漆器中，唯有这犀皮漆，因为只有几句话的记载，所以被记为失传的工艺。"

玉琪问："哪几句话？"

绯回答："文有片云、圆花、松鳞诸斑。近有红面者，以光滑为美。"

石岐问："你怎么知道这就是犀皮漆呢？"

阿达回答："古书上有幅图，花纹就是这样，灵动而自然，只是一直无人能复原。如果真的是研究出了一个失传技法，哈哈哈，他赢定了！"

果然，当两位候选人同时走出光之拱门时，木辰的那扇周围亮起了彩虹色的轮廓，森晴首先对他行了族人礼，以示恭贺。海逝舟上前，为他穿上百工长的披风。一张精美的草席自木辰脚下而始，转眼间铺满了整个白玉台，草席上显出一个极大的"木"字，每一根草都是精心选择，散发着幽香。那是草木系的高级匠人们为新百工长献上的贺礼。

玉琪激动起来："不愧是隐者木辰。"

"隐者？"

"世传木辰只专注技艺，无心名利，所以叫隐者。如今出山，是因为近年森家坐大，连续三届，霸着那百工长的位置，使草木系一些有禀赋的年轻人，跟不到好的师傅，或是得不到名贵的材料。木辰做了百工长，草木系里不愿与森家为伍的人，可以长舒一口气了。所以，他是我等之楷模，不只是草木系的百工长。"

虽然土石系里人人都知道百里家，但其实他们并不能算名门望族，百里家人专注自身的修行，不求开宗立派，都向往"采菊东篱下，悠然见南山"，而不愿坐上百工长这样有实权的位置，所有的不过只是清誉，玉琪和石岐的父亲仿照先墟古迹中陶渊明的画像做了一尊石雕在家里，是以明志。

所以听了玉琪的话，石岐也有点儿吃惊：原来这才是你的大志。但他并没有说出来。

根据传统，前百工长森郁送上一张巨大的以一棵完整的金丝楠木雕刻完成的宝座，赠予木辰。木辰谦让之后入座。这画面通过水面传至泱华各处，草木系本就人多势众，欢呼声若山呼海啸。

绯情不自禁地向湖面伸出了手，触到水面，起了一阵涟漪。

那晚，天上的云遮住了星空，木辰穿着百工长的长袍，立于白玉台上。

此时的百工堂里，学徒们三三两两，难得惬意。

绯来了。木辰十分惊喜："榧儿，你终于愿意见我了！"

绯不仅来了，还主动走上前，抚摸木辰红肿的手臂："既然走了那么多年，为什么还要回来？真的如他们所说，为了木家和草木系，要牺牲至此？"

"还想见你娘吗？"

绯没想到父亲问的是这一句："你知道她的下落？"

"我离开那么久无非就是在四处打听，如今做了百工长，能掌握更多的信息，就会有更多线索……"

"既然如今要找她，当初为什么驱逐她？"

木辰没想到绯有此一问："没有人要赶她走！那是……当初我违逆你祖父，不与森家联姻，坚持与你母亲在一起。我们是过了一段东躲西藏的日子，直到一起躲去永乐村生活，也就没人追着我们了。"

"然后呢？她又去了哪里？"

"永乐村那个地方你也清楚，地处偏僻，尤其不适合冰蚕生长。你娘找不到材料，百工灵日渐衰弱，她就一直闷闷不乐。有一日，她像往常一样做好了饭菜，然后就……"

"她就这样留下了我一个人……你们就留下我一个人。"

"我必须去找她回来……对不起，我们不是什么好父母。"

"等了这么久，不过是一句无用的道歉……"绯转身就走，木辰没敢叫住她。绯走了几步，却又回头："如果她有心要躲，你又怎么能找到她？"

"我做了百工长的消息，她一定会知道，或许她看见了我们现在的生活，会回来和我们团聚……"

"我的生活，不是为了给人看的，哪怕那个人是我的母亲。没有你们，我一直很好！可别说她，你来看过我吗？"绯的眼泪，此刻终于潸潸落下。

"我只想着你在百工堂应该衣食无忧。"木辰只能一遍又一遍无力地重复，"对不起，对不起……"

绯又到了不知该说什么的时候，继续怨恨他们，她也怕此生再无和解的可能；原谅他们，她又做不到。

绯记起来之前，阿达把玩着她的织锦盒子说："人哪，常常这也要、那也要……"绯以为她会说"所以不能贪心"这样的老生常谈，但阿达说的是："所以不能心急，给点儿时间，也许就这也有、那也有了。"

此时这句话没来由地浮现在她心里，舒缓了她因为矛盾而带来的急促的呼吸。

不能原谅，那就不原谅；怨恨生心结，那就不怨恨吧。在原谅和怨恨之间，有无数个点，她需要时间找到让自己舒服的位置。

一枚烟花突然在天上炸开，黯淡后银河闪闪。

"你的手……去我那里拿点儿药吧。"

又一簇烟花在湖面上绽放，天地亮如清昼，灿烂如繁星陨落，那样盛大的绚烂，让人不由自主往天上看去，不愿放开这一瞬间的美丽，即使是此刻的木辰和绯，也一同抬头，看向天空。

木辰无声祈祷：双星终究会走过银河，欢喜地相会吧。绦绦，现在我是百工长了，我一定会护我们的女儿一个周全，也一定不会放弃找到你。

而绯想的是：妈妈，我已经找到自己喜欢的事情了，以后我也会凭借自己的力量，找到幸福。

烟火转瞬即逝的璀璨，让人恋恋不舍又不得不舍。一年一度的七夕，百工堂中的欢娱，一直到午夜阑珊，都还未散去。

越过所有的热闹，无人的芽灵生发场后山，佑山长将自己的百工灵收为初阶，护在胸口让她睡熟。自己举着灯笼，在找着什么。终于找到了，是那只闯了祸的猫。

佑山长蹲下身，偷偷从袖笼中拿出个小瓷盒，打开，里面是她亲手做的肉丸。跟猫玩儿得不亦乐乎的佑山长，一向严肃的脸上是难得的笑容。

芽灵生发场的入口处，叶渚看见了，心里念叨：果然是你一直在喂的流浪猫，唉，可闹出大乱子了，来这里也不避着点儿人，被看到了可怎么解释？

于是，他便在这里，替她守着。

远处，启明星已经亮了。

阿达的百工小课：犀皮漆

绝技工艺再度出现！木辰百工长竟然会做犀皮漆！我在书上看到过，犀皮漆是一种绝技工艺，用生漆混合石黄调成底漆涂抹在胎身上，未干前推出褶皱，随后把红色、黑色等不同色的生漆分层错落涂抹，打磨抛光后呈现一圈圈颜色迥异的不规则纹路。因为制造工艺太过费时费力，最终失传。

11

突破

BAIGONGLING

离别之歌

石黛将被褥打包成了她刚入学那天的模样。环顾了四周，宿舍里只有她一个人，清晨的太阳照进宿舍，石黛端详着手心里石墨留下的盒子，不起眼的盒盖在阳光下闪现出彩虹色来。

石黛走出了宿舍，看见初升的太阳里站着阿达。

"你怎么就走了？"石黛意志坚定、大步流星，阿达在旁边小跑，焦灼地跟着，"不要说放弃就放弃啊！"

石黛平静地说："我已经坚持很久了。到现在还没看到芽灵，和百工堂的缘分估计也到此为止了。"

"但离中秋的最后期限，还有近二十天呢！"

"你见过谁在二十天的时间里，找到与自己有羁绊的芽灵，然后找到百工灵，又过了安憩、唤醒、磨合和无间，还做好了作品通过入学试的？"

阿达不说话了。她找到自己的百工灵也有好久了，但都还没有通过入学试，又怎么来劝石黛呢？

"既然已经知道做不到，何必等到被赶走呢？"

"你不找你弟弟了吗？"阿达还是忍不住问。

"找了这么久，我唯一确定的就是，他现在已经不在这儿了。况且……现在也没人记得他了。"石黛有些伤感。

"怎么会？你不是一直记得吗？"

"可是连我都开始忘记他了！"石黛把这个令她心碎的事实说了出来，可是阿达并没有听懂她的意思。

"你怎么可能会忘记他呢？那你自己呢？你不想留在这里吗？"

"我早就该接受自己并不是百工族的事实。"

"可是你也梦到过上师……"

石黛用最温柔的声音打断了她："没关系的，我只是要回去过我原本的生活。让我去和大家道个别吧！"

不知不觉，她们已经站在了天一阁前面。

石黛对着涂坦深深鞠了一躬："涂坦爷爷，我决定离开百工堂了。谢谢您一直以来对我的照顾，我来向您告别。"

坦之灵挥了挥手，一堆卷轴古籍悬浮在空中。

"临走前，你能再帮我整理一下那些博古架吗？乱得很。"

"当然可以！"

阿达看着石黛的背影消失在长长的博古架尽头。

"人，是很健忘的……"涂坦说。

阿达不解："嗯？"

"我只隐约记得在天生社里听过'石墨'这个名字，但也仅此而已。百里兄弟作为社首，也不记得天生社有这样一个人，那么记得他的终究只有家人了……"

阿达想：为什么大家都不记得石墨呢？石黛为什么说她都要

忘记了……

她跑着来到天生社，见玉琪在竹林边的小溪里洗玉，而石岐躺在大树底下的青石板凳子上。

"原来你们都在这里呀，黛黛就要离开百工堂了……"

玉琪吃了一惊，立刻从小溪里走出来："已经走了吗？"

"她在天一阁，说跟几个朋友告别完就走。石黛有没有问过你们关于石墨的事情？"

石岐说："问过好多遍，但我对她弟弟真的完全没有印象了。石黛确定她弟弟来了百工堂吗？"

阿达答道："涂坦爷爷记得这个名字，石黛在这里找到过石墨的作品，他当然来过。如果能再有什么线索，黛黛可能就想留下来，也许再去拜托一下佑山长……我，真的舍不得她。"阿达最后这句的声音里，已经带了啜泣。

石岐站到她面前："傻瓜，人生的离别多着呢，以后也许还能重逢。"

"我怕，如果石黛离开，我跟她会越走越远，十几年后在路上见到，也许都不认识彼此了。"

"怎么可能？"

"当初石墨也曾在这里学习过，但现在没有人记得他了。你说……"

"嗯？"

阿达问："如果我离开了百工堂，你还会记得我吗？"

石岐郑重地思考，想给她答案。这时天上飘下了一片落叶，正好落在阿达的手心，颜色似一种低温淡绿釉，浅绿里泛着黄，只是，失去了润泽感。

落叶纷纷从竹林顶上落下，远远的天上，鸿雁南飞。

"'白露秋风夜，雁南飞一行。'今日已是白露了啊。"

"原来秋天在不知不觉中早已到了……"

当阿达在对石岐说害怕石黛离开的时候，玉琪已经往天一阁来了。

"涂坦爷爷，请问石黛在这里吗？"

"她刚走。"

还是晚了一步，玉琪掩饰着心里的失望，又听见涂坦说："应该还没走远，说去海边了。"

在海边望着潮起潮落的，是海云。暮蕊背着个箩筐，走到他身后："原来你在这里。"

海云回头，向暮蕊作了个揖："暮蕊姐姐，您是来送材料给母亲的？"

"嗯，山上黄栌叶将红未红，正是染色的好时候。"

"母亲的作品，这几年多得您和佑山长的照顾。"

"你母亲奕夫人与我师友多年，不用客气。"暮蕊向前一步，看着碧海蓝天，粼粼海水深处隐隐透出些先墟的影子，"百工族所有的创造，所有的羁绊，归根结底，都是从先墟而来的。若是我也能去先墟游览，说不定会见到些与众不同的芽灵呢。"

海云疑惑："与众不同？"

"古书上有记载，一些不常见的芽灵，是从海底来的。不过……"暮蕊莞尔一笑，"也不知道真假，百工族从没有人见识过。"

海云若有所思："如果有人与此种芽灵产生羁绊，但又无法潜入海底，那就永远无法发现禀赋？"

"有些羁绊太脆弱，不抓紧的话……"暮蕊望向海滩的另一头，石黛来了，背着行李。海云匆匆与暮蕊点头道别，接着便奔向石黛的方向。暮蕊轻声自言自语："有些羁绊却是打都打不散的……"

海风猎猎，吹着石黛和海云的衣袂。这一刻，两人只是看着对方，似是默契般的沉默，由着风在他们之间回旋。在那宛如永恒的几秒间，愁绪千丝缠绻在缥缈的时空里。这几秒钟之后，他们又是同时开了口。

海云说的是："你要走吗？"

石黛说的是："我是来告别的。"

"没有遗憾了？"

"当然有很多啊，可人生不就是这样满是遗憾的吗？"石黛笑着回答。

他蓦地一阵心疼："如果不想笑，可以不笑的。"

"我不懂……"

"你不用一直假装强大，不是只有强大的人才能得到幸福。"

石黛愣住了。确实，她一直在忍着，忍受周遭的白眼，忍受身为异类的孤独，以为忍受痛苦是前往幸福的必经之路，以为这就叫"强大"，她试图努力不去想，心底那很深很深的遗憾。

海云读懂了她："其实，你还有不曾说出口的愿望吧？"

石黛以为自己藏得很好，其实他都知道。

海云想留她，却不知怎么留。他独自与父母在海边长大，朋友本来便不多，于是也很少有机会习得与朋友交往的方法。他想到什么，就说了什么，就这样轻易地戳破了她心底的秘密。见她沉默着，他也有些慌乱；以为她恼怒了，于是他不知所措。

但事实正好相反，当石黛的心事被海云洞悉时，她顿感身心如释重负，浑身一轻，内心的困扰化作一缕微风，悄然消散于无形："我当然有愿望。我——"面对无垠的大海，她突然高喊："我希望我是百工族！我也想做出举世无双的作品！而不是就这样被人忘记……"她的声音越来越小，身体也在海滩上缩成一团，"可惜不能了……"

海云向石黛伸出了手："还是值得再试一次的。"

石黛迟疑地站起来。

他拉着她，走进海里。一个浪头打来，石黛几乎跌倒，海云扶住："相信我。"石黛微微点了点头。

海云默念："上神有灵，百工有心。一苇所如，沧海浪停。"

他这样念完，浪果然便停了，安和如镜。

石黛的羁绊

海云挽起石黛的手，护在自己的手心里，两人同时凝视着先墟的方向。海之灵召唤水芽灵，幻化出一条蜿蜒的长隧道。云影悄然掠过，一片片阳光漂浮在海上，洁白的泡沫如珍珠，镶嵌在那通往海底的隧道周围。这隧道宛如一个安详的漩涡，将人引入深邃而神秘的海底。石黛由海云带着，掠过水花，并不知水芽灵在他们的脚底绽放。

这感觉，太神奇了。

是啊，我还记得第一次来到海底的感觉，好像在醒着的时候踏入了梦境。

你能听见我的想法？石黛惊讶，明明没有说出口的话语却能感知到。

水芽灵可以传递信息。

如此平静的美，我从没有见过。

如果如此广袤的海都可以平复自己，那人也可以。

我们这是去哪里？

你不是想去先墟看看吗？百工族所有的创造，所有的羁绊，归根结底，都是从先墟而来。

他们两人，穿过珊瑚，穿过鱼群，来到了先墟，一片断壁残垣，这些沧桑的遗迹，默默承载着时间的痕迹。蓝色的海水拂过历史的记忆，宛若古老的诗篇，诉说着亦有时间流逝带来的庄严的哀愁。珊瑚与海草环绕着，孕育着新生，见证着生命的轮回。

海云转而与石黛并肩，牵着她的手，往先墟深处走。

石黛走了几步，发现自己踏在一块匾额上，她弯下腰，扫过缠在匾额上的水草，见到其上"不可得"三个字。忽然，下面好像有什么动静，她轻轻揭开，刹那间，一股神秘的力量推着海水向她涌来。石黛的眼前，先墟消失了，海云不见了，一些不知是什么的光点结成或尖、或方、或圆的形状，这些形状又串成链，构成了巨大的透明的网，将她缠住，她拼命向上游，但透不过气，几乎窒息。

这感觉，与拜师仪式的坐忘幻境里的一模一样，是她永远不想再经历的噩梦。

就在她以为就要这样坠入深海的时候，一股力量将她托了起来，一个影子出现了。

是上师。

谁都没有真的见过上师，可是在坐忘幻境里遇见时，就是能认出来。此时在这海底，上师是真的出现了，还是也是幻境？虽然上师并未动唇，但她却知晓了上师的希冀："铸新始于汝。"

一颗发光的球从上师手中滑入了她手心，那股托力瞬间消失了，石黛感到脚下是一个无底的黑洞，她慢慢沉了下去……

黑洞里依稀传来朋友们的呼唤："黛黛，黛黛……"

石黛猛然惊坐起，大口喘着粗气，终于能清晰地听见阿达叫她的名字："黛黛，你还好吗？"石黛发现自己身处天一阁，涂坦、宫仙、海云、阿达围着她，关切地看着她。

"你还好吗？海云说你在海底晕过去了……"

石黛这时才注意到了头发上还滴着水的海云。

海云小心翼翼地问："又是我操作失误吗？"石黛摇摇头。

"还是……你看见了什么？"

石黛点点头，一翻手，手心还拿着那个小球。

那是个极其精致的乳白色小球，球里套着球，每一层都装饰着镂空花纹，细密到让人眼花缭乱，每一层都可以单独转动，其匠心和技术让人吃惊。小球外围浮着一层乳白色的光圈，不时泛出绚丽的色彩……难道这就是芽灵？

"哎，这球上怎么没有芽灵？"宫仙问。

石黛不敢相信自己的耳朵："还有宫仙看不见的芽灵？你们都看不见吗？"

涂坦突然拍了一下掌："我记起来了！这球好像是……"一番翻箱倒柜，涂坦搬出了一本古书，最后一页上画着和这颗小球一样的图，旁边有名"千华轮"。

阿达细细比对着看："好像就是这个。这是什么材料？"

"这是镂空雕刻的化物光球，结构层层叠加，旋转无穷变幻，并有复杂的孔洞，光源放进去就能散出光芒。化物是一种失传了的材料，不是天然形成的。"

156

宫仙说："原来是化物啊！这芽灵我真的看不见！"

阿达只关心一件事情："这是不是意味着你可以留下来了，只要能做出作品，唤醒百工灵——"

石黛为难："可是我上哪儿去找更多的化物，拿什么去做作品呢？"

海云提议："如果能找到或者培育出更多的化物芽灵呢？"

涂坦附和："这本古籍里就有化物芽灵的培育方法。"

阿达跃跃欲试："我从小就在读贤街翻译古籍，我可以看得懂！"信心满满的阿达打开书，开始一字一句地细看起来。"这是什么？"她问，"什么叫'聚对……酯'……通常来自海底黑色物质……"

海云听了，却激动得跳起来："没错没错，所有的羁绊都从先墟而来，看来要培育还需回到先墟海域去。"

石黛为难："可是我也看不懂这些，去到海里也不知道该怎么办。"

此时，阿达意识到这里可能只有她一个人可以帮到石黛了。

阿达是个"明日复明日"的人，即使知道可能会"万事成蹉跎"，她也总在岔路上走得开心，而忘了完成正事。到了百工堂，她见到绯不眠不休地做织锦，她见到绒绒苦练画图，也为石岐和玉琪做作品时候的认真而倾倒。但她就是克服不了拖延的毛病，连入学试这样的大事，她也一直拖到现在，还没好好去准备。好不容易做出能够送上百工坛的竹纸，但早就被作为礼物送走，只能重新做了。

还有一个月呢……还有二十天呢……她总是这样跟自己说。到了今天，她再次面对选择：是帮石黛呢，还是专注于自己的入学试呢？帮了石黛，自己可能没时间打磨作品了；就算去帮了她，真的能帮得上忙吗？但是如果不帮……

终于，她把书合上，下了决心："我陪你去！我一边读，你一边做，还有二十天，总要试一试！这次你要堂堂正正地留在百工堂！"

万化场的修行

阿达与石黛手牵手，站在海边，看明月升起在海上。

"准备好了吗？"阿达问石黛。

"我等这一天已经太久太久了。"石黛说，"你呢？你确定……"

"我确定！"还没等石黛问完，阿达就坚定地点头。

海云立在海中央，海之灵吹起浪尖的泡沫，设下结界；月光在海面上的浮影成了一段阶梯，直通海底。阿达和石黛手牵手，顺着阶梯走下去，走入海云为她们设下的珊瑚做成的海底工坊。红珊瑚组合成了工坊的名字"万化场"，在岸上也能隐约看见。

月落日升，日落月出……大家在岸边静静等待着。

这日，佑山长远远地站在海边礁石上，问身边的海逝舟："这名字是你起的？"

"这么好的名字，当然是我起的。猜猜是什么意思？"

"不可能是'千变万化'的万化，你喜欢拽文，一定不会用这么浅显的意思。"

"我一时竟分不清你是夸我，还是骂我。"

"是'一体万化'的意思吧？"

"你也还记得？"

当然记得,佑山长想,那是她入学百工堂的第一堂芽灵培育课,当时的西席说:"'一体'是每个人的本心,'万化'是世间万事万物。所有的事物,通过本心万化,显出一个光明的世界。"那时候,海逝舟就在他们课堂外练习,将云化作水,将水化作冰,一个个奇幻多姿的冰泡泡在他手中出现。那是佑山长对"万化"最初的领悟。

"这名字的用意要在创造的时候自己品味。"

远处海面上,海云依然维持和守护着结界。

"没想到海云这个年纪,与百工灵的默契就可以到这样的程度了。"

"比我那时候差得远了。不过如果他按这个速度精进下去,我很快就可以退休了。"

佑山长看了海逝舟一眼,欲言又止。

海逝舟接着说:"放心,这不还没退吗?我一直在岸边护法,不会有问题的。"

"已经四天了,也不知进展如何。"

海逝舟看着海中的孩子们,也忍不住为他们担心:"百工堂……不,百工族,数百年来,可有人做出过化物?"

"泱华少有,西宛……希望她们能成功……"

每一天,都会有朋友来到海边等待。这一天,绒绒、绯、石岐、玉琪都来了。

绒绒因为什么都做不了而焦心:"好几天了。"

石岐着急:"别是闷死在里面了,这个海云搞的结界靠不靠谱?"

绯没说话，她只有在失了主张的时候，才会这样无言。

最有耐心的玉琪，盯着海面。突然，他喊起来："好像有动静。"

海上先起了一个小漩，这个漩越转越大，看不清里面的情形，好像要把一切都带进去，一直转到岸边，激起一人多高的大浪，岸上的人连忙往后撤。海云勉强能站立，海之灵眼看要被拉进漩涡，海逝舟立刻踏水而去，扶住海云，稳住海之灵。但岸边的人什么也看不见，除了急风骤雨。过了不知多久，风和漩涡都停歇了。已经是夕阳西下，海面平静得好像什么都没有发生过一样。

海云与海逝舟掌对掌，他们中间的海之灵，借着夕阳的浮影打开了通道阶梯。

在众人的屏息凝视中，阿达挽着几乎奄奄一息的石黛走出来，石黛手心里捧着新生的黛之灵。百工灵，自身能量孕育的精灵，她是石黛的一部分，又游离于她。那么柔弱，却充满了新生的希望。

朋友们都拥了过去。

海云四仰八叉地躺在海浪上，海之灵躺在他的肚子上。海逝舟已经回到了礁石上，托腮坐着，远远地看着他们，面带慈父的笑意。

黛之灵带着用化物做的花瓶。众人惊叹，端详着作品。

"原来这就是化物，色彩这么均匀。"

"好像玻璃一样透明，却可以这么轻盈。"

"真是超乎想象的技艺呢！"

阿达一个人在人群之外，默默盯着双手，眼神空洞。

什么时候？究竟是什么时候的事？她在几乎空白一片的脑中搜寻着记忆的碎片。

海中结界，黛黛在旋转着，漩涡……巨大的力形成了巨大的漩涡……黛之灵从漩涡中升起……就在那时候，漩涡带起的泡沫裹住了达之灵，在阿达眼前，当阳光射进海底时，她试图召回自己的百工灵，然而，在她触碰到灵的那一刹那，达之灵如泡沫一般，消散了……

　　"我的百工灵，她……她不见了！"

阿达的百工小课：化物

石黛这次发现的化物是大家所熟知的塑料。直到 1868 年才出现世界上第一个塑料品种赛璐珞。塑料是一种好材料，可以被做成各种形状，防水性好，又轻又坚固，还很便宜。但是塑料也有坏处。当它燃烧时会放出有毒气体，而且容易变形、老化。最糟的是，塑料不能自然分解，会给环境造成污染。

这些都是古籍上说的，这种材质对百工族来说还很罕见，石黛都还没有完全搞懂怎么操控塑料芽灵呢。

12

始终
BAIGONGLING

空梦一场

阿达将被褥行囊打包成了她刚入学那天的模样。环顾四周，宿舍里只有她一个人。她打开门，面前的夕阳里，也空无一人。

阿达噘起嘴："说好谁都不许来送，居然真的不来了。"

当阿达绕过百工坛、经过天一阁、穿过西岛、走出百工堂的时候，雪山上，很多人在目送她孤独的背影。

绒绒问："为什么阿达姐姐的百工灵会消失？"

绯回答："除了海云，谁都没有试过潜在海底那么久，真没想到会有这种影响。"

刚通过了百工坛入学试的石黛气喘吁吁地跑来："她真的走了？还能看见她吗？"

"别着急，还能看见。"

"如果不是为了帮我，阿达的百工灵不会消失。应该离开的人是我。"

"本来不到中秋入学试后，学堂也不会赶她走。是她自己想先走，也是怕离别太伤感吧。"

日光熹微，她们打着灯笼一起看着山脚下通往读贤街的路上那个孤单的身影。

阿达停下了，回首，见到远远的山上，几个人影和几盏影影绰绰的灯笼，不由得露出了微笑。

云越积越多，夜越来越深，阿达在路上越行越远。

大雨将整个世界，染成一片茫茫。

"百工坛接受了石黛的化物花瓶。"叶渚向佑山长报告。

佑山长有些惊讶："这化物对先古世界影响甚广，百工坛为何……不知林达百工灵的消失是否与化物有关系。"

"百工灵突然消失确实很罕见，如果是禀赋不稳定，技艺不精进，也应该是逐渐微弱。"叶渚分析着。

"依照规矩，林达只能离开百工堂。我们终究无法护着所有人。"佑山长深深叹息，"化物出现，百工堂多少原本的习以为常，可能要被一一打破。我们要做好准备了。"

最团圆夜是中秋

中秋这天夜里，照例是灯会，也是考工的日子，白玉台装饰一新。石黛从没见过这样梦幻的百工堂，虽然雨依旧在下，无星也无月，但湖上的灯与水中的倒影可比繁星。湖中心，海云放下一盏冰灯，烛光融化了灯台，淅淅沥沥，正如这一下好几天的雨。

朋友们聚在一处，绯提着丝罩圆形灯，绒绒玩着羊绒做成的兔子灯，最新鲜的是石黛手里的化物灯笼，别出心裁做成了钻石形状，折射几层，比其他的灯亮了好些，这段日子石黛钻研出了不少化物的衍变。她们看着白玉台上忙着向百工坛呈递作品的人们，自拱门中进进出出。

绒绒问："今天是入学试最后一天，阿达姐姐真的回不来了吗？"

"这么热闹的时候，没有她在，还真是不习惯呢。"绯说。

石黛难过得说不出话，想不到自己留下的代价如此沉重。

这边，佑山长面前，站着的是石岐。

"你就为了这事来找我？没有百工灵就不再是百工族了，中秋已到，林达不可能回来。"

石岐的耳畔一直回响着阿达问他的问题："如果我离开了百工堂，你还会记得我吗？"虽说一直责怪她懒散不上进，但也没想过她真的会离开。如今出了这等变故，石岐后悔没有能为阿达做点儿什么，思来想去，还是来找了佑山长。

"这个百工堂里有太多的人都只关注作品和升级，可林达让我发现，其实作品中蕴含的人情味才是作品的灵魂！她是为了帮石黛，才丢失了百工灵，这样的林达为什么不配做百工族呢？佑山长，再给她个机会吧，如果能助她找回百工灵的话……"

"每个人都有自己的长处，林达也是。可你回答我一个问题，为了她一人，破坏数百年的规矩，之后百工堂到底收什么人该如何决定呢？百工灵消失，代表禀赋的消失，她已经不再是百工族了，自然留不下。"佑山长语气凌厉，但避开了石岐的目光。

"可您当初也留下了石黛……"

"如果石黛没有通过入学试，我也不会保她。"

石岐还想说什么，但佑山长没有给他余地："木已成舟，不必再说了……"

离开了百工堂的阿达，站在窗边，看着夜里的读贤街，看不见灯，也看不见人。

窗前桌上，一片微弱的烛光下，阿达妈妈在竹纸上写写画画。

阿达拿着小砍刀，艰难地削去竹竿上多余的枝叶，试图劈些竹篾。依稀可辨的一层芽灵，正在阿达的眼里，慢慢失去了颜色。

是谁说的？"古人没有百工灵都能不断精进。身为百工族明明有着百倍于古人的力量，你却如此浪费？"阿达一分心，手抖了一下，被竹篾刺伤了，一颗鲜红的血珠凝在指尖。

"果然离开百工堂，连最简单的竹编我都做不好了。"

阿达妈妈笑着揶揄她："从去了百工堂的第一天起，就想回家。现在回了家，你又天天想着百工堂。"

阿达也曾经问过自己，如果当初没有帮石黛会怎样？但就算那样自己也未必通得过入学试。她没有后悔，只是自责。如果她努力一点儿，也许现在还能和朋友们坐在一起……阿达蹭到妈妈身边，将头枕在她的膝盖上："好像做了个梦，我是真的回不去了吧？"

"这竹纸是你上次托人送来的那批。是你自己做的吧？我给家里的亲戚们都送了些，都说很好用，你爹可骄傲了！"

是呢，那是她生平第一次亲手做的竹纸，经过那次，她与百工灵才算有了默契……

百工灵……

她想念她的百工灵，那爱打呼噜、会放风筝的另一个自己。

"可我没有百工灵了，以后做不了竹纸了……"

"你看我画得怎么样？"阿达妈妈将刚刚完成的画给她看，那是阿达方才在做竹篾的样子，手里有力量，眼里都是光。

"我哪有画里这么漂亮？"

"你去百工堂以前，可从来没认真做过什么事。现在这样专注的样子，还挺好看的。百工灵固然是种特别的力量，可没有百工灵，你一样是独一无二的林达啊。"

妈妈的话，如阳光穿过云层，铺在阿达的心里，让她格外温暖。阿达看着窗外。月已上柳梢，月光照进了屋子。

"烛光那么弱，伤眼睛。今天中秋了，我们出去看看月亮吧。"

妈妈看着阿达走出门："这孩子，长大了呢。"

阿达下了楼，打开门，一颗小石子突然砸在身边。"哎！"她四处张望，"谁呀？"只会是石岐……可是……

"你在这儿干什么呢？"

真的是他吗？阿达转身，果然是他。

阿达眼里闪着泪光，像只小鸟一样轻盈地扑到石岐身上。"我是在做梦吗？你来看我啦！"石岐没想到她是这个反应，但，她当然是这个反应，快乐的阿达是从来不会掩饰自己的心情的。石岐两手不知往哪里摆，先是僵硬地放身后，又挠了挠自己的头发，之后不由自主地环上阿达的腰，但并不敢真的抱，只好隔空，拍了拍她的肩，脸上是抑制不住的笑容。

这画面，没有持续很久。

"我也要一起抱抱！"绒绒跳上来，挤进两人中间，加入了拥抱。

不仅是她，还有绯和石黛。

"最团圆夜是中秋，要一起过才热闹呢。"绯淘气地眨了眨眼。

阿达最爱的竹林边，阿达爹妈摆了几张小小的竹几案，上面放着各色瓜果和自家做的月饼。来自百工堂的客人们在轻轻摇曳的翠竹间挂起了各色花灯。绯捡起角落里几个有些歪歪扭扭的还翘了边的灯笼，好奇地问："这是……你做的？有这么多！"

"中秋了，我想着做灯。可没有百工灵，太难了。"阿达有点儿不好意思。

这次没等阿达哀求，绯就指挥着绯之灵，打算补好这几个灯笼。刚到半空中，却被阿达叫住了："不用帮忙，我自己做就好。"

绒绒讶异："可是阿达姐姐的百工灵不是消失了吗？"

还是石黛理解这种感觉："先墟的古物都是用手做出来的，没有百工灵也未必不行啊。"

阿达摆摆手："我和古人可没法比。"

石岐拿起阿达的灯笼，端详着："这是什么灯笼？"

"你们看这里。"阿达捧出一本书，书上是个极精致的灯笼，吊着流苏，那灯面上，不知用什么画成的彩画，初看过去，像是立在眼前的实景，那是独特技艺才能达到的巧夺天工。下面一行小字"硖石灯彩"。

"硖石灯彩？它和普通灯笼一样用竹架和宣纸制作，特别的是使用极细的针在纸面上微刻精雕，光从孔洞中透出玲珑剔透。这个难度很高呢！"连绯都惊讶了。

"反正我也不需要参加入学试了，就自己慢慢做吧。一天不行，一年总能做好。今年无灯，明年总可以有。"

阿达居然有这样的决心与耐心？难道离开百工堂，反而改变了她？

绒绒一如既往地支持道："阿达姐姐，你那么擅长画画，会成功的！我帮你做个毛毡垫吧，雕刻的时候铺在下面舒服些，你想要猫毛、狗毛，还是羊毛？"

"虽然这么说，但连最关键的针，我都没有。"

绯拿出了一个小银盒，打开里面满满的金针。

"你怎么连这个都随身带？"

"七夕时候别人送的，看你这次这么努力，就借你用用吧！"

石黛也笑了："我帮你再去收点儿竹子来。"

石岐看着姑娘们忙忙碌碌，他能帮什么呢？

阿达一时有点儿恍惚，分不清这是在百工堂，还是在读贤街，朋友们在一起的温暖，让她无限留恋。

夜深了，地上七七八八聚了一堆灯笼的材料与半成品，绒绒和石黛已经困得不行了。

"阿达，你还挺得住吗？"绯一边揉着眼睛，一边问。

"扎针刻纸好像是个很费精神的活儿。"石黛也开始打呵欠。

阿达妈妈早抱着已经睡着的绒绒回房了。

只有阿达还在宣纸上戳着金针："没问题的！你们太累就先休息吧！我精神好着呢。"

阿达戳几针，便直起脖子，看看，线有没有歪；想想，此处该用花针还是乱针。手指已经僵硬，指尖都是针眼，但她顾不上疼："该上色了。去哪儿弄颜色呢？"

一大盘岩彩摆到了阿达面前。这便是心想事成吧。身边的石岐，黝黑的脸庞上五颜六色。阿达捂着嘴憋笑，不敢吵醒别人。石岐手指点上颜色往阿达脸上画了一笔胡子，阿达笑不出了，轮到石岐笑弯了腰。

灯下，阿达一点儿一点儿上色，石岐就在旁边看着。

"月过中天了，中秋已经过了。"

"你去睡吧。"

"不困。"

"你在这儿又帮不上忙。"

"别管我，专心。"

"你如果不去睡，咱们就说说话吧，也帮我提提神。"

"看你没了百工灵，反而变努力了。"

"也有好处啊，不管什么派系的材料，都能试试，反正也靠不上百工灵。这样想来，我反而与古人更近了。"

"怎么想起来做灯笼？只是为了中秋？"

"离开百工堂之前，看见她们在雪山上打着灯笼送我，我心里就好受多了。就想着做些灯笼纪念一下吧，读贤街的孩子可都没怎么见过灯笼呢。"

秋虫细喃在风中。

"还想着别人啊，你这种时候，还挺可爱的。"石岐说完，突然觉得不妥，脸都涨红了，赶紧解释，"啊，不是，你……也没有很可爱……"

然而阿达并没有注意到石岐的窘迫，因为这个时候她突然发现自己周身开始散发出微光，如芽灵那样柔亮，只觉得已经僵硬了的手心里一阵暖意，看去，她的百工灵在手中微微睁开了眼睛……

"是我的百工灵！"

"你的百工灵回来了！"

读贤街的灯会

一个小孩子从梦里醒来，看见窗外柔和的灯光，揉揉眼睛，走到窗前，惊讶地张大了嘴，跑去街上："爹爹妈妈，快看呀，好多好多灯！"

是，很多灯。绯在街的两边，隔几米便立起了一根长竹竿，石岐用青石砖压着，绒绒将每两根竹竿顶端用粗毛线连接，石黛挂上化物做成的挂钩。

街的尽头，立着阿达，双目微闭，默默念诵。一只绿色小人儿样的百工灵从街中心飞过，一盏盏竹编灯笼如星星落上挂钩，点亮了每座房舍。这次，这些灯笼一个个精巧别致，不再歪歪扭扭。

所有人的百工灵一起飞过，孩子们手里多了动物彩灯，村头空地上转起了跑马灯，天上飞起了孔明灯……这灯会比起百工堂的一点儿都不逊色，更多了欢声笑语。来自百工堂的这些年轻学徒，第一次见到自己的技艺带给人们的快乐，那是在百工坛从未体会过的成就感。

"那就是达之灵？"石黛看上去比阿达还要高兴。

达之灵飞过来，落在了石岐肩上，被岐之灵踢下去，撞进了绯的怀里。绯将撞得晕晕乎乎的达之灵捧在手里："居然主人就在面前还会认错……"

绒绒笑了："爱迷路这点也和阿达姐姐一模一样！"

阿达接过达之灵，怜爱地护在心口："灵随主人呀，会迷路的百工灵，是独一无二的！"

大家都大笑起来。

"还有最后一盏。"

阿达站定，轻声但坚定地念诵："上神有灵，百工有心。曲成万物，协创此形。"阿达的双手轻舞，指尖传来丝丝暖意。瞬间，丝线如藤蔓般舞动，岩彩在空中飘逸，如烟似雾，竹纸在阿达的指引下，轻盈地贴合。达之灵的灵力在掌心汇聚，阿达低声吟唱，仿佛召唤着千年前百工族人的精神，各种材料的芽灵流转不息。

一盏比竹编灯笼更精致的花灯呈现在眼前。虽然并没有书上记载的那样完美，但细碎的孔洞透出橘色的光芒，是阿达在心里描摹过无数次的样子。

"是硖石灯彩！"大家赞叹道。

阿达看着她的朋友们，看着她的百工灵。她希望每一个人，都能被这种温暖和明亮所包裹，如此刻的月亮，普照寰宇，广博无私。"直到天头天尽处，不曾私照一人家。"[1]阿达想要的无非就是这样，与朋友们一起打闹嬉戏、一起做作品，一起笑、一起哭，珍惜眼前，永永远远在一起。

永永远远……

满月光芒流转，如仙子舞动的轻纱。忽然间，月光聚拢成一片白色光雾，似由百工坛而出的光之拱门，将阿达环绕，如仙境般缥缈的景象令人惊叹。可这不寻常的美之中，暗藏不寻常的凶险，阿达的身影在这梦境般的光雾中渐渐消散，如同那一抹缥缈的月华。

光雾散去，月色恢复平静。

读贤街的热闹还在继续，来自百工堂的客人准备返程。

"佑山长特别批准的出校时间快过了。"石岐催促道。

---

1 唐代诗人曹松《中秋对月》诗中的句子。说的是中秋节皓月当空，月亮照亮了万千人家。

"不能再玩一会儿吗？"绯和石黛架着还想撒娇求情的绒绒，一伙人有说有笑地往回赶。他们没有一个人提起阿达，仿佛这个人从未存在过他们的世界。

阿达的百工小课：灯彩

中国灯彩又称花灯。唐宋以来，每逢元宵节，人们就挂起灯笼，营造团圆和美的喜庆氛围，后来在中秋这样的传统节日或是人们成婚拜寿时也会悬挂灯彩哟！

在古代制作的灯彩中，以宫灯和纱灯最为著名。灯彩制作要综合运用多种工艺，如绘画、剪纸、刺绣等，因地制宜，采用竹、木、麦秆、金属、绫绢等不同材料制作，因此各地区灯彩具有独特的民族和地方特色。阿达做的硖石灯彩是浙江省海宁硖石街道特有的手工技艺，用天然矿物为颜料绘制的图案，可经历百年而不褪色，用针镂刻的部分，在灯下看，好像动起来一样，是来自民间的独特艺术。

13 花火

BAIGONGLING

孤单的返校日

虽然元宵节还在正月里，但夜暖风和，正好游戏。读贤街上，家家门前扎着灯棚，悬着夹纱灯、伞灯、七宝盖灯、书画灯……各色灯笼，让人看得眼花缭乱，照耀得如同白日，孩子们在灯下窜来窜去玩耍。

这般明月，照着如此故乡。

有一个孩子，扎着双髻，手里提着个食盒，并没有去玩耍，只安安静静地一个一个灯看过去，赞叹着。这些灯是上个中秋那些百工堂里来的能工巧匠的杰作。他的朋友跑来，拉着他去吃元宵，可这孩子还是不急不忙地端详着头顶这盏绚丽精巧的八角宫灯。

"你在这儿想什么呢？"

"这些花灯都是哪儿来的？"

"去年中秋来了一群人，然后突然就有了。那会儿用过的灯，爹妈都收好了，说每次过元宵、中秋都拿出来，读贤街也终于能办灯会了。"

"那群人是谁？"

"听说是百工堂来的……我们快去猜灯谜吧，一会儿奖品都挑完了。"

孩子远远看见街那头的房子，窗户里映出两位中年人对窗而坐的影子。

"你先去吧，我妈叫我给林叔林婶送元宵，我送完就去找你。"

"那我也去吧，每次过节他们家都怪冷清的，我们去热闹热闹。"

"我看你是馋林叔的梅花糕了！"

两个孩子打打闹闹、蹦蹦跳跳，往林家走来。林婶在楼上窗户里看着他们从灯海里走过来，站在她身旁的林叔说："如果当初生个孩子，现在可比他们都要大了吧。"

"现在这样两个人也挺好。不过昨晚我做了个梦，梦见我们有一个女儿，还是个百工族！"

"哟，那么厉害啊！"林叔握了握林婶的手。

他们确实有过女儿，出生了，长大了，进了百工堂，有了很多的朋友，她失败过，也开心过，竹林里还有她为了午睡结的吊床，读贤街的人们还收着她做的灯笼……只是，她并不在了，哪怕是人们的记忆里。

一只小小的光团，泛着柔柔的光，在林家窗前亮了又灭了。再见时，这只小光团，飘浮在读贤街通往百工堂的路上，那里是一片时而山林时而草甸的荒野，远远可见，光团一直飘去了百工堂。

元宵节是百工堂的返校日，大家陆续结束寒假回来了。这里与读贤街一样灯火通明，但并不热闹，见灯不见人。

光团落在百工堂的大牌坊上。牌坊下面，站着归来的绒绒，披着适合冬天的兜帽披风，帽子里睡着绒之灵："哟呼！我回来啦！"绒绒放下高举起来的手臂，四周看看，无人应答："人都到哪儿去了呢？"

虽然是上元佳节，绯还在琼月坊里忙碌着，也不止她一个人，还有三位特殊系师姐。她们四人在一起织锦，四只百工灵在空中交错盘旋。一个师姐在分配任务："我抱丝；琴琴负责挂纤；绯，由你来分丝。"

绒绒在窗口正面对着绯的位置，举起一只宫灯来，上面有"上元佳节"四个字，慢慢转过另一边，上面却写着"出来玩吧"四个字。绒绒慢慢探出半个头向绯眨了眨眼睛，绯连忙在师姐们的背后对她摇摇手，就这点儿工夫，绯之灵乱了，其他三只百工灵很快都被线缠住了，四人慌忙指挥着，百工灵却越飞越乱。

绒绒赶紧蹲到窗棂下，不敢让人看见她。

屋里传出声音："绯，现在是引纤操作的重要阶段，出了错就得从头再来，不要分心。"

绯低头道歉："对不起，对不起。"

绒绒懊悔地拍拍脑袋，对绒之灵说："看来绯姐姐是出不来了，还是去找石黛姐姐吧。"

绒绒站起走开，那只光团又出现了，遥遥地跟着她。

天一阁二楼的书桌前，石黛埋头在满桌子的古籍里。绒绒冲上去就抱住她："石黛姐姐，我回来啦！"

"是绒绒来了啊！"石黛的声音有些疲惫。

"石黛姐姐，你什么时候回到学堂的？"

"我没有离开过。"

"你不需要回家过年吗？"

"……我想留下来多读读古籍，学习学习。"石黛的眼睛没有离开书本，回答得有点儿敷衍。

"今天上元节，姐姐，你吃了元宵没有？我们一起做？"

石黛婉拒："我还有这么多书没读完呢，这些文字真难懂，涂坦爷爷太忙，我也不能总去打扰他，只能自己琢磨。学通了古籍才能掌握一些化物芽灵的用法，毕竟也没有西席能教我。"

"连宫仙也不行吗？"

"宫仙看不见化物芽灵，估计也不认识，他对这些一点儿都不感兴趣。你去教他做元宵吧，他听见吃的眼睛就亮了。"

石黛看着绒绒的眼神一直飘忽，忍不住发问："你在看什么呢？"

"姐姐，你有没有看见一团光一样的东西？"

"是芽灵吗？"

"不太像。"绒绒比画了一下，"好像有这么大，忽闪忽闪的。"

石黛把身子探出窗子去找："没有啊……"却看见海云来了。

海云在楼下对着她招手："我找到了一个先墟古人所做的木拼盘，好像化物也可以做类似的作品。你要不要看看？"

石黛惊喜地跑下楼："好啊好啊！"

绒绒看着石黛这么跑走，有些委屈："怎么一个个都那么忙……"

此时，那只光团轻轻飘到了她眼前，绒绒欣喜地扑上去，光团又飘开了，好像在跟她玩"你追我赶"。绒绒噘着的小嘴松了下来，开心地笑着，追着光团，出了天一阁，进了无纤坊。石岐在坊里，刚出炉了一个玻璃樽，眼里满是欣慰："终于完成了！"

就在这时，绒绒突然跳出来："石岐哥哥，你看没看见一个光团……"

岐之灵跟他主人一样，喜欢吓别人，也容易被人吓到，石岐手一抖，玻璃樽落地，碎了。

"石岐哥哥对不起！"

从来乖巧的绒绒被石岐拎出了无纤坊。她也没想到这第一天返校就惹了这么多的祸。明明是过节，不是应该大家都聚在一起，就像以前那样？

绒绒找不见光团，只好悻悻地回了宿舍。躺在床上，好像听见时间流逝的声音："上元节，就这么结束了？就我……一个人……"翻身起来看向窗外，在远远的去芽灵生发场的路上，她好像又看见了那团光点，那是今晚唯一与她一起游戏的朋友了，无论它是什么。绒绒不甘心地披上兜帽披风，又出了门。

绒绒的危难时刻

冬夜月色，清澈冷寂，芽灵生发场里，树上地上，仍有余雪，反射着月光，显得梦幻而寂静。漫天皎洁的月光如同飘散的雪花，在空气中闪烁着神秘的气息。光团好像也发现了绒绒，移到她眼前。绒绒刚想端详，前方悬崖处，隐隐传来"叮当哐啷"的声音。

"这是什么声音？"绒绒问。

光团好像并不想她过去，往另一个方向飘。但绒绒忍不住好奇，还是走过去了，只见地上散落了一些矿石。还没等她细看，山体突然开始震动。

绒绒惊到腿都软了，跌坐在地上："这是怎么回事？"一声爆炸，飞石与悬木一齐向她飞过来，她僵直地看着那危险来临而不知躲避。

千钧一发之际，有人飞奔而来抱住了她，两个人一起往峭壁下滚去，其间被树和一些不知哪儿出来的钩子钩住了好几次，到了悬崖底部才停了下来。绒绒抬头看，发现自己掉到了矿坑底部，峭壁很高，望不到顶，看得人眼晕。而刚才抱住她的那人正趴在地上，好像已经不能动弹。

绒绒耳中的轰鸣过了很久才平息下来，而那人过了这么久都没有醒。绒绒担心地爬过去，探她的鼻息，就在这时候，那人醒转过来了，支撑着爬起来："看看你干的好事！"居然是子明！

绒绒"哇"的一声哭出来。

"做错了事还哭？"

绒绒哭得更大声了。

子明不耐烦地捂住耳朵："好啦好啦，我原谅你了，小孩真烦人。"

"你说，是不是你搞出来的爆炸？"绒绒一边抽泣一边说。

子明不敢相信绒绒——这个乖巧到连她都不忍心欺负的孩子——居然会倒打一耙："我在采矿！都是安全操作，你随便就跑过来，差点儿害死我。"

绒绒擦擦眼泪："别欺负我不懂，叶渚西席说过，为了安全，芽灵生发场的矿山，都是白天工作，谁都不许晚上采！"

子明愣住了，一时竟然回不了嘴，想了想，气势不能输："是！我私自采矿，你告状去吧！"

绒绒想要忍住哭泣，可是子明那张带着气势的脸太吓人了，尤其是在这样的夜里，对着她一个人。这就是子明师姐！传说嘴上不饶人的子明师姐还会把人关到金属小球里滚着玩。那次用剪刀剪了石黛姐姐的头发，可是她亲眼所见的！绒绒想到这些，又号啕大哭起来。

子明捂住耳朵无奈叹气，怎么以前不知道，自己的软肋是孩子的哭声呢。实在受不了了，她支撑着站起来，又一个站不稳，倒了下去。

绒绒见她摔了，不哭了，过来扶住："你怎么了？啊！血！是刚才弄的……"

"真是好人没好报。"子明怎么也没想到自己会说出这样的台词。

绒绒仔细看了看子明腿上的出血处："你的腿划伤了。"她试图撕下自己衣服上的飘带给子明包扎，但撕不下来。子明从袖笼里拿出一把剪刀："要剪就剪你的衣服，不许剪我的！"

绒绒眼看又要哭出来："你随身带的东西怎么都这么危险？"

子明有气无力地回答："少废话，这些是工具，才不危险呢。"

绒绒剪下自己袖笼的一截，给子明包扎，嘴上却没停："那倒是，工具可以用来伤人，也可以用来救人。"

"你比绯那家伙还唠叨。好好的上元节晚上，你跑到这里干什么？"

绒绒没意识到子明说话的气息渐渐弱下去，只顾着回答："有个光团，我以为是什么特殊的芽灵，追着追着就到芽灵生发场了……"

"我其实什么都怕。怕高，怕黑，怕脚步声，怕孤单。"绒绒转头看子明，子明闭着眼睛躺着，也不知为什么，绒绒好像没有那么怕了，继续说下去，"好奇怪呀，以前在百工堂，从来没有觉得这么孤单过。"

子明想：这个小孩子，真的有点儿像当年的绯呢。只是那时候的绯，更倔强，绝不在子明之外的人面前流泪。

子明从来弄不清自己怀念的是那时候的绯，还是那时候的自己。她闭上眼睛不愿去想，受了伤又在这里吹寒风，实在没有力气。

绒绒见子明睡了，于是改大哭为低泣，既不想打扰人，又忍不住害怕。

一只光团缓缓地从山崖上落下，直到落在绒绒的手心里。这次，绒绒才清楚地见到，在光里，有一个如早春时节、雾中新绿一般的百工灵小人儿，眼睛是栗色的，活泼又温柔。

"这原来是一只百工灵？"这只百工灵与其他的不一样，泛着虚幻的珍珠般的光，靠近她的时候，这光仿似带着暖意。绒绒侧身靠过去，得到了一些力量。就在这时，绒绒随身带着的朱雀羽毛从她的袖袋中露了出来，红如焰，在这夜里很是显眼。

"怎么把这个忘了。"绒绒擦干眼泪，将羽毛拿出来，其上芽灵在跳跃，朱红色的芯，周围晕着一圈彩虹。绒绒指挥绒之灵对着羽毛吹了一口气，就有了火之明亮。

"我只听说过朱雀属火，羽毛可以做长明火，但从来没有见过呢。"绒绒闻声回头看，身后的人醒了，但听语气与刚才判若两人。绒绒想起绯曾经说过，子明有的时候会完全变成另外一个人。"是绒绒吗？没吓到你吧？"伍瑟柔声说，"这里又冷又黑，看见你手中的羽焰，才感觉安心了。谢谢你。"

"伍瑟！你是伍瑟吗？"绒绒雀跃起来，"果然你比那个子明和蔼多了。"

"如果不是受伤了，估计她也没有那么轻易会让我出来。"伍瑟说着，瑟缩了一下，唇都冻紫了。绒绒连忙用朱雀的羽毛点起了篝火："这样就好多了。"

"你还挺勇敢的。"

绒绒好像没听见这句称赞，忽然问："你见过没有主人、自己飞来飞去的百工灵吗？"

"我只知道海家的百工灵是一代一代传下来的，自主性很强。除此之外，还没见过能脱离主人单独行动的百工灵呢。"

"奇怪……那只百工灵是哪里来的呢？"绒绒左右看看，"现在又去哪儿了呢？"

伍瑟更加务实："我们先想想怎么出去吧。"

"爬应该是爬不上去了，如果有什么东西能让别人发现我们就好了。"

"在夜里看得到的？啊！有啊！"

"是什么？"绒绒听说有方法能出得这悬崖下的困境，立刻来了劲头。

"咱们来打树花吧！"

"打树花？"

东风夜放花千树

话分两头——无纤坊里，石岐刚刚拿起再一次新做好的玻璃樽，光团突然飘了进来，往石岐眼前一晃，石岐一个没站稳，手里的玻璃樽，又掉下来，碎了。"大年里为什么我就这么倒霉？"就在石岐发牢骚的时候，他发现了那团光里包裹着的小小绿色百工灵。

"这是……百工灵？你的主人呢？"石岐左右看看，到处找，"怎么会有无主的百工灵？刚才绒绒是不是在找你？"

小百工灵点点头，飞起来，停在玻璃山笔架上。

石岐不解："嗯？"

小百工灵从笔架顶上滑到底部，仰面朝天，手搭上额头做出仿佛要晕过去的样子。

石岐跟着猜："你是说绒绒……"

小百工灵使劲点头，期待地看着石岐。

"在山上抓住你了之后差点儿把你掐晕？"

小百工灵真的快要晕过去了。

当小百工灵在很辛苦地找救援的时候，伍瑟指挥着明之灵，将一些铁矿石放在绒绒生起的火上，伍瑟专注地引着矿石里面的金属出来，过了好一会儿，一些铁水才渐渐流了下来。刚想进一步，伍瑟支持不住，呻吟了一声，倒下了。

绒绒自责："是不是这火不行？"

伍瑟摇头："幸亏这是朱雀羽毛点起的火，一般的篝火是不可能直接引出矿石中的铁水的。是我的问题，我本来就没有子明厉害，加上有伤，更集中不了注意力。"

"我们得赶紧找人来救我们才行，你的伤不能耽搁了。"绒绒着急，"如果你做不了，要不让我来？"

伍瑟惊讶："你来？"

"宫仙说，所有的芽灵对他来说都是平等的，他用心呼唤它们，它们就能予以回应。打树花的技巧并不复杂，又有你指导，如果我用心呼唤铁芽灵，也许我的百工灵也可以做到。"

伍瑟犹豫："从来没听说过可以这样跨越派系去……"

绒绒反驳："绯姐姐不就是草木和特殊都擅长吗？"

"那……我们试试？"

"试试！"

绒绒郑重地整理好自己的衣襟，只有穿戴整齐，她才能全神贯注。她对伍瑟点了点头，伍瑟聚拢精神，再次从矿石中引出金色的铁水，然后慢慢捧高，速度越来越慢，寒风凛冽中，伍瑟的额头却沁出了汗。绒之灵挨上去，想接住，但突然被热气冲撞，直接弹飞了。绒绒也跟着被震开，直接倒在了伍瑟身上。

绒绒怀着万分歉意："对不起，我没想到这么烫。"

伍瑟只心疼这个小姑娘："铁水有一千五百多摄氏度的高温，容易烧伤，铁芽灵也不配合你。还是算了吧。"

"让我再试一次吧。"绒绒虽然心疼地将绒之灵护在怀里安抚，但并没有改变心意。

伍瑟看着绒绒坚定的眼神，越来越像绯了，那样倔强，没有人可以告诉她如何决定才是最好，她只会去做她想做的事情。或许优秀的人都是一样；或许只有这样，才能成为一个优秀的人。

"那我们再来一次。"伍瑟松了口，"但百工灵靠近铁水的时候，你需要听我指挥。"

绒绒毫不迟疑地点了点头。

伍瑟再次从矿石中引出熔岩般的铁水，似一条盘曲狡猾的火蛇，随时可能伤人。明之灵捧着慢慢飞高，直到伍瑟汗流浃背、无法支持，此时大喊一声："现在！"绒绒顶着热气带来的窒息感，指挥绒之灵挨上去，绒之灵鼓足了腮帮，大大地吹了一口气。

一颗颗红色铁水珠散开了，砸在峭壁上，散开成一簇簇金黄的火花，犹如金色雨点落下，令夜空绚烂，直落到绒绒身边，却并没有将她灼伤。

绒绒看呆了，忽然间，她眼前如此壮观的金雨之中，开始闪烁银白色的星光，金银两色一同飞舞流动在夜空中。

"铁芽灵是银白色的吗？"绒绒问。

"是啊。"伍瑟回答，"你怎么知道？难道……"

"我看见的是铁芽灵！"绒绒兴奋得跳起来。原来金属芽灵是如此绚烂，与她的毛发芽灵完全不同。毛发芽灵如伏在草尖的小动物，爱与她捉迷藏；而金属芽灵如群星，时隐时现，若近若远，若有机会掬在手心里，哪怕只一个芽灵，也能让人明白璀璨的含义。

"再来一次！再来一次！"绒之灵与绒绒一起跳着。

"这次试着再高点儿。"伍瑟的脸色已经苍白。

绒绒按了按伍瑟的手，示意她坐着休息，绒之灵自己引着金色的铁水上升。

不知何时，绒绒忘了害怕，她的眼里，只有那一捧金色的铁水，即将点亮黑夜。

若非黑夜，怎见星光？

此时，那绿色的小百工灵已经带着石岐来到了芽灵生发场。小百工灵在前面乱窜，石岐跟在后面跑："你怎么好像不太识路啊……你确定我们是去救人？不会把我也带坑里去吧……"

小百工灵无奈地叹了一口气，停住了，向左看看，又向右瞧瞧，拿不定主意。

石岐两手抱胸，没见过这么奇怪的人，不是，是灵。灵随主人，这百工灵到底是谁的？正要回去，突然发现远处的一处悬崖，原本阴沉沉毫无生气的夜里，扬起了此起彼伏的金色花雨。

东风夜放花千树。更吹落，星如雨。绒绒站在悬崖底下看那金雨落下。

篝火燃动，恍惚间，绒绒想起似乎刚入学的时候，也是在这芽灵生发场，和大家一起生起了篝火。那个时候狂风暴雨，但是大家都在一起……那天晚上发生了什么？有绯姐姐、石黛姐姐，还有……绒绒的记忆有点儿模糊了，明明不过是去年的事情。

绒绒想破了脑袋也想不起是谁了："你说，我们会忘记一些对我们很重要的人吗？也许会忘记某个特定的人或者事情，但你会永远记得他们带给你的感动。就像今夜的树花。"

"就像今夜的树花……"

子明的意识恢复了。她和绒绒一起仰着头，望着那最后一捧树花消散在漆黑的夜里，灿烂之后，尽归于沉默。最后一块矿石也用完了。

还没等到绒绒担心下面怎么办，呼唤她的声音便传来了——

"绒绒……"那是石黛。

"小丫头，你在吗？"那是石岐。

"绒绒！"那是绯。

"我在这里！我跟伍瑟都在这儿！"

"不是伍瑟，是我！"绒绒看到子明眯着的丹目，吓得一激灵。

朋友们跑来，看见坑底两个人，半躺着的子明和一旁瑟瑟发抖的绒绒。

绯斥责子明："你又欺负人？"

"我只是告诉她我是子明，不是那个伍瑟。她自己就吓成这样了，这也怪我？"子明委屈。

石黛将绒绒搂进怀里："没事就好！"

绒绒一抬眼看见了藏在石岐身后的小百工灵："是那只百工灵，原来在这里呀！"

绯问："这是谁的百工灵？"

"不知道呢，是只流浪的百工灵，今天晚上只有她跟我一起玩。"

石岐说："是这只百工灵找我来救你的。"

绒绒与小百工灵鼻尖对鼻尖："谢谢你呀。"

石黛惊讶："从没听说过流浪的百工灵。是像海家那个一样，可以脱离主人存在的吗？"

"不知道呀。"

绯挽扶着子明，石黛背着绒绒往回走。石岐的目光随着小百工灵飘向山里的深处。

佑山长与叶渚西席在湖边月光下商议。

"你是说，绒绒现在可以看到铁芽灵了？"

"事发突然，还没有调查到具体的原因。"叶渚见佑山长蹙起了眉，帮她问出了心底的问题，"你觉得跟石黛的羁绊会有关系吗？总觉得是两件不相干的事。"

"你也这么觉得！"佑山长听见叶渚的判断跟自己一样，几乎雀跃了，"按先墟古迹中的记载来说，好像是化物的发明本身掀起了先古社会的腥风血雨，但并没有提到会导致跨系。"

"先古人们也没有百工灵。是不是化物对我们并不是威胁呢？"

"如此说来，于我们而言，先古文明的重要性也许并没有我们想象的那样深。也许……"

"也许百工坛、先墟，甚至是派系，都……"

佑山长提醒叶渚："兹事体大，小心发言。"

叶渚点头："无论如何，又多了一个跨系的学徒。我们身上的担子越来越重了。"

"要格外谨慎，不能让他们疑心。"

"明白。"

佑山长与叶渚西席这番关于绒绒的讨论，绒绒自己自然是不知道的。宿舍里，她在纸上写写画画，为绒之灵设计新衣服。她试着召唤出铁芽灵，做出了一个小铃铛为绒之灵戴上："你现在更漂亮了呢！"

绒之灵高兴得一跳，不小心蹭掉了桌上的画夹，画作散落了一地。绒绒俯身一一捡起。这张是清冷的绯姐姐，那张是温柔的黛姐姐，这张——

女孩笑眼弯弯，跳起来的时候，乱蓬蓬的头发都飞到了天上。

绒绒隐约记得画的时候听见有人抱怨："这是我吗？疯疯癫癫的，人家明明是一个安静的淑女。"

绒绒摸着阿达的像："这个姐姐，是谁来着？"

阿达的百工小课：打树花

打树花是河北蔚县的地方民俗文化活动，也是我国重要的非物质文化遗产。

据说，这项技巧是被铁匠发明的呢！那时候"烟花"是富贵人家才能玩得起的东西，但铁匠师傅们却从打铁四溅的火花中找到了浪漫，他们将熔化的铁水挥洒到冰冷的城墙上，铁水迸溅形成万千细线，相互交错，绚烂程度一点儿也不比烟花逊色。

不过，想打出一个漂亮的树花也不是一件简单的事情。要用柳木做出舀铁水的勺子，这种勺子通常要在冷水中浸泡三天三夜，使用的过程中也要反复浸泡降温，防止烧着。而打树花需要二人配合，一人掌炉，负责铁水的制作，一人掌勺，负责表演。掌勺者要舀起高达 1500℃ 的铁水，控制泼洒的力度、节奏、手法，利用温差上演唯美的火树银花。

后来古人发现，铁水是红色的，铜水是绿色的，铝水是白色的……只要放入不同的金属材料，就可以打出五颜六色的树花了！虽然树花好看，但是打树花时注意不要烫伤哟！

14
接纳
BAIGONGLING

伍瑟的心愿

一方小小的琴室，帷幔白纱，有方小池塘，塘畔残雪初化，鱼聚拢在窗下，窗里飘出古琴声。两个女孩的声音响起来——

"你还没告诉我你的名字呢。"

"我……没有名字。"

"胡说，每个人都有名字。我叫子明。嗯……你不如叫伍瑟吧。"

"伍瑟是什么意思？"

"金黄、银白、铜赤、铅青、铁黑，金属也叫五色。你又爱弹琴，换个字叫伍瑟吧。"

"那你的名字是什么意思？"

"子明是水银的别称。我最爱水银，它跟世间万物都不一样，虽是金属，却是流动着的。"

"但它有毒。"

"那正是它的力量。"

窗外鸟鸣山幽。

梦，总是讲述着被遗忘了的回忆。

鸟鸣声渐响，终于唤醒了宿舍里睡着的人，她睁开眼，瞳色为碧绿，正是伍瑟。她的单人宿舍陈设极其简单，一床一桌一椅而已。明显主人并不经常在，桌上一层浮灰。

伍瑟试图打扫，突然一把剪刀从袖笼里掉出来，她吓了一跳，很嫌恶地把剪刀提溜起来，放在桌上：这么危险的东西！也只有子明喜欢。

受伤之后气息不足，子明的意识很久没出来了。伍瑟百无聊赖坐在床上发呆，从来没有醒这么长时间过，该做什么呢？她想起那晚在悬崖下，绒绒是如何在黑夜里扬起了此起彼伏的金色雨。"宫仙说，所有的芽灵对他来说都是平等的，他用心呼唤它们，它们就能予以回应。"绒绒那时是这样说的。伍瑟看向明之灵——那分明也是自己的百工灵，但她从没有驯服过，于是也没有称呼这灵为瑟之灵的勇气——明之灵很慵懒地在床上伸了个懒腰，打了个呵欠。

跨系，这个伍瑟先前从未想过的问题，如今一直在她脑子里挥之不去。她记不清上次在梦里见子明是什么时候了，她好像有意在躲避自己。伍瑟想到了幼年时候那一方小小的琴室，那时的二人轮流抚琴，关系比现在好得多。如果，如果我能做把古琴，是不是二人还有再遇的机会？

百工堂每个派系都有自己的会馆，供派系同门互相交流、切磋、进益。草木系为春山馆，金属系为千炉堂，土石系有载物殿，特殊系的和同室因为学徒太少已经废弃很久了。

这日，伍瑟来到春山馆的窗外，偷偷往里面张望。只见暮蕊西席正在讲课，听讲的除了草木系的学徒，还有玉琪。伍瑟想起学徒中的传说，说玉琪虽然专心攻玉，但对各大派系的知识都十分熟悉，原来并不是谣传。

暮蕊面前放着三种木头，刚锯下来还有新芽的，已经放了一阵子的，已经腐坏了的。

暮蕊说："木亦有性，新木容易受环境影响而变形，而老木就不易变形开裂。你们看这两种芽灵，一个活泼，一个老成，但老成太过就死了，这种就叫朽木，芽灵们会化于天际……"

朽木在暮蕊手里化成了灰，除了玉琪之外的所有学徒同时扭头看向左边。伍瑟明白，他们是在送别渐渐消逝的芽灵，于是伍瑟也看向那个方向，但什么都看不到。

伍瑟感到沮丧，果然不是来听课就能跨系的。她对明之灵叹息："你说怎么办呢？"伍瑟此时才发现在她肩膀上待着的，不是明之灵，而是一只从未见过的绿色百工灵，鼓着腮帮逗她笑，反而将她吓了一跳："才来了趟春山馆，我的百工灵就变样了吗？"那只绿色百工灵摇摇头，指了指伍瑟颈后衣领，明之灵正藏在里面，变成了初阶形态，正呼呼大睡。

"你的主人是草木系的？必定是在里面听课吧。"

小百工灵既不点头，也没有摇头，只歪着头看着她。

"你的主人能不能教我做古琴？"伍瑟问。

这只百工灵的主人，正是阿达。

一片浩瀚永恒的紫色沙漠，空中悬浮着一个个巨大的泡泡。这些泡泡都是粉蓝色，如云一般飘荡，有时跟天空融为一体。沙漠的线条，如凝结的波浪，阿达便立在这浪尖上。阿达两手交叉放在心口，合着双眼。渐渐，她的眼睛睁开了。眼前除了这绮丽的荒芜，没有一点儿生机。

"古琴啊，怎么做呢？"

阿达身旁是位乌发少年，与她年纪相仿，身材修长，肩不宽，显得轻盈而不是有力；面色苍白，一双大而黑的眼睛，眉宇间既有淡泊又有倔强："你为什么要研究古琴制作？能帮到你什么？"

"不是帮我，是帮……一个朋友。"

"这个朋友记得你吗？"

阿达老老实实回答："我不知道。"

"上次你找人去救的女孩，打树花的那个，她记得你吗？"

"不记得了……哪怕他们都不记得我了，可我还记得他们，我还是想回去。"

"役界可不是那么容易离开的地方。"

役界，正是阿达所在的地方。初到这里，她只看到这茫茫大漠。她一个人徘徊了很久，久到忘了时间，她还记得第一眼看见这少年立在天边的时候，以为自己在做梦，奔跑过去给了他一个大大的拥抱。

终于找到了另一个人，另一个同类。

少年面对陌生人的拥抱并没有讶异，也没有激动，好像习以为常。阿达有一万个问题想问。少年告诉她，这是役界，在这里，没有百工灵，也并不需要创造怎样的作品。为什么叫役界？少年摇头，口口相传一个名字，能有什么意义？阿达问："还有其他人吗？为什么我没有见到过？"他们这样的对话，有过很多次，每次说到这里，少年便走远了，只留给她一个疲惫的背影。

阿达也很疲惫。役界没有黑夜，只有白天，所以她从不曾有睡眠，好像也不需要有睡眠；她也不会饿、不会渴。阿达时常在想：如果什么都不需要，我还算是活着吗？那个少年好像适应得很好，但——

"在这里，我们的生命还有意义吗？"

"在这里，我们不吃不喝不睡，所有的时间都自己分配，没人逼我们做不爱做的事，没有季节变化和天气变化，想躺就躺，想跑就跑，爱干什么干什么——就是没有什么意义。"

"你好像挺喜欢这里？"

少年抿了抿嘴，不答。阿达也没有再问。

"你试过吗？离开这里。"

那少年略顿了顿，回答好似云淡风轻："试过，可是很快就会发现根本没有用。"

"你一定也很想你的朋友吧？"

"我没有朋友。"

"那你家里人呢？"

少年皱了一下眉头，沉默了一会儿，然后幽幽地说："那个世界，跟我，跟我们，已经没有关系了。"

"他们忘了我们，我们也会忘了他们吗？"阿达转过头去看着那个少年的眼睛，语气里充满了忧虑，"我还会记得我是谁吗？"

少年没有答话，他的眼神让阿达心里发慌。少年似乎已经在这个役界待了很长的时间，长到阿达无法想象自己是否能撑那么久。

"你一直没告诉我，你叫什么名字？"阿达问。

少年转过头去："我叫什么和你有什么关系？"

阿达"噗"的一声笑了："不会是个很难听的名字吧。"她拍拍少年的肩，"那不说也可以理解。"

"你的百工灵不会永远留在那里，你在这里的时间越长，她就会越弱，然后消失……"

"然后我就再也看不到……你的百工灵已经消失了对吗？"

"最后这点儿时间，去和珍惜的人告个别吧。"

阿达甩甩头："不管怎样，先帮伍瑟做琴吧。绯看到了丝芽灵，绒绒看到了铁芽灵，伍瑟诚心的话应该也可以……"

"这对她来说可是很危险的事情。"

"不过是努力做个作品而已，有什么危险的啦！"阿达自顾自继续想着，"刚才暮蕊西席说什么来着，老木……朽木……"

已经来了这么久，她还不清楚这役界的危险。少年想：也罢了，她也好，她的朋友也好，与我有什么关系？于是他保持了沉默。

知音方能斫琴

阿达还在想：老木要往哪里找呢？暮蕊西席好像说过那样东西能行。她这样想着，达之灵便带着伍瑟来到芽灵生发场最北面的山上，黑夜残雪中，绿莹莹飘着鬼灯，一阵冷风吹过。

伍瑟抱紧了肩膀："不能再往前面走了！这里阴森森的。"

达之灵依旧在前面飘，毫不在意。她左右找找，钻进了一处草丛。伍瑟左右看看，勉为其难，也钻了进去。刚钻出来，一根巨木便当头砸了下来。

见伍瑟倒了，达之灵立刻飘回来，着急怕她被砸坏了，看她眨了眼，达之灵才松了一口气。伍瑟惊魂未定地四处打量，只见是一栋废弃了很久的屋舍，连屋顶都没有了，方才掉下来的正是大梁。

"你们草木系平日里做作品，都要花费这么大功夫吗？"

费了这么大的功夫，要的，就是一块老木。等将这大梁运回到宿舍，伍瑟累瘫在地上。达之灵累瘫在伍瑟身上睡着了。

明之灵对达之灵怒目而视，一点点地把她踢下了伍瑟的肚子。达之灵正不服气跳起来，两只百工灵的四只大眼互相瞪着，都没注意到睡着的那人正缓缓坐起来——

"这是什么东西！为什么我的房间里有这么一大根废木头！"

子明到底还是回来了……

下一秒，达之灵被踢出了子明宿舍，连带着伍瑟好不容易运回来的房梁也被子明拖了出来，扔到了一边。

"哼，别以为我就没办法了。"阿达越挫越勇！

她身边的少年无奈摇摇头。

达之灵引来了绯，但当她们到了子明的门口后，达之灵赶紧藏在她身后，只敢偷偷探出头。

只见那根老梁不知什么时候又回到了宿舍中，子明站在房间正中间盯着，只能见到她的背影，满身环佩无半点儿声响，在门外都能觉察出一派肃杀之气。

这肃杀之气，只有绯不在意："子明，你又欺负……"

那人转过身，碧瞳盈盈，能漫出水来，可怜兮兮的模样："绯，你来就好了。"

"原来是伍瑟！你最近出来得挺频繁呀。"绯走过去，达之灵也松了一口气，堂而皇之飞出来。绯看见了放在地上满是灰尘的老梁，大惊："这是你运来的？子明有洁癖，不喜欢这些脏兮兮的材料，怪不得醒不过来。"

伍瑟指了指达之灵："都是她教的。"

阿达自知理亏，心里咯噔一下，怕是要被绯骂了，达之灵便又往伍瑟的身后缩了回去。

绯俯下身，好奇地对着这只绿色的小百工灵，实在发不了脾气："你这只百工灵，还挺多事……"想了想，又改了口，"还挺好心。"这感觉，怎么这么熟悉呢？

伍瑟挠挠头："本来从芽灵生发场扛回来，我就已经累瘫了；结果子明还给扔了，我只能又拖回来，差点儿命都没了。"

"这个居然是金丝楠木，材料倒是极好的。"绯抬起食指叩了叩，声音清脆。

达之灵此刻骄傲地挺了挺胸。

"木以老为贵，暮蕊西席在春山馆教过。"

绯吃惊："你还去过春山馆？"

伍瑟抬起头，很认真地看着绯的眼睛。

绯被看得心里发慌："你……"

"教我做古琴。"

"可你是……"绯忍住了，没有说下半句。

她是金属系，就不能试着做草木系的东西吗？明明绯自己就是转系成功的代表。至于做这个是为了什么，各人总有各人的缘由，问了又如何呢？绯自认不是个很好的朋友，跟子明闹僵成那样，自己也有些责任。现在对伍瑟，作为朋友，只管支持吧。

"你能帮我吗？"伍瑟又问。

面对伍瑟坚定的眼神，绯点点头。

"要做琴，首先需要观察材料。木头的年轮，树心朝下叫覆瓦，反着向上叫仰瓦。覆瓦不容易变形，声音会顺着年轮沉在膛子里……"绯耐心讲解。

伍瑟认真听着，明之灵却不屑一顾地昂起了头。

绯叩着木板："叩击表面，注意听声。嗯，坚劲清响……"

伍瑟侧耳倾听，明之灵原本昂着的头忍不住低下去，也跟着听。

"斫木之前先画出琴的轮廓，这处是琴头，这处是岳山，那里叫凤舌……"

绯之灵在琴面上走来走去丈量、做标记；明之灵跟着，却一会儿走得太过，一会儿走得太慢，顺着琴身滑溜下来，绯之灵去救，在琴尾抓住了明之灵，反倒被她拉下来，跌在地上，两只百工灵呵呵傻笑。

"接近完成时，刨得要细薄……"

绯召唤绯之灵，开始斫木，薄如蝉翼的刨花顺下来，明之灵忍不住跑到刨花里，玩起了捉迷藏。

"下面是槽腹。一次莫挖太深，造成槽腹是直角或是挖得琴体太薄，都会没救，一点儿小的变化，都可能影响音色……"

绯之灵回到了绯的肩上，绯只说话，并没有参与。伍瑟聚精会神在木头上，明之灵也慢慢收敛了笑意，专注地看着木头。伍瑟用手摩挲着琴身，深吸一口气，先指挥明之灵做出了一个小小的铁刨刀，然后指挥百工灵用刨刀一点点、小心翼翼地挪动在琴身上斫木。

伍瑟此时再看眼前的百工灵，莫名有一种不曾有过的心意相通的畅快。她看向哪里，百工灵便看向哪里；她想着此处略薄些，百工灵手上的刨刀就往薄处走。一瞬的心意，百工灵便做到了，让她几乎忘了自己的存在。"如意"这个词，原来有这一层境界。伍瑟分明地感觉到了，此刻的百工灵，是瑟之灵，而非明之灵了。

绯轻轻关上门，离开了，不愿去打扰进入了凝神之境的伍瑟和她的百工灵。

达之灵还停在窗棂上，陪伴着她们。

太阳渐渐落下，明月初升；明月落下，太阳又起；下了雨，又雨过天晴。

达之灵在鸟鸣声中醒了，再看伍瑟与瑟之灵，伍瑟正心默念："上神有灵，百工有心。曲成万物，协创此形。"

瑟之灵全神贯注于琴腔处磨砂，一点点细碎的木屑飘起在空中，而伍瑟和瑟之灵手上，没有任何工具。透明如小伞一般的草木芽灵，顶部晶莹剔透，承接着太阳的光辉，升起环绕在她们身边。

"这……这就是……"

"草木芽灵。"绯不知什么时候回来了，"最有生命力的一派，只要一息尚存，便有高入云霄的可能。恭喜你，可以召唤草木芽灵了！"

又到月上柳梢头，古琴完成了。

绯取出冰蚕丝，为琴加上了丝弦。

伍瑟坐于琴前，轻轻拨弦。音清调雅。夜月下，窗外残雪，在琴声中融化为汩汩清泉，鱼儿从池底浮起，向着窗下聚拢。

一曲弹毕，余音袅袅。伍瑟手放在膝上，静静合上眼睛。

在座三个听众，绯、绯之灵与达之灵都听得醉了，此时才想起来鼓掌。

"第一次听你弹琴。"绯真心夸赞，"原来弹得这么好……"

琴声不寂寞

绯话音未落，只见眼前的人已经换了表情，丹目怒视——回来的这个人，是子明！

子明举起琴，在绯的惊呼中，将琴摔成了两半。

丝弦断，木琴碎。

绯与阿达虽在两地，但同时大惊失色。

"子明！这可是伍瑟辛苦好几天的成果，你怎能这样糟蹋？"绯说着，去收拾跌落在地上的碎片。达之灵原本缩在绯的背后，吓得直哆嗦，一眼瞥见在角落里瑟瑟发抖的瑟之灵，便飞去了她身边，发出柔柔的光亮来，似乎在努力给她一点儿温暖。

子明见自己的百工灵这副模样，伸手要她回来，但百工灵只低下了头，没有动。子明的手停在半空，眼里有愤怒、有惊疑，还有恐惧，不知过了多久，她跌坐到地上，双手抱着膝盖。

百工灵都不听我的指挥了，伍瑟这是要完全替代我了。子明双肩颤抖，最害怕的，终于还是来了。

尚在永乐村的时候，子明是最爱睡觉的，因为梦里能见到伍瑟。她们一起笑闹，一起捉迷藏，一起钓鱼，一起抚琴。连伍瑟的名字，都是子明给取的。而伍瑟会教她抚琴，尤其在每次添了新伤之后，与伍瑟一起在窗下练习《高山流水》，便让她忘了伤口的痛。子明每晚睡前，总将手放在心口上，那样晚上做梦时就会梦见伍瑟，她们一起长大，她是对方的秘密。

然后，她，她们，来了百工堂……

刚入学那年，金属系的学徒虽然不少，但好些都是世家子弟，于是子明成了唯一被忽视的新学徒，领到的材料总是边角料，上课观摩被挤到最后一排，干什么都没有师兄师姐的帮助和照应。这里不是永乐村，氛围也不比永乐村更快乐。子明放弃了睡眠，苦心钻研，才在入学试上一鸣惊人。她终于赢了，她终于走到了昔日敌人的位置，将他们踩在脚下。她还要走得更高，她坚信，自己的天赋，不但可以掌握自己的命运，还能控制别人的命运。但，她却越来越孤独，甚至连绯也离开了她。

"你的霸道只是在虚张声势，在掩饰你的无助。"梦里，伍瑟在窗棂上坐着这样说，低着头。

"闭嘴！别以为你很了解我！"子明不想再被人指责，尤其是伍瑟。

"你非要与每个人为敌吗，包括你自己？"

"什么叫我自己？"

"你别忘了，我就是你！"

伍瑟缓缓抬起头，子明看见了自己，一个最温柔也是最软弱的自己。

那晚以后，子明睡前，再也没有将手放在心口上过。她没有再见过伍瑟，但她知道，伍瑟依旧在占用她的身体、她的意识、她的百工灵，还有绯的友谊……

绯不由自主地摸了摸子明的头发，就像子明从前对她那样。

"她一点点侵占了我的记忆和生命。"

"所以你以为，这架琴，是她对你的威胁？"

"不是威胁，是宣战。她在告诉我，终有一天，她会替代我，生活在这个世界上。"

绯叹了一口气："为什么觉得她有敌意呢？或许，她只是想与你和解。你太久没和她聊过天了吧。"

子明开始迷茫："和解？"

"伍瑟为什么用了那么大的心思，做了草木系的作品？你再想想。"

这天晚上，子明在梦里，又走进了那一方小小的琴室，帷幔白纱，有个小池塘。只是，没有琴声，没有任何声音，冷冷的沉默，化了的雪，聚拢成堆；水面上自在的鱼，一条一条沉入塘底。被风吹起的白色帷幔间，子明又看见了伍瑟，孤独地背对着她坐着，面前无琴。她在抚着无形的弦，子明听不见乐曲。子明伸出手，似乎想触摸伍瑟，但伍瑟离她越来越远，直到整个梦境成了黑色。

午夜梦醒，子明回首见到启明星下的窗前，琴被修好了，放在桌上，丝弦还是断裂的，她与伍瑟的百工灵累倒在琴边。看来伍瑟来过了。

子明坐回桌前，轻轻抚摸着琴，忽然意念转动，一个心思像是被什么注入到她的意识里。她连忙将琴翻了个个，在琴底看见了一个阴阳相依的符号。

"和解吗？"子明轻柔地唤醒了她的百工灵，这次她没有躲开。子明伸手在无弦的琴身上弹奏起来，随着她的指动，银弦出，琴声渐渐响起。

此时旭日洒下第一道光线。

绯从子明家中出来，跟随着那只流浪的绿色小百工灵来到了零级宿舍，这里尚无新生入住，灰尘在空气中弥漫，仿佛被遗忘的岁月。小百工灵在一堆废弃物上跳跃，显得焦急万分，那双明亮的眼睛似乎在告诉她，有一样重要的东西被遗失在此，而线索就藏匿于这尘封的角落。

绯找了一个晚上，时而被呛得咳嗽不已。她心生退意，但看着小百工灵失望的眼神，她忍不住又继续寻找。废弃的画稿、打碎的茶杯、梳落的头发、散乱的竹篾……旧物被翻出得越多，她越有一种似曾相识的感觉，却无法言说到底是什么。心灵深处有一股力量驱使她，一定要将那份缺失找回来才罢休，直到她翻出了一只竹哨子，哨子上刻着一个小小的签名：林达。

记忆如一道闪电般划过她的脑海——

"以后如果子明再欺负你，你就吹这哨子，我们就来救你。"

阿达？！

阿达的百工小课：古琴制作

伍瑟终于学会制作古琴啦！让我们一起来回顾一下古琴制作的流程吧。

取材下料当选老木，底板配件手锯成形；
槽腹掏膛就是调音，组装面板反复上漆；
涂抹灰胎需要耐心，上漆推光反复出新；
清风竹林七丝五音，琴声悠扬使心和平。

15

合作

BAIGONGLING

西宛国的交换生

天还没亮的时候，天生社外、春山馆边，一个人影出没。那是个女孩，扎着两根长长的麻花辫，穿着镶满了银饰的无袖长裙，左臂披着蓝色的披肩，更显俏皮。她娇小而矫健，一个晚上，将百工堂各个地方都逛了一遍——不，用"逛"这个字形容还不大合适，她并不是漫无目的，而是好像在找什么东西，仿佛不知疲倦，一直从天黑找到天亮。

天亮了，她匍匐在白玉台附近的草丛里，影子柔软地躺在草地上，被初升的阳光围绕着。

她面前的白玉台上，站了很多人，看来又是考工的日子。人们陆续从白玉台上下来，其中就有石黛，手里拿着个透明的盘子，隐隐能见到盘沿上的云纹。绯紧追在她身后，达之灵停在她的肩上。

石黛转头看向绯，蓬头垢面，满脸疲惫，困惑地问："阿达？阿达是谁？"

"跟你同期入百工堂的女孩，有这么高。"绯越说越着急，"她跟百里兄弟关系也很好……"

石黛摇摇头："我可能是最近太累了，记性不大好，不太记得有这样一个女孩了。"

达之灵飞到石黛面前，眼里满是哀伤。石黛侧着头端详着达之灵，是好像有那么一些熟悉，但是……

"这个叫阿达的女孩，是你的主人吗？"

达之灵点点头。

"对不起，我帮不上你的忙。"

绯不甘心，继续提醒："她之前一直在帮你找石墨。"

"石墨？"

绯不敢相信地看着石黛："你……连石墨都记不得了吗？"

"他……"石黛侧着头，顿了一下，"是我弟弟？"

"对。"绯舒了一口气。

石黛笑道："我们兄弟姐妹七个，没有叫石墨的啊。现在都各奔东西了，很难见一面。石墨怎么了？我为什么要找石墨？"

绯脸上的表情渐渐凝固："你……真的连这个都记不得了……"

石黛让达之灵停在她的手背上，挪来眼前，看着她的眼睛安慰："相信我，你失去的，总会回来的，虽然有的时候以另一种形式出现。"

石黛如今的温柔，带着不自知的残忍。绯还想继续说点儿，却又不知该说什么。这时见石岐刚从白玉台上下来，手里拿着个玻璃雕塑，一脸茫然和沮丧。

"石岐，你记得阿达吗？"

"阿达……阿……达……"石岐皱起了眉头。

"这么高，特别爱笑……"绯比画着。

石岐看向绯的身后："我记得她……"

绯大喜："我就知道，你一定会记得！"

石岐走向绯的身后，小百工灵藏在那里，偷偷露出来一个头。岐之灵飞过去，捏捏达之灵的鼻子，达之灵回了一个鬼脸。

"这只无主的小百工灵又回来啦。"石岐说。

"我说的，是她的主人。"绯刚刚有些雀跃的心又凉了下来。

"找到主人了就好。唉，我现在哪里管得着别人？七级试我就是过不了。我这已经是第四版了，暮蕊西席看了，直接跟我说，还是别往百工坛送，不然会被万年以后的人耻笑……这么刻薄的西席……"

绯拿过石岐手中的玻璃雕塑，左看右看："你这个是完成品？"

石岐脸红了："是……"

"是个灯罩吗？"

石岐脸绿了："不是……算了，你还给我。"

绯丝毫没察觉石岐时红时绿的脸色，或者察觉了也并不在乎，将玻璃雕塑递回给他。石岐气呼呼正准备接过来，在这当口，一个影子突然穿过了他们之间，抢走了雕塑。

这个影子便是那位在百工堂各地侦察了一晚上的少女。她捧着玻璃雕塑便跳到了树上，随着一串银铃般的笑声："是我的了！"

"小偷！"石岐不敢相信光天化日之下居然有这样的事情。

"我哪里偷了……分明是凭实力抢来的！"

"当强盗你还理直气壮？"石岐不敢相信朗朗乾坤中居然有这样的人，一跃而起，正要去抓她，女孩吹了声口哨。

"难道还有帮手？"石岐停下一秒钟，就这一秒钟之后，他便听见了"咚咚咚"的声响从远处传来，好像什么笨重的东西在捶着大地，又像是远古巨兽的脚步声。一旁的绯与石黛也震惊了，转头看向声音传来的方向，只见随着低沉的脚步声而来的，是一只巨大的半机械象，两只擎天柱一样的腿和半个身子都是由金色的机械做成，身体另外的部分是灰色的血肉之躯；一双眼睛是红色宝石，仿佛蕴藏着不可抗拒的力量。它一直走到女孩面前，将鼻子伸向女孩的脚。女孩熟练地踩上了象鼻，机械象将女孩送到背上，石岐这才想起来去抓，却抓了个空。

女孩摇晃着玻璃雕像，十分得意："要想拿回你的作品，就要跟我合作！"

"哪有这样逼人合作的？"

女孩一脸骄傲而不屑，骑象而去："我就这样，你管我？"

"你等着！"石岐不由分说便追了上去。

石黛和绯远远站着看热闹。

"会是她吗？果然名不虚传。"

石黛问："她是谁？"

绯回答："听说今年会从西宛国来一个交换学生，叫佐肆肆。"

不错，她便是佐肆肆，骑着机械象，飞驰在百工堂的湖边，石岐招来了巨型陶俑跟在后面追。达之灵开始还跟着石岐，但他们越跑越快，追不上。达之灵停下了，看着他们从巨大变作了微小，然后消失了，面前只有茫茫的湖水。

达之灵的脸上，失去了笑容；过了一会儿，她也隐在了这样的茫茫之间。

一象一俑这样你追我赶到了无纤坊前面。机械象大叫一声，抬起了前蹄。佐肆肆突然停下了，石岐没想到，一时没刹住，直直撞到了机械象的后腿，撞个人仰马翻，陶俑四碎成片，石岐跌落在碎片里。

佐肆肆也没问石岐伤没伤到，指着前面房子上直且高的烟囱，盛气凌人地问："那里是火窑吗？"

石岐正顶着机械象的腿研究："这家伙到底是什么？！"机械象抬起腿来，石岐吓得转身就跑，机械象从背后用鼻子把他按在墙上，他动也不敢动。

佐肆肆不耐烦："我问你话呢！"

"你问我就要答吗？"

"你不回答就别想要回你的……"佐肆肆这时才端详着手上这件作品，"这雕像……到底雕的是什么？是山？"

石岐脸又红了："不是！"

"啊，我知道了！你是在模仿古人做的那种……"

石岐可不想再像刚才在绯面前那样丢脸一次，赶在她做出更离谱的猜测之前喊道："这是个人像！"

"人像？哈哈哈哈哈哈哈！"佐肆肆笑到肚子疼，好不容易停下来，低头看见手上的玻璃雕像，便又是一阵"哈哈哈哈哈"。

石岐在这笑声里越发窘迫，干脆赌气："反正我不想要了。"

女孩止住笑声："我大老远地从西宛过来，结果你们泱华的学徒就这个水平！"

原来她是从西宛国来的。石岐更不服气了："这只是我一个失败的作品，不能代表泱华！"

佐肆肆侧着头想了想，点点头："倒也是，给我发的这个玉名牌就还不错。"石岐见她手上摇晃着的，是个玉雕的鱼符，上面写着"佐肆肆"三个字，正是玉琪的手笔。

原来她叫佐肆肆。石岐这时候才知道了她的名字。

佐肆肆继续说："不过，玉和宝石是一个道理，切割技术不如原材料关键，也算不上多强的技艺。在我们西宛国，能把普通的沙土做成精美的玻璃，才是厉害的人物。"

石岐听了这话，心里又舒坦了一些："这说得还有几分道理。"

佐肆肆跳下机械象，走到石岐面前。她身材娇小玲珑，个子只到石岐的下巴。佐肆肆仰着头问他："喂，我问你，先墟古物和古籍藏在哪里？"

"藏？什么意思？我们藏什么了？"

"哼，还想骗我。在我们西宛国，珍贵的不传之秘都藏在只有族长才知道的地方。"佐肆肆靠近了石岐，"带我找到你们的秘藏宝地，我就让你看看我们西宛国的玻璃，那可是神明的造物。"

神明造物……西宛国……石岐模模糊糊的记忆里，有人蹲在火窑前和他说起过："迎着日光的时候，可见五彩；圆润的形状，如满月。"

"喂，你想明白没有？"佐肆肆有点儿不耐烦了。

"你都说是族长才知道，我一个普通学徒知道什么？"

"百工堂又不止你一个，我去找别人帮忙！"佐肆肆气得跺脚，转身就要走，被石岐叫住。

"我也没说不帮你啊。"

佐肆肆一脸疑惑不解。

石岐道："你帮我找到会西宛国玻璃制法的高人，我就帮你找浹华的先墟宝物。"石岐想，既然她一心以为我们浹华的先墟宝物是个秘密，不如用这个机会，巧取了西宛国的秘技。

"那有何难？我就会。"

"你一个金属系的，怎么可能会土石系玻璃的制法？"

"西宛国玻璃制法的关键，是炼金术士无意中发现的，是土石系和金属系合作无间的结果。"佐肆肆的语气里满满的骄傲。

"做玻璃还要金属？我不信。"话说到这里便不是激将了，石岐是真的不信，他从没听说过。

佐肆肆挽了挽衣服上的飘带，卸下一些饰品，挂在机械象的背上，立刻就如同换了一身工作装："你看好了！"

佐肆肆拿起石岐这个四不像的玻璃樽，走进无纤坊，想都没想就丢进了燃着的窑中，然后转身命令石岐："你只管吹个最简单的玻璃球，剩下的交给我。"

石岐半信半疑，岐之灵挥挥手，空心的铁棍一端引出一个玻璃团，石岐与岐之灵一起从铁棍另一端往里面吹了一大口气，膨胀成了一个玻璃球。

佐肆肆召唤来自己的百工灵，灵随主人，也如她一样倨傲的神情。她左旋右转如疾风，裙摆落处似雪飘，同时念念有词，很好听，像是唱着歌。石岐想：这该是西宛国语的法诀吧，与我们的"上神有灵"一样。

肆之灵一阵绚丽手法，不知往球上加了什么，球的表面便融了一层绚丽的金粉，好像是将阳光藏在了玻璃瓶里，自成了一个结界，色彩灵动，仿佛在其中舞蹈。石岐被这样神奇的技艺震惊了，瞠目结舌。

佐肆肆看着石岐的表情，心下一阵畅快："你帮我找到先墟宝物，我就教你。"

"你先教我。"

"等我教了你，你又不帮我了，我才不会上你的当！"

"你打我们宝物的主意，不怕我直接上报给佑山长？"

这次换佐肆肆愣住了，如果她多学一些浃华的语言，此时想到的应该是"搬了石头砸了自己的脚"。但她还没听过这句俗语，又急又气，脸都憋红了，半日只说了一句："你……你耍赖！"

石岐见她这样，反而有些不忍心了："放心，浃华人说到一定做到。"

佐肆肆记起了一句西宛国的谚语：为了玫瑰，也需要给刺浇水。

"那就开始吧。"

偶然的技艺

肆之灵做了好几个高耐热的铝制坩埚，石岐在其中放入石英砂，佐肆肆混入不同的材料。她解释，这些是不同的金属经过了几道工序而提炼的物质，被称为"素"，钴素可产生蓝色，那是最珍贵的颜色；铬素会生出绿色，带着生机；钴素与铜一起获得非常强烈的红宝石色度，神秘而炫目。

"原来各种颜色都与金属有关。"

"不错，世人提到金属，只记得首饰，其实金属的作用无处不在，不只是能做金镯子。"

当石英砂和素粉充分混合后，轮到石岐来塑形了，但他做的总是奇形怪状。佐肆肆的口气开始不耐烦了："这个样子也太奇怪了，肯定不行……你到底知不知道自己想要做的是什么？没想好的话，就别浪费我的素粉。"

石岐也很沮丧，自己想要的到底是什么呢？他盯着炉中跳跃的火焰，蓦地一种似曾相识感像风一样来了，在心里停了几秒，一个影子模模糊糊升了起来。石岐这心念一动，岐之灵便立即在另一炉上拉起了造型，就看得出是个低头沉思的女孩模样，只是看不清她的五官和表情。佐肆肆终于点了点头，肆之灵在其中点缀金箔。

"等等，那里上得不均匀。"

石岐低头看，果然玻璃樽上有一处金箔连成了一片，其他地方都是细碎的。

佐肆肆浇上水冷却，还没等红色褪散干净，就再次打碎了玻璃樽。

"对不起，这次是我出了错。"

"没事，再来。"岐之灵迅速扫光地上的碎玻璃碴儿。

那些天，无纤坊外常常可听见坊内传出这样的声音："再来""再来""再来"……一遍又一遍。

两人在无纤坊里这样练习着，也不知碎了多少次，重新熔了多少次，一直从雨水忙到了春分。

石岐看着炉里慢慢红起来的溶液。佐肆肆与他并肩一起坐着："这种玻璃制造技术被先古的人们称为'偶然'。"

"这名字真美。"

"有人无意中发现有些玻璃上出现了从未有过的绚烂效果，却不知是什么原因。大多数人感慨一下这'偶然'发生的美丽，就丢开了。但有一位炼金术士发现这绚丽的效果，与一些金属的反应效果很相似，于是与他制造玻璃的好友一起溯源，希望能重新复制，最后终于被他们找到了。"

"这样说来，很多工艺都是这样，比如瓷器的开片，也是无意中形成的。坯体和釉料的热胀冷缩率不一样，如果掌握不好比例，出窑的瓷器刚出炉就破了。但偶然会有些时候，釉料层破了，但坯体没有破。于是有了一种特别的花纹，这种天然的美非人工可为。有些人想复制这种美丽，于是经历了无数次失败，终于找到了方法。"

佐肆肆兴奋地点头："对对，就是这样！虽是偶然，但匠人的耐心和执着，令这样的美成了一种可以被掌握的必然。我就想做这样的百工族！"

"我也是！"石岐与佐肆肆击掌。

在这一刻，无论洪华还是西宛，他们都是百工族。

"这种玻璃有个很美的名字，叫'镀着星星的宝石'。"

"我第一次知道，金属可以给予玻璃这么美的颜色。"

"曾经的西宛国充满了绚丽的色彩，点蓝技术也是我们发明的。"

"点蓝？那是景泰蓝的技艺，很难的。你说'曾经的'西宛国，那么现在呢？"

佐肆肆神色一凛："啰嗦，赶紧做事！"

石岐不太懂为什么佐肆肆突然不高兴了，他耸耸肩，转身从熔炉中拿出小球，在旁边的金属堆中滚了滚，再次放进熔炉里。佐肆肆将熔炉灭了火，关上炉门，正要说什么，石岐抢着说："金属的微小颗粒会在玻璃混合物冷却时结晶，为了发生这种结晶，熔炉必须完全熄灭，在玻璃自然冷却的几天内，金属颗粒会慢慢地从玻璃底座上分离出来。"

"每次玻璃熔炉熄灭都会导致工作暂停，重新点燃它是一个相当复杂的过程。"

"如果失败了，那就再来好了。"经过了这次历练，石岐显得信心满满。

"没想到你这个泱华人还挺有耐心的。"

"我？哈哈，去年七夕，我就认定了，做玻璃要做一辈子！没耐心怎么行？"

他俩这样说着话，完全没有在意到门口处一直坐着的达之灵，遥遥地看着他俩。

分享的快乐

"去年七夕，我也在。"身在役界的阿达想到石岐完全忘记了她，脸上忍不住流露出了悲伤的表情。

身旁的少年问："你看到什么了？"

阿达强打起精神："已经有人想起我了！绯一直在找我，很快，石黛、玉琪他们也一定会想起我的。还有石岐……"

少年愣了愣神，好像这些名字，他也都知道一样，但很快便换了一副满不在乎的面孔："记起你了又怎样？"

"说不定……说不定他们能帮我回去？"

少年随手指了个方向："这里无聊死了，我去那边。"

"整个役界去哪儿不无聊？你别岔开话题！"阿达周围是无垠而荒凉的沙漠，想到石岐与佐肆肆一同坐在炉前的背影，语气里充满了羡慕，"与大家一起分享创造时那一点儿感动和快乐，我想要的，就是这个而已。"

虽然悲伤，但更加留恋。阿达好奇石岐的玻璃到底做成了没，于是再次闭上眼，通过她的百工灵观察起了百工世界。

少年有些犹豫着，学着阿达的样子闭上眼，但只有黑暗。他又睁开眼，面对着寂静无声的无垠大漠，轻轻叹了一口气。他不该有所期待，妄想和那个世界还有什么联系。

"最后一道工序了！你现在就去帮我找藏宝处，不然，我就不告诉你最后这步怎么做！"佐肆肆双手叉腰站在窑边。

石岐犹豫着开口："在天一阁。"

"警卫如何？什么时间去最好？"

佐肆肆紧张地拿出纸笔准备记录，石岐摆了摆手："你不用记，佑山长认为只有公开所有能找到的资料，才会让整个百工族在技术上提高，所以自从她成为山长，天一阁就完全对外公开了。"

"你骗我！"

"我们决华的百工堂没有什么不传之秘，但你是西宛国的人，如果这玻璃制法的最后一步你不想教我，我能理解。"

佐肆肆叹了一口气："我爷爷的爷爷的爷爷的爷爷的爷爷的爷爷的爷爷的……"

"再数上去，你就要数到上师了！"

"你们原来叫他上师？他说过，不该有什么事情隐瞒弟子，所以，巴格席我也不会瞒你的。"

"巴格席是什么意思？"

"西宛语，就是西席的意思。"

"你当我的西席？这是占我便宜！"

"我难道不已经是了吗？最后这步你还想不想学？"

石岐收敛心神，但还是觉得亏欠了佐肆肆，过意不去。想到她曾经提到点蓝时候心痛的样子，于是对佐肆肆说："如果你想学点蓝，那需要去找奕夫人。"

佐肆肆没想到石岐还记得这个："啊……谢谢你。"

石岐面对熔炉站好："上神有灵，百工有心。曲成万物，协创此形。"

熔炉内的模具裂开了，露出一尊幻彩的玻璃人像，耀眼的金色与神秘的紫色交织着，显得温暖而空灵。

佐肆肆露出惊讶的神色，掩饰不住自己的欣赏："这是谁？"

"不知道。应该是一个对我来说很重要的人……"石岐愣愣地看着自己的作品，好像有一种思念化在了时间里。

"你失去的，总会以另一种形式回来。"身旁的少年说。

这话，这样熟悉——

"你，认识石黛吗？"

阿达的百工小课：穆拉诺玻璃

在西周时期，中国人就掌握了制造玻璃珠的技术，但制出的玻璃主要成分是铅钡硅酸盐，颜色并不透明。现存于湖北省博物馆的春秋晚期的越王勾践剑，剑格正面就镶有两块小小的蓝色玻璃，其主要成分为钾钙硅酸盐。

中国古代烧制的低温铅钡玻璃，遇到热水就炸，远不如瓷器好用，所以玻璃制作不是非常普。而欧洲的玻璃多为钠钙玻璃，这种玻璃更透彻、稳定性更强，因此利用率也较高。随着丝绸之路，外国的玻璃制品传入中国，玻璃制作技术也得到了发展。

佐肆肆从西宛国远道而来，带来的就是一种新的玻璃制作工艺——穆拉诺玻璃。这种制作技术来自欧洲的穆拉诺岛。该岛由于近海，人们会使用含有丰富氧化钾和磁铁的海草灰作为原料，可以让玻璃清澈透明，宛如水晶。后来人们偶然发现在玻璃中掺入铜、钴等金属物质可以改变玻璃的颜色，比如最著名的穆拉诺血红玻璃，就是掺入黄金制成的。

玻璃是一种化学惰性材料，对环境无害，寿命能长达一百万年。所以，玻璃是 100% 可回收和无限期循环使用的哟！垃圾分类的时候可千万不要分错了！

泡泡里的情感

"你是——石墨?"阿达问。

少年别过头去,没有回答。

"你真的是石墨?你知不知道石黛她……"

"我们比比,看谁先戳破那个泡泡!"说着,石墨就向着远处奔跑过去。

粉蓝色泡泡并不总在遥远的天边,有时会落下,到他们的触手可及处,于是戳破泡泡就成了他们的游戏。泡泡里载着的是作品,会掉下来,埋进沙里,然后有另一只空泡泡飘过来,将作品带走。

第一次知道泡泡里载着作品的时候,阿达惊得跳起来。原来这里就是百工坛存放作品的隐秘之处?原来我们的作品都来了这里,难道役界连着万年以后的世界?

没有人能回答她,连在这里已经很久了的石墨也不知道。阿达虽然好奇,但没深究,因为她仅仅想知道自己能不能回家。百工族如何永生,从来都不是她关心的课题。

但阿达此时心里只有一件事，她冲已经跑远了的石墨喊："石黛一直在找你！"

石墨没有转身，明显不想答话。

生气了吗？不像，而且为什么会生气？难过了吗？也不像。阿达自认是个交朋友的好手，可第一次遇见石墨这样完全猜不透情绪的人。他真的就是石黛的弟弟？原来被抓来了役界，怪不得石黛一直找不到他。阿达怀念起石黛的温柔来。可仔细想想，第一次见石黛的时候，她就算害怕，也藏着情绪，尽量不让人看出来。这样看，到底还是姐弟。阿达想着，便也铆足了劲儿冲着那个泡泡跑过去，居然超过了石墨，率先踢破了，泡泡里是个精美的藤编食盒。

一打开食盒，数不尽的梅花糕喷涌而出，把阿达埋住了。阿达听见外面"噗"的一声。"你笑了！"阿达刚想拨开梅花糕探出头去，还没等她行动，梅花糕的幻象就消失了。

打破泡泡的瞬间，可以感受到创作者创作时候的感情，这种感受会以阿达自己的经历呈现出来。虽然已经体验了很多次，她还是为这种奇妙的感觉而折服。这是目前为止役界给她带来的唯一乐趣。

阿达抚摸着食盒："做这个的时候，创作者心里一定很温暖呢……"

"为什么你看见的是梅花糕？"

"那都是我爸爸做的梅花糕！真想给你尝尝啊。刚蒸好时香味整条读贤街都能闻到。带去百工坛以后连宫仙都抢着吃呢……唉，爸爸妈妈……"阿达的神情显出了寂寞来，"他们忘记了我，好像也能过得很好。"

"那不就够了吗？"

"够吗？"阿达看着粉蓝色泡泡飞来的方向，那是在云端很远很远的地方，"对我不够呀。"

这时，石墨戳破了一个泡泡，面前出现了一棵巨大的玉兰树，没有叶子的枝丫上，花苞缀满枝头，花开花落，叶子繁茂起来。阿达和石墨呆呆地仰头看。树消失了，留下一张双面绣玉兰屏风。

"思归。看来她在等一个等不到的人。"阿达望向石墨，他的眉宇间，有了一丝忧伤。

又一个泡泡落下来，阿达在他俩的头顶将泡泡打破了，出现了一件纱衣，薄如蝉翼、轻柔如雾，上面的藤蔓镂空，花、叶及蓓蕾则是以六色描绘，极其精致。

两人眼前出现了一道彩虹，七重炫彩，萦绕于广袤无际的沙漠之上，飘荡出风的样子来，接着缓缓消逝了。

那件纱衣的一角，绣着一个"奕"字。

奕夫人的小课

百工堂里，先墟海岸旁，绯看着不远处的一棵繁茂的老树，靛紫色的树冠，树冠伸展开来，仿佛能覆盖整个海岸。它的枝叶变幻出数不清的紫色：暮山紫、龙胆紫、葛巾紫、豆蔻紫、丁香紫、淡青紫……深深浅浅。树上挂着大大小小的风铃。海边风大，铃声不绝于耳。在树下，一座奇特的石屋倚着悬崖、环绕着老树而建。树顶便是屋顶，树与屋结成了一体，而这棵老树的树干从窗户延伸出去，犹如长臂，在悬崖边缘缠绕，为这座石屋提供了源源不断的生命之力。树与屋就这样依存着，经历了千年的时光。

石黛走到绯的身边："奕夫人的染色，一直是百工堂里近乎神话的存在。没想到，我们会有机会去上她的小课。"

"是啊，没想到呢。"绯有点儿无精打采的，她现在最在意的不是什么小课。这些日子，绯问了很多人，是否记得阿达，但没有一个人给她肯定的回答。她回想起自己去找佑山长询问时，山长没有直接回答她，只是捡起了一朵刚落地的迎春花："春天了，正是学染色的好季节。明天你去海家，找奕夫人学习染色。"

"快走吧！"绯回过神来，石黛已经走向了海家小屋，对着她招手。

走近了，能看见小屋的一些石砖上敷着青苔。波浪形的屋顶，镶着光滑润泽的鹅卵石；还没进院子，就听见绒绒的声音："奕夫人，您是说，颜色也有心情吗？"

"是啊，你看气泡涌上表面的时候，像不像一朵花在盛开？我以为，这就是蓝色最开心的时候。"这温柔的声音，如涓涓泉水。

原来绒绒也来上课了，绯和石黛跑了进去。这个院子比从外面看起来的要大得多，满地的红花，高高的竹竿上，绑着各色丝线，好似永不消逝的彩虹。

绒绒和奕夫人一起站在一个被打开的染缸旁边。缸沿上立着的达之灵，第一个看见了刚进院子的绯和石黛，开心地飞过来。绯之灵往边上让了让，达之灵跟她一起坐在绯的肩上，两只百工灵互相依偎着。

自从记起了阿达，绯才想起那绿色的小百工灵是阿达的。离开了主人的百工灵，还能存在多久呢？绯有很多问题，为什么阿达不见了而百工灵还在？阿达是不是遇见危险了？是怎样强大的力量可以抹去她存在的痕迹？这些问题，让绯在夜里辗转反侧。

绒绒和黛黛也在，绯不明白佑山长叫她们来找奕夫人有何深意。

奕夫人看着她们三个有说有笑的样子，想到那日佑山长来找她，就是在这个小院里——

"她们，都可能是……"

佑山长眉头紧锁："没错。我们的对手太不简单了，如果真像想象的那样，我们更需要争取主动。"

"听说金属系的子明好像也有了跨系的能力？"

"我也通知她来上课了，可她说补课有权利不来。"佑山长叹了口气。

"现在的孩子真是有性格，也挺好，创作就是要有个性。那么石黛呢？化物这种芽灵，是巨变的源头吗？"

"迄今为止……"佑山长想了想，又摇摇头，"我不太有把握，正要你帮我看看。"

这些年，佑山长恳求奕夫人帮忙的次数并不多，这次一下来了三个。奕夫人看着眼前三个少女，绒绒小脸红扑扑，说两句就跳一下。绯叫绒绒安静，快十岁的孩子了，好像长不大。绒绒被打击，噘着小嘴，绯又过去搂住她肩膀，绒绒便好了。一边的石黛，就笑盈盈看着她们两个，很少插话，但脸上的笑容里满是怜爱。

她们三个，都是……吗？

"既然大家都到了，我们开始上课吧。"

绯这才有机会好好打量了这位传奇的奕夫人，鹅蛋脸，远山眉，笑容和煦，身材窈窕，衣袂飘飘，全然看不出年纪，既是婉约可亲的，又有着高山雪一般的晶莹高洁。

她柔柔地招了招手，奕之灵已经将铺了一地的红花收集起来，在空中绞尽花的汁水，红色滴滴答答从空中落下，仿若一场红雨。剩余水分蒸腾而上，形成红云。待云销雨霁，奕夫人手上便出现了红花瓣集成的一块小饼。

绯、石黛、绒绒并排坐着，每人面前一个小火炉，炉上煮着一小锅水。奕夫人教导："先用乌梅水煎煮红花饼，再用稻草灰水漂清。多澄几次……"

绯用手将红花饼放入乌梅水，再放入稻草灰。绯之灵召唤了丝条、棉条来，还想进一步帮忙，可绯拦住了，她将百工灵藏在她随身带的锦囊里，特意选择了丝条，而非棉条，放进了小染缸里。

奕夫人看在眼里，但没有说什么。

"苏木的红极富魅力，可用明矾、铁、铜等各种媒染剂分别将其媒染。"

"媒染是什么意思？"绒绒拿着她的小本子，很用心地记。

"先墟古籍记载，有些物质能够帮助天然的颜色附着到织物上，这些物质就被称为'媒染剂'。西宛国用'咬'来形容媒染剂的作用，这就非常形象了。比方说，当棉与洋葱皮放在水里一起煮时，无论煮多久，洋葱的颜色总是上不了棉，但这时如果在水里加上一点儿明矾，织品的颜色马上就不一样了。也就是明矾会帮助洋葱皮的颜色'咬'进织品。你们看——"

奕夫人站定，念叨："上神有灵，百工有心。曲成万物，附丽素清。"

"附丽素清"，原来这四个字是染色专用的词。绯跟着默念了一遍。既需要有多彩的绚丽，也要有安静与单纯的清澈。

奕之灵将明矾撒入染缸，果然颜色立刻就变得更鲜艳了，三人都不由得喝彩。

"除了可以将颜色加固，媒染剂还可以通过不同的化学作用，改变颜色本身。你们也试试？这是明矾，这是铁，这是铜，想往里放什么就放什么。"

绯和石黛都用手拿起了媒染剂往染缸里放,绒绒也要用手拿的时候,奕夫人按住了她的手,蹲下来,看着她的眼睛,指指她的百工灵:"试试吧。"

用刚刚跨了系的绒之灵来学习涉及金属的新技艺吗?绒绒觉得很没底气,但看着奕夫人带着鼓励的目光,又不想辜负她,于是点点头,屏气凝神。

"上神有灵,百工有心。曲成万物,附丽素清。"

奕之灵在前面,绒之灵在后面,有样学样,铁和铜的媒染剂直接飞入了小染缸,果然,不同的小染缸里出现了不同的颜色。

石黛跟着数:"这是正红,这是胭脂,还有紫和赤茶。"

绒绒大呼神奇:"原来做颜色就像做美食,不同的做法,会出不同的大餐。"

绯为她高兴:"看来金属系的芽灵也愿意听你指挥了呢。"

"哟呼!我的百工灵开始慢慢习惯了!"绒之灵颇为得意地晃了晃脖子上的铃铛。

奕夫人又拿来一段鲜红的丝绸:"如果想让红色褪掉,只需把丝绸浸湿,上面滴几十滴稻草灰水。"果然,红色完全褪去了,恢复了丝绸的灰白本色,"把漂出来那些红色的水用绿豆粉吸附之后收藏,再用于为其他布料染红色,颜色一点儿也不会改变。"

奕之灵只转了几次身,旁边的棉布便被染成了红色。

"刚才的染色,调用了铁、铜、丝、红花、苏木那么多种芽灵,难道,您也是跨系的?"绯问。

"染色看似只不过是工艺里一个小小的步骤,其实需要集各系之大成。比如颜色的提取,需要用到不同的芽灵,除了植物,还有矿物和动物。"

绒绒又问："动物的芽灵，也可以做颜色吗？"

"比如西宛国的紫色颜料，便是从一种海螺的分泌物中来的。不仅是颜色的来源，用于染色的物件，也是各样的，毛织、棉布、丝绸……"正说着，奕夫人染坊里的布料仿佛活了过来，一条条地飞起，在阳光下更显五彩斑斓。

这时，奕夫人回过头来，下面这一句，好像专门是跟绯说的："创作是自由的，何必纠结是哪个派系，将自己困住呢？"

绯愣了愣："想做什么就做什么，是一种怎样的感觉呢？"绯之灵从锦囊中探出头，绯摸了摸她，绯之灵回到了小人儿模样，依旧飞上了绯的肩，与达之灵并排坐着。

奕夫人不着痕迹地笑了，侧过头看见另一边的石黛，正皱着眉头看着染缸里化物形成的织物，拿出来看，上面的红色斑点一块一块的，并不均匀，她有些沮丧。

奕夫人启发她："要不试试用百工灵控制染料？"

"不行呢，染料是草木系的，这些日子为了研究化物与其他材料的合作，各派系的技艺都试过了，但我的百工灵只能控制化物，而用化物做成的面料，居然连植物染料都无法融合。"

奕夫人心想：虽然化物千变万化，但并不能跨越派系的界限，因此石黛并不能算我们其中一员；而化物芽灵虽然来历曲折，但似乎也没有危及其他派系的存在。古籍记载先古世界的巨变源于化物，这使得佑山长等人颇感忧虑。然而，此次自奕夫人眼中看来，石黛与化物尚未引发任何负面影响，反而为百工族带来了新的可能。于此情形下，佑山长应当能暂时放下心中的顾虑吧。奕夫人想到此，微微扬起嘴角，泛起了一缕温雅的笑意。

下课了，可学生们没着急走。四人在廊下，品尝绯的点茶。面前挂着各种被染的材料，或毛或丝或棉。

绒绒问："奕夫人，那边的几幅也是你做的吗？是非常特别的花样呢。"这几幅都是蓝印染，都有青花瓷般的淡雅。左边的方圆变幻，古朴雅致；右边的绘着各种鱼类纹样，在海水纹中跃动，凝重又灵动。

"左边这幅是扎染，顾名思义，就是布料扎起来染，没有扎到的地方，颜色进不去，于是形成了纹样；那幅是蜡染，先用蜡刀画出花样来，蓝色便上不了蜡的部分，再洗去蜡，花纹便留下了。"

"这些我下次也全都要学！以后我的作品，就不但能有多彩的颜色，还可以有更加复杂的图案了！"

"刚染成的自然颜色最鲜亮，但我更喜欢旧物。"奕夫人的目光，投向眼前的梅树，白梅间挂着一条红色透明的丝绢，"有人以为旧物不够鲜艳，但我以为，当时间浸染进颜色里去，会有一种百工灵无法做出的美。"

石黛赞叹："这丝与这景色，好像浑然一体了。"

奕夫人说："蚕吐丝，是极其富有节律的，我们做丝线的过程，将这一节律原原本本领受，丝线便依然葆有生命。"

石黛喃喃重复："生命？"

"有生命的颜色只会从有生命的物质中诞生吧。"绯无意中接的这句话，让奕夫人和石黛都惊讶了，两人几乎是同时说："原来是这样吗？"

她们俩的反应，倒让绯看不懂了，可还没等她开口问，绒绒便好奇道："是怎样？"

石黛回答："我的化物面料，总染不上这么美的颜色，难道是因为化物并非自然生成吗？"

奕夫人已经拿起了一幅化物面料，对着光亮处仔细查看。黛之灵飞过去，将面料张开。奕夫人点头："果然，化物的纤维中不含空隙，不像棉麻，有很多天然孔洞，因而具有很强的伸缩力。丝线本就是活的，更适宜染色了。"

石黛沮丧："到底并非自然所生，所以与天然的颜色不相容。"

奕夫人拍拍石黛的肩："既然化物用不了其他的颜色，或许化物本身也可以成为颜色？"

"您是说……"

"我是说，不断发现芽灵的新颖之处，本就是一种难得的自在。"奕夫人笑吟吟地举起茶杯，"比如这红花，既可以做颜色，也可以做茶。"

石黛若有所思，默默点头。

绒绒不是十分明白她们说的意思，直到听了这句，她立刻接上："没想到红花、决明子、乌龙也都是染料呢，绯姐姐用它们做过茶，我们都喜欢。"

绯淡淡笑道："有一个人却不喜欢。"绯想起当初阿达想方设法拒绝喝她做的点茶。她看向达之灵，却见达之灵正好奇地往门口飞，忽然定住了，迅速又飞回来，好像受到了惊吓。

这时门口传来一阵"砰砰砰"巨大的脚步声，接着是佐肆肆高傲的声音："你们上课，居然不告诉我？"

不守规矩的闯入者

四人抬头，院墙上方露出了机械大象的头，佐肆肆顺着大象的鼻子顺溜滑下来，落在院子正中的梅树下，引得一片落英缤纷。

"怎么是你？"石黛问。

佐肆肆扬着手上的金鞭子："我有名有姓！叫佐肆肆。"

奕夫人站出来，依旧笑着，但语气是严肃的："你是交换生，本不在小课的学生之列。"

"喂——你是教染色的巴格席吗？我要学点蓝！"

"你叫谁'喂'？有没有礼貌？"绒绒打抱不平。

"我怎么样也算远道而来的客人，你们就这样待客？"

绯笑了："你也知道自己是客人？你这架势，好像所有人都该听你指挥。"

达之灵也想打抱不平，跑到佐肆肆面前，对着肆之灵抗议。佐肆肆生气了，扬起金鞭子捆住了小百工灵："这是谁的百工灵？敢挑衅我！马上从我眼前消失！"

话音刚落，小百工灵就真的从绑着她的金鞭子之间消失了。

院子里的所有人，都不可置信地睁大了眼睛。

阿达正在通过达之灵看着热闹呢，被石墨猛地拉起。她的注意力一分散，小百工灵就消失了，可百工堂的人并不知道。此刻石墨正拽着阿达猛跑，一直到一座小沙丘后面才停下。

"怎么了？"阿达看石墨正躲在沙丘后面张望。

石墨将手指放在唇上，神色极其严肃："嘘——"

这时，远处飘来一个黑色的泡泡，完全看不清里面的东西。

黑色的泡泡从他们刚才站着的地方飞过，去了远方。

石墨这才舒了一口气。

"还是第一次见黑色的泡泡，装的是什么？"

"以后你看见黑色泡泡，记住，一定要躲！"

"为什么？"阿达虽然问了这个问题，可还记挂着那边任性放肆的佐肆肆，不知会带来什么麻烦，着急重新集中精神让百工灵回到那边，却被石墨扶住肩膀，逼着她看着他的眼睛："如果你想在这里生存下去，就必须记得！"

"……生存？"

阿达来了这么久从没想过这役界会有什么危险，这里不吃、不喝、不眠、不休都可以活下去，怎么就一下那么严肃了？

看石墨认真的样子，阿达也不由得认真起来。她站上沙丘，望着远远近近这许多泡泡，初看杂乱无序，仔细看，都是从一个方向来，那自然是百工坛；也是往一个方向去。

"这些泡泡带着作品，会去向哪里？"

"你终于开始关心这里的事了。"石墨跟着粉蓝色泡泡走向同一个方向，"既然好奇，就去看看吧。"

而在海家小院里，气氛依旧剑拔弩张。

绯难得着急地冲着佐肆肆喊："你把阿达的百工灵藏到哪里去了？"

佐肆肆也很摸不着头脑"突然就不见了,你们不也看到了吗？"

绯说："是看到了，就在你的金鞭子里不见的。"

"我藏她做什么？"

"那你又为什么要抢石岐的作品？"石黛反问。

佐肆肆语塞："我……我只是借来学习。"

"借？你问过他的意见了吗？"

绯拦住石黛："别走偏了话题，先问她小百工灵的事。"

奕夫人款款站起来："她也未必知道。"接着转身对佐肆肆说："今天的课，没有你的位置，你先回去吧。"

佐肆肆一面觉得莫名其妙，一面又不甘心，愤愤地一个甩手转身，金鞭子带倒了身边的染缸，这只染缸砸向了下一只，如多米诺骨牌一般，染缸都倒了下来。染坊里一地不同颜色的染液四溅，有的流入低洼处，混成了黑色。连绯刚染就的丝绢上也被溅上了。

绒绒先哭了："这是我们的染液！好不容易才做成的。"

佐肆肆自知理亏，但又嘴硬："再做就是了，做作品不就是要失败很多次吗？"

"连一句'对不起'都没有吗？"石黛深觉此人不可理喻。

"我又不是故意的！"

这一句将绯和石黛彻底惹怒了，两个人一步跃到她面前，虽然也不知道该怎么做，但就是不想轻易让她逃了。

奕夫人却是一如既往地温柔："颜色被这样糟蹋，会生气的哟。"

只见她走到院子中央，轻轻一挥手，奕之灵在流淌一地的染液里轻盈地点了几下，引着红色流向了黄色，但红黄并不相融，而是泾渭分明地成了红色的彩霞与黄色的山峦。奕夫人又拿出了一个小盒子，挑出了些紫色的染料，撒进一碟清水，点进了红与黄之间。

很快，这些颜色便成了一幅画，大漠之中，一汪清泉旁，一个紫色女孩的影子若隐若现。

绒绒叹服："这是怎么做到的？"

绯也不知什么时候忘了生气："只有形成对颜色芽灵的绝对掌控，才能如此出神入化。"

奕之灵将绯方才那一方丝绢轻轻盖了上去，再漂起来的时候，那画便拓在了丝绢上。

佐肆肆立在一旁，惊讶得说不出话来。

"这是西宛国的画技，你怎么会？"

"颜色，并无西宛、泱华之分。只要是美的，便会被欣赏。"

奕夫人玩着那装着紫色颜料的小盒子："紫色太过难得，上万只海螺才能提炼出指甲盖大小的紫色染料。我也只剩这一小盒而已。"她看着佐肆肆，神色变得严肃起来，"你若能好好守这里的规矩，尊重这里的同学与师长，我泱华的百工堂自然是不吝于分享的。"

佐肆肆闻言，对着奕夫人，恭敬地拜下去："巴格席。"

"倒也不必拜我。"奕夫人哭笑不得，但佐肆肆就是不起来，奕夫人于是说，"既然这样，我就传你这颜色的制法。你明日卯时再来。"

佐肆肆恭敬称"是"，乖乖地退出门去。

绒绒拍手称快："她怎么突然就像变了一个人？"

奕夫人："西宛国对西席一向恭敬。"

石黛道："这么任性的人，总算也有人能治她了。我们也该告辞啦！"

石黛和绒绒有说有笑走出了海家。奕夫人转身，见绯还没走。

"夫人，我有一事想问。"

"问那百工灵的话，大约是真的不见了，不关佐肆肆的事。"

"那您认识阿达吗？"

奕夫人想了想，答道："我并不认识那百工灵的主人。但我知道，她遇到麻烦了。"

石墨带着阿达，在紫色的沙漠中前行。背后留下的深深浅浅的脚印，不一会儿，便被沙丘上滑下的沙掩盖了。他们抵达了一个阿达从未涉足的地方，地面上竖立着若干晶莹剔透的穹顶。只见，一枚粉蓝色的泡泡缓缓飘来，触及其中一个透明穹顶时，便稳稳地停驻在其上方，犹如抛下了锚。随后，粉蓝色泡泡逐渐缩小，仿佛融入了那晶莹的穹顶之中。在这个过程中，原本在粉蓝色泡泡中的作品，也就进入了透明的穹体。

阿达看清了，那就是他们方才看见过的纱衣。那透明的穹体壁非常薄，薄到能看得清"奕"字签名。

"这是什么地方？"

"你可记得，在百工堂，每件作品都署着作者的名字？"

"当然记得。我做了第一张竹纸的时候，玉琪还特意送了我一个印章。"

石墨提醒她："你注意看那个签名。"

阿达看着纱衣飘荡在透明穹体的中心，一些细小的泡泡从地面钻出来，聚集到了那个"奕"字上，当那些细小的泡泡都不见了以后，那个"奕"字也消失了，取而代之的，是一个神秘的符号。

"这组泡泡的工作，是抹去这些痕迹。"

阿达好奇："都是百工族辛苦做出的作品，为什么要抹去他们的名号？"

"这便是役界，没有为什么。"石墨的唇抿成一条线，仿佛这样才能压制住他隐隐的怒气。

当纱衣上的署名被抹去后，纱衣便移向了透明穹体的另一侧内壁，而那里的外壁上又渐渐生出另一个粉蓝色的泡泡，越来越大，纱衣滑入了那个泡泡，与透明穹体分离，再次飘向远方。

阿达看着一个又一个泡泡进来又出去，疑惑越来越深："当我们以为这些作品会带着我们的故事被送去万年以后，它们却在役界被除去了姓名。百工族所相信的永生，真的会实现吗？"

阿达的百工小课：植物染

植物染是指利用大自然中各种含有色素的植物来进行染色的一种方法，在我国历史悠久，最早始于原始社会时期。那时候先民的选色彩能力来源于劳动实践，多选用矿石、植物、动物等天然的东西进行染色。后来周朝还设有"染人"一官，专门管理染色。

作为中国古代最常见的一种染色方式，植物染离不开材料色素的提取。其中红色可以从茜草根中提取，藤黄多取于柘木，马蓝、木兰可以提取蓝色，艾草则可以提取绿色。但需要注意的是，大多数织染物在染色之前都需要经过煮炼，以去除丝、毛、麻等杂质。而且还需要多次浸染才能达到理想的效果，有些染物在中途还要加入豆汁等富含蛋白质的汁液反复浸泡，目的是让织物的纤维吸满蛋白质，以提高对色素的吸附力。

但是植物染提取的色素多为复合性色素，很难染制高纯度的颜色，在阳光下照射还容易褪色，而且染出的颜色也很难成统一标准。但是植物染取于自然，可降解，对环境友好，这种染色方式可是非常值得挖掘传承的。

17

自由

BAIGONGLING

未来的路

阿达的疑惑越来越深，但石墨的回答只有一个："不管那里是什么地方，我们都不能去！"

"粉蓝色泡泡的去处，也不能问吗？"

"那与黑色泡泡是同一个方向，太危险了。"

阿达叹了一口气，坐在透明大穹顶前，闭起眼睛。

石墨有些无奈和不耐烦："你又要回去？"

"我这里不能去，那里也不能去，只能回到原来的世界里找出路呀。"

石墨还没来得及回话，阿达便闭眼神游去了。

石墨苦笑着摇摇头，心想：能活着就不错了，哪里会有出路？

而此刻的百工堂，正在预备着一年一度的风筝节。乍暖还寒时候，裁剪一片春，牵着一线尘缘。

湖边，阿达的朋友们正仰头看着。

"风筝节是什么呀？"第一次经历的绒绒问道。

绯回答："是百工堂最受欢迎的节日，定在每年清明后不久。"

"什么百工堂最受欢迎的节日，明明是最受草木系欢迎的节日。"石岐不以为然。

"谁说的？分明丝绢也可以做风筝。"绯反驳。

绒绒叹道："原来风筝骨架都是竹篾呀，我会召唤竹芽灵该多好。"

"说起草木，"绯说道，"暮蕊西席好像很喜欢风筝节啊。"

这确实是暮蕊最爱的节日，她极有自信：做风筝这事儿，还能有人比我强？

若是阿达在这里，她当然会不服气，做什么都不行的阿达，对做风筝是极有自信的，与"玩"有关的器物，她最上心。

可是阿达不在这里。

绒绒突然抬起手指着天上："你们看，是那只小百工灵。"

绯连忙看过去，并没有看见。

"又不见了，不知道去了哪儿。"

绯悬着的心稍稍放下了一些，看来阿达的百工灵并没有完全消失。

达之灵多数时候，只能是初阶形态的样子了，一个小小的团子，站在树枝上，好像初春的一片梧桐新叶。其实大家说不知道她去了哪儿的时候，她还在那里，只是颜色越来越淡，几乎与周围景色融成一片，不容易被发现。

"大家都在这儿，黛黛呢？"

当初海之灵以珊瑚为结界，建起了万化场，人站在大陆架的浅层海底，好像在地上一样，周围有各种海里的生灵游来漂去，自是另一种神仙场。自从禀赋觉醒后，石黛不是在天一阁查阅资料，就是独自在万化场工作着。别人都有前辈从旁指导，也有数不清的古籍提供帮助，只她没有。

从前众人都有禀赋，唯有她没有，她觉得孤独；如今众人都有先辈摸索出的大道可以走，依然唯有她没有，她还是孤独的。或许孤独就是她的命运。完全丢了这禀赋似乎也是一种选择，但当她触及化物芽灵的时候，那些看似无生命的黯淡，在她手心如同在快乐地舞蹈；如果她走了，这些化物芽灵不知又要在海底沉睡多久；更何况这是石黛梦寐以求的禀赋，让她分享着百工族人的梦境。她的心上沉甸甸的，这种责任，让她忘记了在人群中的寂寞。

但石黛并不知道，另一个人因为她的寂寞而感到孤独。

"你这是在做什么？"

石黛转过头去，问话的是海云。

"你又是顺便来看我？"

当然不是，是结束工作之后特地来看她。但海云并没有说。

"我想试试用化物做颜色。"石黛叹了一口气，"化物所做的风筝面，寻常颜色上不去。"

"连母亲也不知道吗？"

"奕夫人也没有好建议。我在这里把能找到的资料都找了个遍，还是没有办法。"

"看来……"海云欲言又止，这么久以来，看着石黛一个人埋首天一阁起早贪黑查阅古籍，自己也帮不上什么忙。他想过，真正能帮到石黛的人，应该不在百工堂。

"是不是要到百工堂之外，才能获得更多的信息呢？"听见石黛自己这样问出来，海云心口如堵住了一块大石，他不想承认这个问题的答案。

沉默，如海草一般游荡在两人之间。

一条白色的小鱼闯进了这沉默，被石黛的发尾缠住。

海云走上前，轻轻抹住她的鬓边发，将小鱼护在手心，缓缓往下拉，他们站得很近，近到石黛可以感觉到海云在她耳畔的呼吸。

海云顺着石黛的发，将小鱼一路护着，避开发的纠缠。石黛的目光，随着鱼跟着海云的手心走，无意中发现他手心是浅浅的粉色。

石黛的发很长，长到了膝盖上，当海云终于将小鱼顺到了发尾解绑的时候，他半跪在石黛面前，抬头看见石黛的眼睛里，有与自己相似的渴望。

这一刻，时间停止了，他们看见了彼此眼中的自己。

自由了的小鱼，在他们之间转了一个圈，阳光正洒在它的身上。石黛与海云这才发现，看似白色的小鱼，鳞片上闪烁着彩虹。

"这颜色，很像薄的化物在阳光下的感觉呢。"

"真的呢！或者……化物风筝不上色也可以？"石黛得了启发，雀跃起来，又转过身去工作。

海云低头看见小鱼的尾巴受了伤。

回到家里，海云将小鱼放进了鱼缸。奕夫人仔细观察，赞叹道："须得海的广阔，才能有小鱼这样自由的色彩吧。"

"母亲，你有没有想过，如果不是因为嫁给了父亲，被困在这里，你今日之成就定不止于此？"

奕夫人疑惑："你为何会这样想？"

"海家儿女身担重责，不能离开先墟，命里如此，我也没有办法。然而你本不是海家的人却牺牲这么多……"

奕夫人睁大了那双总蒙着水雾一般的美眸："谁说我牺牲了？留下可是我自己的选择！"

二十一年前，初次来到百工堂的奕夫人本是草木系。因为她喜爱色彩，就经常不顾派系的阻隔四处学习。取锅底灰做百草霜的灰色，采珊瑚为桃红，磨孔雀石做青绿……只要能做颜色，无论草木或是宝石，甚至是特殊系的各种奇怪的原料，她都来者不拒。用不了百工灵就动手做。渐渐地，她居然能召唤不同派系的色粉芽灵。即将毕业时，她以为终于可以离开百工堂四处游历，有个人却求她留下。

"像你这样跨越派系的百工族，离开百工堂之后，会被'放逐'于役界。"佑山长对她说。她们同年入百工堂，同吃同住同窗，已经成了没有血缘的姐妹。

"役界？"奕问，她从没听说过这个地方。

"没有人知道那是哪里，去过的人，没有回来的。而这里的人，会渐渐将他们忘记。"

"那你是怎么知道的？"

"海家。"

"海家？"

"千百年来，海家一脉相承，只有一个百工灵。有些别人不知道的事情，他们知道。但……也仅止于此了。连海家都不知道的，才是险境。"

"我走了就会有危险，那怎么才能留下？"

"他有办法。"

佑山长往另一边让了让，奕夫人看见了她身后的海逝舟。年轻的海逝舟，嘴角微翘，眸若双星，舒缓的双肩，颀长的身材，硬朗中带着秀美，漫不经心里藏着不羁。

海边，穿越黑暗，可以看见埋藏在黑色天空的层云，在东方启明星的缥缈中，升起巨大而平静的木星，仿若近在咫尺。那是两个年轻人面对命运、做出他们的选择的时刻。

"所以方法就是嫁给我爹？"

"傻瓜，怎么可能！当时留下只有一个办法，就是做西席，但是我不够格，于是海家出了面保荐我。"

"如果不是要被放逐那个……役界，"海云第一次听说这个奇怪的地名，"你还会留下来吗？"

"你和你父亲，是我最重要的人啊！你们去哪儿我就去哪儿。"

"你是觉得自由，还是被我们束缚了？"

奕夫人很认真地回答："自由是什么？当你身处一个可以全然驾驭的纯熟之境时，便是艺术的极境。那时候，无论你身在哪里，心都是自由的。"

"如果你的自由意味着另一个人的不自由呢？"

"你是问当选择不只关系到本人，比如，爱人？"奕夫人玩味地看着儿子红到耳朵根的双颊。

"我是在问你和爹爹。"

"我说的就是我和你爹爹，你以为我在说谁？"

海云想逃，被母亲抓住了。

"我还没回答你的问题呢！"

风筝节

显然，自由，是可遇而不可求的，比如对此刻的佑山长来说。

山长大人正在芽灵生发场的草丛里忙活着，佑之灵缩回了初阶形态，躲在她的怀里。

佑山长正对着草丛轻声细语："喵喵喵。"忽然听见草丛里有响动，开心到雀跃，忽然想到自己站得太高可能会吓到猫，于是赶紧匍匐在地上。

"喵呜……"草丛里分明出了一声回应。

佑山长压着兴奋，拨开草丛，可没想到迎面上来的是个也趴在地上的人——

"叶渚！"

"佑山长！"

看见对方的脸，两人都吓得往后一缩，反而是两人的百工灵同时飞到天上，抱到一起，瑟瑟发抖。

他俩坐到一处，低垂着头，面前两只百工灵"唧唧唧唧"，指责着各自的主人。

佑山长点头："我明白！"

叶渚叹气："我们太任性！"

"没考虑你们的想法。"

"对不起。"

百工灵们住嘴了，飞回两人胸口，累瘫了一样，进入了休憩状态。

叶渚和佑山长互相看了看，都觉得好笑。

叶渚问："你是来喂猫的？"

"好久没来了。"佑山长倒在地上，难得好像孩子一样，突然感到一个小生灵爬到了她身上，毛乎乎、嫩生生。身边叶渚一脸惊喜，佑山长示意他别出声，叶渚张嘴做了个口形告诉她："是猫。"

佑山长点点头，享受着圆圆小爪子在她肚子上按摩，猫发出咕噜噜的声音，佑山长也发出舒服的哼哼声。

叶渚看了好笑，躺下来，与她一同看云卷云舒。

"最近接连有孩子跨了系，太不寻常了。"只有面对叶渚，佑山长才能无所顾忌地表达自己的担忧。

"你累了。"

"我怕了。"

有一只猫也来到叶渚的身上，赖住不走了。

"只要最可怕的还没来，今天就是美好的。"

"只能等待那天的来临，这才是最可怕的事情。"佑山长使劲甩了甩头，想把烦恼都甩出去，"猫在怀里的时候，可以什么都不想吗？"身上的猫突然跳开了，她有点儿失望，伸手想挽留。

"让它去吧，给它自由。"

佑山长没有点头，也没有摇头："自由以后，谁来保护它们呢？"

这天是风筝节当日。

空空荡荡的百工堂的大牌坊底下，绒绒抱着猫跑了出来，宫仙远远跟在后面喊："小心！"

绒绒将猫放下，猫一下子蹿进森林里消失不见了，宫仙才敢出来："幸亏你抓住了猫，不然今天风筝节，猫再来捣乱就糟糕了。"宫仙见绒绒半日没接话，又问："你怎么不太开心啊？"

"猫什么都没做错，就因为被百工灵嫌弃，就要被赶走……如果有人要赶你走……"

"百工堂是我的家，谁能赶我走？"

"百工堂也可以是它的家呀！"

他们的身后，数十只风筝咿咿呀呀上了天，杨柳醉春烟的堤岸边，江北江南纸鹞齐，线长线短迥高低。

在这样的热闹背后，一处无人的草地上，石黛在绑扎风筝。虽然是第一次，但从前好像有人教过她。那人用的是竹篾，先浸到水里，变软后用刀破开，锯成所需长度，加热弯曲就能扎架子。她还记得那人笑的时候，眼睛弯成新月。

但石黛记不起她是谁了，一定不是绯，绯不会那样笑；更不是绒绒，绒绒自己的风筝都扎得乱七八糟。

化物做的骨架无须加热弯曲，只需要捆绑便可以了。她记得那人说过，捆绑骨架要从中央主干部分开始。黛之灵带着化物做成的绳索，绕着主干转了几圈，居然真的把骨架拼成了，一如石黛记忆深处的样子。

石黛将化物做成的风筝面，比照着骨架裁出形状，那是一条鱼的模样。与先前海云捉到的鱼是一样的白色，在阳光下，果然因为化物表面的光滑，而显出了各种细碎的彩虹来。

上好风筝面，应该选择适宜的施力点绑提线了，她提溜了一下，不知绑在哪里好。正伤脑筋，绿色的达之灵来了，在骨架的中心处蹦跶了下。

"这儿吗？"石黛问。

达之灵点了点头。

石黛照着达之灵的点拨，装上了线。

"试试吧，不知道能不能上天啊。"石黛忐忑地将风筝放在草地上，然后带着绳子跑，黛之灵奋力将风筝往上提，但风筝转了两个圈，便落下来了。石黛与百工灵都很沮丧。

达之灵在半空中飞个圈儿。

"你要教我放风筝？"

达之灵在黛之灵面前眨眨眼睛，黛之灵便跟着她，将风筝放在高高的石头上等着，直到一阵风吹来，吹乱了石黛的头发。石黛开始跑，达之灵在风筝线上一下下点着，黛之灵跟着学，不一会儿，风筝果然飞上了天。

"原来，要逆风借力，才能上去呀！"

石黛的风筝越飞越高，两只百工灵静静依偎在风筝线上，抬头看着。石黛的眼里，此时碧落春静，突然广阔起来。这条小鱼，以天空为海洋，是自由自在的。

两只百工灵突然警觉地跳起来，原来另一根风筝线悠悠荡过来，缠住了石黛的风筝线，那根线顶端，是一只长着巨大翅膀的骏马风筝。

"呀，这是谁的？"

"我的！"一个张扬的声音响起，当然是佐肆肆，她单手握着一个手环，从风筝线上滑下来，"看我的飞马，所向披靡！"

"你的飞马绕住了我的鱼，再不把它们分开，两个都要掉下来了。"

"你的鱼会掉，我的飞马才不会！"

"你是故意的吧？"

"斗风筝不就是这样吗？你们的风筝节比什么？"

"比谁的风筝飞得高啊！"

"真没劲。我，向你挑战！断线者败！"

石黛还没反应过来什么叫作"断线者败"，佐肆肆已经指挥着百工灵放线与收线，风筝迅速地升降、旋转、左右打滚。眼看着小鱼风筝被飞马追杀，石黛赶紧手忙脚乱地指挥百工灵让开，但往左，飞马就跟着往左；往右，飞马绕了一圈，从下面杀上来。石黛看着佐肆肆得意的面孔，再一次感觉气上心头。

这时，达之灵开始腾挪跳跃，石黛稳住心神，指挥自己的百工灵跟着达之灵，居然杀出了重围。她不再一味躲避，而是让小鱼风筝开始绕着飞马风筝飞，很快两只风筝的线纠缠到了一起。

"我这可是一流的棉线，你怎么敢？"佐肆肆开始拉自己的风筝线。

两股线越缠越紧，终于——飞马风筝的线断了，风筝飘远了。

佐肆肆愣愣地看着自己的风筝远去的方向。

石黛反倒有些不好意思了，正要道歉，佐肆肆转身面向了她，惊喜道："你的风筝线韧性这么好……是化物？"

"没错。你认得化物？"石黛十分惊喜。

"我们西宛国也有位前辈，会做化物，但真颜难得一见。"

"西宛国也有人做化物？！"

"泱华能做化物的人这么年轻……"佐肆肆弯下腰去，"巴格席，受我一拜。"

石黛尴尬地忙摆手："我正奇怪，你并非草木系，那你的风筝是哪儿来的？"

"那是我的侄孙女儿姐姐离开西宛国之前留下的。听说她来了这里。很久没见了，这孩子，不知现在怎么样了……"

"对不起，把这么宝贵的风筝给弄没了……"石黛顾不上疑惑"侄孙女儿姐姐"是什么奇怪的辈分，此时就只怪自己一时争强好胜，给人造成了这样的麻烦。

佐肆肆摆摆手："没事没事，是我说要斗的。相传飞马在神山上踏过时踩出了灵感泉，百工族饮之可获灵感。这只飞马无论落在谁的手上，都会给那人带来灵感的。"

没想到她如此大方，石黛对这个西宛国姑娘改观了，同时也对她的来处产生了好奇。她俩正说着，只听见不远处传出一阵阵欢呼声。

"我先过去看看！"佐肆肆心里痒痒地要去看热闹，她一边走一边喊，"说好了，你要教我！"一边说着，一边脚下不停地跑走了。

热闹的湖畔，一只巨大的风筝飞上了天，那是一只飞马，比刚才佐肆肆的那面飞马风筝要精美好多倍，且是立体的，翅膀在徐徐上下扇动，云层中散出的日光，宛若它自带的圣洁。

湖边其他的风筝，一个又一个落下来。人们自觉地收起自己的风筝，仰望着那匹飞马。

石岐站在人群里，他看见达之灵也在人堆里。

那飞马下面点着线的，是暮蕊的百工灵。

暮蕊站在白玉台上，骄傲地持着飞马风筝的线。身边是玉琪。他刚收回自己的沙燕风筝。

"这风筝做得这么粗糙，比例都不对，当然容易跌下来。"暮蕊一副专家的样子。

"我一个土石系的，不过来凑个热闹。这不是我做的，是偶然找到的风筝。"

确实是偶然，石岐的旧物落了一地也不收拾，玉琪跟他同室而居，看不下去，只得自己动手，在层层叠叠的旧物底下，玉琪意外地发现了这只风筝。

那风筝虽然粗糙，却带着一股熟悉的气息。玉琪小心地捧着风筝——因为不小心就会散架了，注意到了上面泛黄的签名。

林达。

一个女孩坐在船头摇着桨问："禀赋，不会束缚我们吗？"

玉琪隐约想起，觉得奇怪，怎么就好像忘了她很久，是叫阿达？怎么也没听别人再提起呢？玉琪看向石岐："这风筝节应该是阿达的最爱吧，好像好久都没有她的消息了。"

石岐一脸茫然："那是谁？哎，这名字好熟悉……啊，那个谁好像也来问过……"

玉琪觉察出了一种说不出的异样，他记得石岐和阿达关系很好，怎么就……他转而问向暮蕊，这位西席素来对学徒过目不忘，可暮蕊也问："阿达是谁？"

玉琪愣了愣："你也不记得了？"

"记得什么？"

玉琪没有回答，悠悠念着："何当拨去闲云雾，放出光辉万里清。"

"你今天神神道道的，又是在念什么？"

"这诗形容此情此景正合适。今年的风筝王，又是你无疑了。"

"年年都是我，也没什么意思。"

玉琪刚要递过去一柄玉如意，闻言又收了回来："既然是这样，这奖品你也未必需要。"

暮蕊一把夺来："谁说我不要了！"

暮蕊正得意，可突然之间，笑容凝住了。

有只巨大的金鸟，正在靠近那天上的飞马。

暮蕊暗道不好，开始收线，但已经来不及了，那巨鸟已经盖住了飞马风筝。蕊之灵心急，收得太快，线断了。

那只巨鸟将飞马风筝收了去，背着太阳的光，慢慢落在地上。竟是个绑着金属翅膀的人，那人的背后尽是金光，手上还举着暮蕊的飞马风筝。

暮蕊看清了来人，失声惊叫："你！"

"风筝最早的时候，是载人的呀，你不知道吗？"那人正是佐肆肆，她靠近了暮蕊，压迫着她，"我的好侄孙女儿姐姐，快叫声姑奶奶妹妹！"

满场看客都一脸震惊，这似乎来头不小的西宛国学徒怎么和我们的暮蕊西席扯上关系了？而暮蕊只是直直看着她，纹丝不动，如若冰封。

且说佐肆肆与石黛分别后，石黛看着她走远，笑着自言自语："原来她还是有可爱之处的。"

"你在说谁可爱？"

石黛回头，是海云。

"你来了？"

"我来了。"

海云抬头看见石黛的鱼风筝，纯白中带着所有颜色的光芒："你做出了母亲都不曾做出的颜色。"

"我也没想到可以这样呈现出来，但……"石黛仍然觉得不足，化物为什么不能更加多彩呢？

"清风可托，白云与飞。"

"海云，我想去西宛国。"

海云沉默，眼睛里的神采渐渐黯淡下来。

"听说那里也有会化物的人，我想去求教。"

"你不再找石墨了吗？"

"石墨？是谁？"

海云惊愕，本想追问，但话出口时，已经换了话题："西宛国路途遥远。"

"在这里我一人独自摸索，能力有限。我们在工艺上的精进，就像这风筝，需要轻风助力，方可与白云齐飞。"

海云依然没有说话，眼里是悲伤的。

他虽然是神族，但从来都生活在众人的视线以外。两次意外"救"了石黛，奇怪的缘分让他面对她的时候，并没有往常对着别人会产生的拘谨；而她的温柔，为他苍白的生活增添了色彩。

他人生第一个也是唯一的牵挂，就是她。

这些，石黛并不知道。

看着风筝越飞越高，海云的心一点点沉下去。如果坦陈这份心意，自己是否会牵制住她的自由？

母亲说，如果一个人的自由意味着另一个人的束缚，那就需要妥协、尊重和调整期待。海云想，如果一定有人需要这么做，那么也应该是他自己。

如果我离开了，唯一的牵挂，是你呀！石黛有着一样的心情，几次启齿，但还是选择了沉默。她用了多大的心力，才找到了化物这个羁绊，过程太痛苦，以至于她明明感觉到有些记忆跌入深渊、无法拾回，她也不想再去纠结了，唯有不回头地走下去，才不会后悔。

但，别后，不知是否有重逢……

庭闱影下，叶有清风花有露。

只是他没想到，石黛走得这样急。

风筝节之后第二天，石黛便去找佑山长商量去西宛国学习的事情。佐肆肆作为交换学生，带来了西宛国对决华学生的邀请。但西宛路途遥远，并没有学生主动愿意前去，佑山长也不放心。

见石黛申请，佑山长犹豫了很久，又去找海逝舟商量。

海逝舟道："以可能之祸，束缚无辜之人，非道之所行也。"

这化物怎么制作，自己也未亲眼见过，佑山长思索片刻，决定亲自去万化场看看。

在海家父子的帮助下，石黛邀请佑山长第一次进了万化场。海云在场外看着她们谈了很久，不知说了什么，直到佑山长走出来，意味深长地拍了拍海云的肩。佑山长终于还是同意了石黛前去交换。

"佑山长问了什么？"海云问。

"也就是一些平常的课业问题，还有化物制作的一些技巧，以及我的瓶颈所在。"石黛回答，"佑山长在答应以后，说了一句很奇怪的话。"

"怎么说的？"

"我们能做的，都不过是因时制宜、顺应天命罢了。"

"是教你只管做自己想做的事情吧？你决定什么时候走呢？"

"百工坛再一次接受我的作品的时候，就是我出发的时间。"

石黛决定在十天后的考工日，将风筝送上百工坛。他听到这个决定的时候，就知道她肯定要离开了。

只有十天。

是海云劝了石黛去西宛国的；是海云叫她不要怕，她是泱华唯一做化物的人，上师既然给了独特的禀赋，一定也会给她一个与众不同的命运。

但是当他知道离下一个考工日只有十天时，他开始数着能看见她的笑容的每一秒。八十六万四千秒，很快就过去了。

百工坛的光之拱门内，石黛将风筝送上了沙中水镜，周围显示出的景色，好像海云第一次带她去先墟时候的样子——瑰丽的珊瑚与自在的鱼群。

在役界，石墨和阿达依旧在透明穹顶前坐着。石墨玩着沙，将沙举起来，吹了一口气，沙飘向了阿达，阿达打了个喷嚏，睁开了眼睛，抹着脸。

"你别闹，我看见石黛了，她……"

石墨语气冰冷地打断了她的话："你还不明白，我跟她没关系了？"

他们争执的时候并没有看见，石黛的风筝摇摇晃晃地融进了透明穹顶，风筝的署名是"黛"。

黛？并无多出的三笔。

少年时的石黛对石墨说："如果有一天，我也成了百工族，可以在作品上刻上我的名字，我会刻这个字——"石黛用树枝在沙地上写了"黛"下面加了"土"，"这样，就算我们分开了，我俩的名字也会一直在一起。"

石黛从白玉台来，海云在等着她，将一个小盒子交到石黛的手上，那里面，是一个冰雕刻成的坠子，一朵云的形状，透着淡淡的蓝光，轻盈地弯曲着，似乎随时能随风飘散。石黛刚要拿出来，被海云压住了手："这盒子夹层里有万年冰，可以保住冰雕不化。"

"手心的温度，会让它变成水……"

"每一滴水的归宿，都在大海。我父亲说，当海想自由时，会变成云。"

"我会一直带着它，无论我走到哪里。"

"珍重。"海云对石黛说。

不知是第几次，海云从石黛的眼里读出了寂寞。

第一次，阿达在石墨的脸上读出寂寞。

阿达走上前，给了石墨一个拥抱。

两个世界，四个人。石黛与石墨同时说："能够忘记的人，才是自由的。"

记忆，如断线的风筝，飘飘荡荡，走出了你的视角，却会停在另一个人的心里。

阿达的百工小课：风筝制作

春光明媚的时候，阿达爱跟家人朋友们一起踏青；在青山绿水间放风筝，是最大的享受。风筝，南方称之"鹞子"，北方称之"纸鸢"，故又有"南鹞北鸢"之说。在竹篾做成的骨架上糊上纸或绢，拉着系在上面的长线，趁着风势可以放上天空。关于风筝的起源，流传着许多故事，春秋战国时，大思想家墨子用木头做了鸟，传说这是风筝的雏形；鲁班手中的风筝，用的不是木头，而是竹片。到了东汉时期，蔡伦改进造纸术之后，纸才成为风筝的主要材料。制作风筝要经过扎、糊、绘、放四大步骤。历朝历代的人们都爱放风筝，清代高鼎的《村居》写道："草长莺飞二月天，拂堤杨柳醉春烟。儿童散学归来早，忙趁东风放纸鸢。"等一个晴天，跟阿达一起去放风筝吧。

18

孤独

BAIGONGLING

偶然得知的真相

那是一个极为平常的午后。宫仙延续着惯例，偷偷摸摸进了天一阁，在熟睡的涂坦旁边找吃的，果然在枕头边上摸到了一盒糕点。这时楼上突然哐当一声，吓得宫仙连食物都掉了。

宫仙上了楼，看见石黛常坐的位置上有个人，在翻书、找书、归纳物品。

宫仙想也没想便问道："石黛？绒绒说你昨天出发去西宛国了，还没走吗？"

那人从椅子上站起来往楼道口张望，不好意思地挠挠头："是我。"

原来是海云。

海云每天都来天一阁。即便石黛走了，他依然来，哪怕，就在这窗前坐坐。

从前，石黛爱坐在天一阁的窗前与阿达聊天，因为这里高，所以百工堂的大半都能看得见。石黛说，大家都知道，在百工堂的各个角落都能看见百工坛，便如精神与文化的象征，我们都生活在百工坛的评判之下。阿达说，如果是这样，那在百工堂的每个角落也能见到天一阁，是不是意味着天一阁也有同样的象征意义呢？石黛吃惊，原来是这样吗？也只有常常迷路却从不慌张的阿达，才能发现这点了。

阿达说，妈妈曾经说，百工族是靠着作品永生的，而作品的源头是先墟，这是我们的根。而先墟的古物必须经过天一阁的整理，才能被世人所知晓和学习，或许那就是天一阁的意义吧。听了阿达这样说，石黛便更爱待在天一阁里，好像在这里可以更靠近百工族的核心，常常一坐便是深夜，苦苦找着羁绊。找到之后，又继续苦苦找寻精进的方法。

如今，石黛离开了，阿达被忘记了。这一刻，坐在这位置上的两人，是海云和宫仙。

宫仙递给海云一颗糖，就像大人们互相斟上酒："心里觉得苦的时候，吃颗糖就好了。"

海云接过来，放进嘴里，确实很甜："你才五岁，为什么会觉得苦？"

"是人就会有苦的时候，小孩子不是人吗？"

海云点头："有道理。"

宫仙："孺子可教。"

"你说话的口气简直像我妈妈。"海云突然想起来宫仙的父母不在，有些不忍，"对不起。"

"没事，我没有妈妈，你没有爷爷。我们一样的。"宫仙好像毫不在意。

"如此说来，我好像从来没听过你爸妈的故事。"

"那你可得听听，我爷爷说这是最美好的爱情故事！"在这百工堂里很少有人和宫仙聊天，更何况是主动对他的事情感兴趣，宫仙来劲儿了，"我爷爷说，曾经有很多很多的女孩子喜欢我爹，我爹呢？只喜欢他自己。他也有资格只喜欢他自己，因为他是百工堂里最特别的存在。他会操纵一种谁都无法控制的芽灵，就他一人会。很快我爹发现，有一个女孩子根本看都不看他，那就是我妈妈。我妈妈是个非常努力的学徒，而且还很有天赋，一不小心就学会了所有派系的禀赋。她正要毕业离开、大展宏图的时候，我爹说了——不，你不能走，你离开了就会有危险……"

宫仙一个人自顾自说话，完全没有看见海云含着糖的脸上从困惑到震惊。

一个小时后——

"……于是他们携手浪迹天涯，成为百工族的传说……"几乎一字不漏地复述完了宫仙的故事，海云看着面前低着头的涂坦。而涂坦像个做错了事情不敢抬头看西席的小孩。

"一种谁都无法操纵的芽灵，一不小心就学会了所有派系的禀赋……涂坦爷爷，宫仙说的不就是我爸妈吗？"

涂坦抬头刚要说话，就听见海云继续问："难道宫仙是我的弟弟？"

涂坦连忙摇手："不是不是！"

海云抚了抚心口："那到底是为什么？"

"我拿你父母的故事哄他的……"

"那宫仙的父母呢？"

涂坦万分犹豫着，不知该不该说，凑近海云，小声说："千万别告诉别人，尤其是宫仙。他无父无母，是被我捡来的孩子。"

在他们俩都没有看到的角落，偷偷跟随海云而来的宫仙把一切都听得清清楚楚，嘴里的糖一下掉落在地上。

一个孩子的寂寞

第二天早晨，乌云如墨水一般，染了整片天空，一场大雨眼看就要来了。

石岐懒洋洋地走到天一阁外，对着窗口喊："宫仙西席，上课了！这次上课保证有糖吃！"

涂坦走出来，手上拿着一堆糕点，眼睛里写满了伤心和焦急："他不在家，不知道去了哪里，昨天一夜都没回来。"

雨果然来了，似万座虚化了的山峰迎面扑来。石岐与涂坦便在这样的雨里顶着油纸伞，四处喊着宫仙的名字。陆续地，玉琪、暮蕊、叶渚与绯都加入了他们。

绒绒撑着伞，踏着水没过她脚踝的湖中堤，深一脚、浅一脚，来到西岛，在曾经两人做笔的小河边，见到一棵巨大的金棕色的金属树。这树前一天还完全不存在，像是将自己从土里拔出来一样，依然在不断升高，一直升到云里。雨水顺着树干浇下来，似一道从天而降的瀑布。

自从跨了金属系，她跟着宫仙学了不少金属知识，认出来这树的材质是青铜。

"你听好了，青铜是冶铸史上最早的合金，强度高、熔点低，非常方便铸造。刚加工好的青铜带金棕色，生锈了以后才是青色。"

宫仙教她这些的时候，是真正的西席，哪怕他只有五岁。他说："你看，创作者与欣赏者看见的是完全不一样的东西呢。"

做青铜器须用范铸法，请土石系的人一起合作，用陶土混了烧土粉、炭末、草料等材料做成"范"，再将熔化的铜液灌注进去。铜液凝固冷却后还要经过锤击、锯锉、錾凿及打磨，除去多余的铜块、毛刺、飞边，只有这样才算制造完毕。所以，做一个青铜器，土石系与金属系的工作同等重要，单靠一个人是无法完成的。

这金光四射的青铜树，没有用到"范"就能自然地拔地而起，除了宫仙，没有人能做到。

"宫仙，你在上面吗？"绒绒抬着头大声喊，不顾雨水打在她的脸上，也不顾雨声淹没了她的声音。这样连着喊了很多遍，都没有听到回答。正要失望地离去，绒绒突然发现树停止了往上生长，远远看去好像有一团绿光从树的高处飞了下来，越来越近。原来是达之灵，对着绒绒示意了一下上方。

"我就知道这是宫仙弄的！我去告诉涂坦爷爷我找到宫仙了！"

这次，仙之灵也飞下来了，带着一幅精美的卷轴给她，刚打开就被雨水打糊了，只能依稀认出上面歪歪扭扭写着："不午去！"

绒绒想：应该是"不许去"吧。宫仙毕竟才五岁，哪怕是个天才，但字还是不太会写。绒绒不顾已经哑了的嗓子，抬起头来用尽力气喊道："宫仙！你爷爷很担心你呀！"

又一幅字飘来："他不是！"

"不是什么？"

"不是我爷爷……"宫仙的声音连同雨滴一起落下来，绒绒感觉到了雨水的冰凉。她愣住了，难道宫仙和涂坦爷爷吵架了？可涂坦爷爷什么都没说啊！她摇了摇青铜树，青铜树岿然不动，于是她开始顺着树往上爬。雨里的青铜树很滑，几次三番，绒绒上去没两步，又滑下来，衣服都湿了。可绒绒满心想的都是：宫仙可真厉害，怎么能做这么高的青铜树！更厉害的是，他是怎么爬上去的？绒绒想着，已经不知不觉爬了一段，往下看了一眼，就吓得腿直打战——其实只上了一米还不到——三只百工灵都很担心，围绕在绒绒周围，不断"唧唧唧"，像是在担心她。

"我是怕高，但我不能留他一个人在上面，太危险了。"说着，绒绒依旧努力往上爬，虽然每次都是上两步就会掉下来一点儿。

三只百工灵在云上飞来飞去，像是传递着消息。不一会儿，从云端落下了一根银丝，绑住了绒绒的腰，瞬间把她拉了上去，绒绒吓得紧紧闭上了眼睛。

身上暖暖的，不再有雨落下了。

"你可以睁开眼睛的。"这是宫仙的声音。

绒绒于是试探着张开一只眼，发现层层乌云在她的脚下，但面前是晴空万里。

绒绒惊喜道："宫仙，你是怎么把狂风暴雨变没了的？"

"只要爬得够高，到了乌云上面，就是晴天了。"

绒绒整个人都在发颤："高……那……我们现在……有多高？"

"你那么怕高，干吗非要上来？"

"我担心你。"宫仙和绒绒并肩坐在青铜大枝丫上。绒绒接着说："涂坦爷爷更担心你。"

宫仙紧闭着唇，不说话。

绒绒从口袋里掏出一根糖葫芦给宫仙，但他轻轻摇了摇头。

"连这个都不想吃了吗？你一定很难过。"

宫仙指了指身旁的达之灵："她教我穿过乌云看到阳光就好了，可我还是觉得好冷啊。"

达之灵心虚地藏到绒绒身后。

绒绒念起了法诀："上神有灵，百工有心。曲成万物，协创此形。"

绒之灵飞起来，编织了一条宽大的围巾，包裹住了宫仙小小的身子，只露出他半张脸。他俩身后，达之灵和绒之灵坐在仙之灵的两侧，温暖着他。

绒绒说："我小时候……"

"你现在也没多大。"

"我比你大。"

宫仙不出声了。

"小时候，我妈妈有时候需要去山那边放羊驼。我想妈妈的时候，就会织围巾，围巾编好了，我就想着这条围巾能带着我的思念温暖妈妈了。石黛姐姐走的时候，我也织了一条围巾给她，这样我心里好像就没那么难过了。"

"难怪你屋子里到处都是围巾和铃铛。你做铃铛是为什么？"

"现在我会驱使金属芽灵了，高兴的时候就喜欢做铃铛，丁零零，响起来好热闹；难过的时候才会织围巾。你要不也试试做点儿什么？把这些难过的情绪，都放进作品里，可能就不会那么难过了。"

将情绪放进作品里？宫仙从未想过这个。

宫仙闭起眼睛，沉入一片黑暗，脑中萦绕着涂坦对海云说的那句话："这些年，我一直骗他我是他的亲爷爷……"

听到这一句的时候，原本甜蜜的糖果都变得苦涩难以下咽，一直以来包裹他的寂寞变得更加厚重，压得他喘不过气来。

"为什么？！"宫仙用尽了全身的力气喊起来，发泄着他的伤心和愤怒，还没等绒绒反应过来，仙之灵突然发出万丈光芒，冲破了云层，似闪电，击穿了百工堂各个角落。

琼月坊里，绯正在绞丝，只见一道金光刺来，绯的丝线、身边的木架子，还有她手上的绣品，都被吸引了过去。绯大惊失色，追着绣品一直跑到湖边。

原来丢了材料的，远不止绯。顺着绣品飞去的方向看过去，天上还有金、土、竹、藤，各种材料和工艺半成品，甚至还有各种色粉、丝线。玉琪用身体压住一块难得的玉石；子明一手将古琴护在怀里，另一只手用金线绑在房柱上；佐肆肆死死拉住自己的机械象，将它钉在粗大的树根上。

百工堂的人们，都跑了出来，围在湖边，看着光聚拢的方向——西岛上空。

"这到底是怎么回事？"佑山长自然也来了，见叶渚做了一张巨大的铁丝网，将能网住的材料从狂风中打捞下来，但这样的努力，只是杯水车薪。

一个用各种材料做成的大球被投出了西岛，砸在湖边。球散了，中间出现了晕倒的绒绒。绯连忙上前，还好绒绒身上裹着柔软的羊毛大围巾，没有受伤。绯抱着绒绒，只听见她的梦呓："停下，宫仙，快停下。"

"是宫仙？"

宫仙站在青铜树顶，所有被吸住的材料和物品都聚集过来，仙之灵将它们聚拢，又狂躁地撕裂，其中的芽灵溢出来，形成一股巨大的龙卷风。而宫仙所在的风眼处，反而格外平静。

宫仙的眼神空洞，并没有意识到自己的伤心引发的灾难。

石岐扶着涂坦站在天一阁门口。老人家望着这风暴，想到第一次见到宫仙的那个夜晚，也是风雨交加。年近七十的他路过先墟海边，看见海面上漂来一个光影，靠近了，发现竟然是个熟睡的小婴儿。涂坦连忙跑进海里，将婴儿抱起来，完全不顾海水刺骨的冰冷。"你的爸爸妈妈呢？"涂坦问，没有人回答他。婴儿睁开眼睛，对着涂坦笑了。

那一刹那，云销雨霁，明月当空。

涂坦眼前出现了异象：所有的芽灵，不仅是他日常所能见的土石，且有绿色的草木、泛着光泽的金属，还有跳动着生命痕迹的特殊系，都在月下轻舞。那平时只是光点的芽灵，此刻都好像有了生命，轻吻孩子的脸颊。一只小小的百工灵出现了。小婴儿挥挥手，芽灵们聚拢过来，织出了精致无比的包被，金丝穿着珍珠，垫着最柔软的锦绣，裹住这个孩子。包被一角用珠贝缀连出了"宫仙"的名字。

"宫仙？你叫宫仙啊？真是个不平凡的孩子呀。在找到你爸爸妈妈之前，你就当我是你的爷爷吧！"

无论你的父母是谁，我就是你的爷爷啊！涂坦望着风暴的中心——西岛，但他此刻什么都做不了。

神官海逝舟来到岸边和奕夫人、佑山长会合："我用了分水法，试着从西岛底部进去，但是不行，有很特殊的结界。"

佑山长难得焦躁："连你都不行……"

绒绒此时已经清醒过来，流着眼泪说："都怪我，是我让他试着发泄情绪。"

绯安慰道:"估计连宫仙自己都没想到他有如此毁灭性的能力。"

奕夫人看着西岛的方向："这……是全系真正的力量吗？"

西岛的上空，飞沙走石，乌云密布，仿若世界末日。

消失之后

此刻的役界，一片黑暗。

"石墨，你还在那儿吗？"

"在。"

"我握到的是你的手吗？"

"是。"

阿达安心地舒了一口气："我还从来没见过役界的黑夜。"

"这不是黑夜，每次有新的人来都会这样。"

"我来的时候，也是这样？"

"是。不过，一般几秒钟就恢复了。这次的时间，特别长。"

阿达紧紧闭上眼睛，试着联系百工世界，但什么也看不到。

她凭借百工灵的眼睛去看那个世界的最后一个画面，是宫仙的一滴泪，落在了达之灵身上，接着世界聚成一颗被遗落的星，坠落在最深的梦里。

"我的百工灵，好像消失了。"石墨一直告诉她,这一天会来的;阿达知道，但经历了，才明白那"知道"太浅显，她像是与自己的百工灵一起落在了那梦里，看似柔软，却一碰就不见了。

伤心？茫然？愤恨？悲哀？阿达不知自己是什么感受，这些好像都不是，又好像都有。不是第一次失去自己的百工灵了，但是这一次与上次相比，有着更深的悲哀。

役界恢复了光明，阿达一阵恍惚，面前的大漠、泡泡，眼前所有便是她唯一的世界了。

还有石墨……

"她只是睡去了，在帮我们做着梦。"自从认识石墨，少见他如此温柔。

"我还没告诉黛黛，我找到你了……"阿达哭了。

石墨的双臂环住她，因为他明白，在无边的孤寂中，阿达唯一需要的，便是同类给予的温暖。

这时，一个很大很大的黑色泡泡，从空中飘下来，从他们身边经过。因为离得近，阿达才发现黑色泡泡也是透明的——

"宫仙！"

阿达直觉想要伸手，但被石墨阻止了："不能靠近黑色泡泡！"

"可是那是宫仙……"

"不可以！"

阿达就这样眼睁睁看着载着宫仙的泡泡飘向了未知的远方。

"它会带着宫仙去哪里？"阿达问。

石墨面色凝重，沉默不语。

阿达看向宫仙消失的地方，沙上落下了一些泡沫一样的东西，再往前看，前方也有些闪亮，跟着这些痕迹应该就能找到泡泡的去向。她下了决心："不管去哪里，我都要去找他！"

"什么？"

"我要去找宫仙，我要带他一起回家。"

阿达坚定地循着沙上的痕迹往前走去，被石墨拦住："你不可能带他回去。"

"为什么？"

"黑色泡泡去的地方，叫'除错区'。"

百工世界的湖面已经恢复了风平浪静，好像什么都未曾发生过，只是这一次，所有人都预感到好像什么灾难要来临了……

阿达的百工小课：青铜器铸造工艺

青铜器在古时被称为"金"或者"吉金"，是用红铜与锡、铅等制成的合金，刚刚铸造好的青铜器是金色的，但是因为时间的流逝，产生锈蚀后就变成青绿色了。

青铜器主要的铸造方法为范铸法和石蜡法，用的就是泥膜和蜡膜。其中范铸法是应用最广的青铜器铸造法，又称"块范法"。首先，在制作好的泥膜外面裹上一层泥土，反复压印后形成铸件外廓的铸型，这称为"外范"。再用泥土制造一个与容器内腔相当的"内范"。这样内外范套合，在中间的空隙注入青铜溶液，待溶液冷却后即可打碎内外范取出铜器。

石蜡法诞生得比较晚，此法前期准备工作和范铸法差不多，但是要在蜡模外表面烧一层泥膜，形成泥壳后涂上耐火材料，使之硬化即做成外范。在进行铜液浇灌之前，先烘烤此模，使蜡油熔化流出，从而形成空腔，再趁空腔处于高温状态时快速浇铸铜液。这样铸得的器物无范痕，可用于铸造高精度的青铜器。

19

寻找

BAIGONGLING

灾难之后

当人们生活在平静之中，便容易有"我们掌握着一切"的幻觉；突如其来的灾难，总会毫不留情地将幻觉打破。

便如此刻，虽然百工堂的湖面风平浪静一如往昔，但往日热闹的西岛上，如今一片狼藉，毫无生机，提醒着人们，突发的灾难看似过去，但未来已经不再清晰。

暮蕊惴惴不安，想上岛却又不敢。玉琪拉来一艘小船："一起去吧，人多能壮胆。"暮蕊随着上船，依旧脸色苍白。

"从没见过你这样紧张。"

"你认识我的日子，还是太短了。"

很多人都来了，船已经不够用。水面还挺高，湖中堤上的水没过了脚踝。玉琪一眼瞥见石岐在堤上，踏着水往西岛跑去。

海家父子作为神官，首先进去细致查看，排除危险才放人上岛。佑山长与奕夫人早已到了，与海家父子一起，低声在商量着什么。

暮蕊跳下船，一路小跑到了奕夫人身边，着急地问："怎么样？"

奕夫人答道："现在唯一可以确定的，是宫仙并不在里面。"

"宫仙……真的失踪了？"

佑山长点头回应。

暮蕊心里只装着这一个事实：宫仙失踪了，在百工堂里，在众人眼前……

海云担心地看着岛上一地的垃圾："如果不是我非要追问，宫仙也不会知道真相……"

佑山长拍了拍海云的肩："既然是真相，他迟早要知道的。放心，我定会查清楚这件事情，务必把他们带回来。"

奕夫人贴近暮蕊，拉了拉她的手，小声说了什么，暮蕊脸色一变，转身就走。玉琪想追过去问个清楚，但又犹豫，这些日子，感觉暮蕊藏着一个并不想让自己知道的秘密。这时石岐也上了岛，随手翻检着西岛上一地的残骸说道："宫仙不是第一个失踪的人。"

玉琪接话："最少还有两个。"

"两个？我只记得石黛说起她弟弟。"

"你真的不记得……"

"不记得什么？"

玉琪欲言又止，换了个话题："失踪者的共同点是什么呢？"

石岐这次没有回答，他想到那个看不清脸的雕塑，与心里的空洞，他忘掉了谁？这时他听见绒绒怯生生地问："宫仙找到了吗？他还好吗？"

绒绒身后是涂坦。

绒绒带着石岐、玉琪和涂坦，回到那棵宫仙做的青铜树旁。大树依旧高耸入云，已经生出了红斑绿锈，在金色的树干上，如花如叶，走近了细看，又显出腐朽的斑斓。再过多少年，才能成为人们熟悉的青色的模样。

绒绒还在懊悔："我怎么也想不到，他会有那么大的能量。"

涂坦反而笑着安慰绒绒："孩子，这不是你的错，你就算知道，也没办法制止。他倔得很，也淘气得很。一岁的时候，还不会说话呢，不让他做什么，他就非要做什么。"

这是只有涂坦才知道的宫仙。还是婴儿的宫仙第一次看见蒺藜果儿，觉得那两根尖刺很有趣，就在椅子上变了些铁蒺藜，涂坦一坐下就被扎得跳起来。涂坦说："不许，不许！"但是哪里有用处？天一阁各处落满了长数寸的铁制尖刺，费了大家多少力气去收拾，而小小的宫仙只知道笑。

涂坦又说："后来长大了点儿，我不给他吃糖，他会生气，就喜欢来这里，这里他埋了好多自己的宝贝，还以为我不知道。他造了个瓷罐子，什么不起眼的木棍和小石子都放进去，然后埋在地下——他到底还是个孩子。"

绒绒接话："百工堂容下了他的禀赋，却没有人真的在乎他是个怎样的人。"

"五岁以前，百工堂没有他的同龄人，所以他一直很想长大，好像成了大人就一定会有很多朋友，就不会感到寂寞。"

绒绒走到一棵梧桐边上，发现上面刻着一道道的痕迹，标着"宫仙两岁，宫仙三岁，宫仙四岁……"这些标记已经随着树长高了。树长得比宫仙快，所以两岁的标记反而在三岁的上面，四岁在最下面。宫仙也毫不在意，依然刻下了每一年的印记。

"爷爷对不起，都怪我……"绒绒这些天好像只会说这一句话似的。

涂坦弯下腰："孩子，等找到宫仙，你要继续和他一起玩啊！"

绒绒点点头："如果黛黛姐姐在就好了，她找弟弟那么久，一定很有经验。但是，她找了那么久，也没有找到……我们真的能找到宫仙吗？"

玉琪与石岐同时坚定地点了点头。大家为了安慰绒绒，都没有说出真相。

绒绒这几句无心的话，提醒了玉琪，如果石黛的弟弟和宫仙一样，那么，阿达也可能是。都是无故消失之人，为什么呢？

石岐说："石黛走之前一直都在天一阁，我去看看有什么跟她弟弟相关的线索。"

玉琪说："那我……去别的地方找找。"

石岐突然叫住要走的玉琪："我是不是……忘记了一个重要的人？"

"你迟早会想起来的。"

灾难的源头

百工堂里的人，也会忘记宫仙吗？包括涂坦爷爷吗？阿达和石墨在役界的一片荒芜里走着，她忍不住开始为宫仙担心，自己受过的苦，不想那个可怜的孩子也受一遍；越担心，脚下的步子就越快，不知不觉，越过了石墨。

"喂，就算找到了他，我们又能做什么？"石墨在她身后喊。

"我还没想过。"阿达不禁为自己的莽撞感到有些抱歉，"是我要去找他的，你不必冒险跟来。"

石墨追上阿达，认真地看着她："我刚来役界的时候，遇到过另一个人。那是个一脸大胡子的大哥，左脸颊还有一道伤疤。"

石墨还记得他对着一脸胆怯的自己笑着伸出友好的双手。

"我以为，这里只有我们！他也是被黑色泡泡带进来的？"阿达的语气，在石墨听来，仍是一派轻松。

"是的。"

"我不懂，黑色泡泡送我们进来，把我们放在荒漠上；但送宫仙进来，就一路送他去了远方。这是为什么？"

"其实是反过来的，大多数人会被一直送走，如果在路上，黑色泡泡和粉蓝色泡泡不小心撞在一起，被装在黑色泡泡里的我们就会掉下来。而役界会有空心的黑色泡泡来把我们重新带走。"

"所以我们才要一直躲？黑色泡泡到底是什么？"

石墨忍不住叫起来："你还没有懂吗？黑色的泡泡运送的是次品，我、你、宫仙——我们都是次品！"

次品？阿达想起在光之拱门里，经历的一片黑暗，无尽疑虑蔓延，诸灵悄然泯灭，那是奉上"残品"之后的惩罚。

"就像一个被定为残的作品？"

"是，每一样次品，包括我们，迟早都会被送去除错区！"

是的，除错，他们都是错误。石墨回想起他最后一次见到胡子大哥的场景，他被一个黑色泡泡吸走、拼命挣扎，嘴里喃喃说着："如果毛毛虫不想变成蝴蝶呢？"

石墨的神色黯淡下来："现在只有我们了。"

阿达愣住了。

"役界，比你以为的还要凶险。"

"人怎么能是次品呢……石墨，你不要相信这些！"

"你真的到现在都不知道我们为什么被带来役界？"石墨轻轻扬眉。

读贤街的又一个午后。孩子们大多在睡午觉，街上静悄悄。

阿达妈妈在房前晒被子。竹条打在被子上，扬起一个个细小的尘埃，在太阳底下跳舞。

玉琪走过来："这锦被工艺上乘，不是普通之物啊。"

"哟，您的眼光真好，一看就认出来了。可能是百工堂流出的物件，我也不知道怎么就到我手上了。"阿达妈妈看见玉琪肩上的百工灵，"这是百工灵吗？"阿达妈妈好奇地拍了拍琪之灵，又一点儿也不客气地抱在怀里拽了拽脸，就跟阿达最初看见岐之灵的时候一样。

玉琪无奈又好笑地将百工灵收回来。

阿达妈妈问："你是百工堂的人？"

"是的，跟阿达一样。"

"阿达？阿达是谁？"

玉琪摇摇头，想：没有了记忆，名字便毫无意义啊。

起风了，阿达妈妈扶了扶差点儿被吹倒的晾衣架。

"看你赶了很多路的样子，喝口水，尝尝我家的梅花糕吧。"阿达妈妈转身去厨房。

玉琪走进屋后竹林。春深了，这里已是凤尾森森，自成了一个小天地，以绿荫与外界隔离。竹林深处一声响动，好像是风吹落了什么，玉琪走过去，弯下腰，拾起来，见是一盏坏了的灯笼，角落里有个熟悉的署名。

与此同时，天一阁里，石岐来到石黛的位置，发现海云正坐在那里。他似乎已经知道石岐是为何而来："石黛曾说，石墨其实不想来百工堂，是她逼着来的；所以她来这里，是为了带石墨回家。其实她不知道，石墨早就离开这里了。"

"离开？"

"我也是最近刚知道，是石墨主动离开的百工堂。"

"你告诉石黛了吗？"

海云摇摇头："石黛对石墨的记忆越来越模糊，她离开的时候，已经把他完全忘记了。"

"所以你也没有提醒她？"

"渐渐忘了石墨之后，她专注研究化物，越来越快乐。我既然不能帮助她找到石墨，为什么要让她回到那种思念的痛苦中？"

两人的视线，都落在了不远处躺在榻上的涂坦身上。涂坦醒着的时候，可以笑着安慰绒绒，睡着的时候却一直在喃喃呼唤："孩子……孩子……"

海云说："虽然我也知道，痛苦不是真的不见了，只是隐去了，像铺在日常下面的陷阱，一不小心踩上去、跌进去，就会受伤。"海云从袖笼里拿出了那个石黛曾经精心保管的小盒子，递给石岐。

入夜以后的琼月坊，难得没有什么人。绯安坐在桌边，玉琪和石岐分站两旁，桌上是石墨做的盒子，和阿达做的灯笼。

绯首先拿起那灯笼："这是去年中秋阿达做的。"

"直到天头天尽处，不曾私照一人家。"石岐突然念叨。

"对！阿达当时念的也是这首！你想起来了？"

"我……"这些日子，好多记忆碎片似乎都与那个叫"阿达"的女孩子有关，但，他还是没有想起她来。

玉琪好像发现了一个不得了的事情，他拿起石墨留下的那个盒子："这是石墨一个人做的吗？"

石岐点头："我也有这个疑问。涂坦爷爷说肯定是石墨一个人做的。但不知道能不能信他，毕竟他一会儿记得，一会儿又记不大清了。"

绯指着盒子上的署名说："这个签名，黛黛以前提到过，是她与石墨约定的署名，兼具了姐弟两人的名字。但这个盒子做成时黛黛还没来百工堂，那必定就是石墨一个人做的了。但这有什么问题吗？"

玉琪拿起阿达做的灯笼，问："这个灯笼也是阿达一个人做的吗？"

"这个一定是的，我记得，就在中秋那天晚上。这是她做的最后一盏灯。"

玉琪和石岐互相交换了一个恍然的眼神。

绯不懂："到底是什么？"

石岐把盒子递给她，绯打开了，只是个普通的木盒，盖子上镶嵌了芜菁翅膀的碎片。

石岐拿过盒子，盒底原来还有机关，向右拧，盒底也能打开，里面是个圆盘，外围几圈圆格上，密密麻麻地标注了方位、节气、星宿，中间一个小圆盘，一根刺针细如发，指着南边。

绯端详着这个看似不起眼的小盒子："这是罗盘？他一个人做的？"

"是啊，没想到石墨仅凭一个人的能力，就做了一个罗盘。"石岐赞叹道。

如此精致的罗盘，用重阳木做盒体，用天然陨石磁化钢针，用上等徽墨书写盘面，这样复杂的程序和材质，只有全系才能做得了。

玉琪又拿起了灯笼："我记得阿达是草木系的。"

"是……她当然是……竹编都做不好的阿达……但是在那个晚上，她的百工灵重新出现了，她一人点亮了整条读贤街，然后……"然后她如月华一般消失在夜里，以及人们的记忆里。每忆及此，绯都有钻心之痛，无法诉诸言语。

"难怪，这灯笼的工艺也用了不同派系的芽灵。"

"也就是说，现在我们知道失踪的宫仙、石墨和阿达之间，最明显的共同点是——"

"他们都超越了派系的束缚。"

绯的脸色突然苍白。

"我们虽有了跨系的能力，但跨系是不被允许的！"石墨解释。

阿达立刻想到了朋友们："那绯和绒绒呢？子明呢？她们也会被送到这里来吗？"

阿达为此惊慌无比，石墨紧紧握住了她的手，他的温度如丝线穿过细针，缝合了阿达几乎被撕裂的心口，帮她找回了呼吸。

"我能跨系？"平复下来，阿达才想起那夜中秋，达之灵在读贤街上飞过，好像魔法一般，让整条街都挂满了灯笼，还有她最后的作品——砯石灯彩！记忆是个有趣的东西，不去想就仿佛不存在。此时石墨提醒，她才想起来为自己骄傲："我能跨系！连砯石灯彩都能做！这么说，我很厉害呀！"

石墨被她这句话引得哭笑不得："现在还顾得上想这个……我们都挺厉害的吧。"

"我们可不是次品！"

"只是对于百工坛和役界来说，我们拥有了不应该拥有的能力，所以才被送来这里，这么轻易地就被决定了命运。"

"百工坛除了评判作品，还评判人吗？"阿达问道。

"对人的评判，总是建立在一个秩序之上。这可能并不是百工族的选择，一定有一股更大的力量在控制着一切。"

阿达发现，石墨初看上去既胆怯，又无情，但日子久了，渐渐发现，他的无情源于深情，胆怯来自关怀。

百工世界里，也有人有着一样的关心："自从宫仙消失的那天起，阿达的百工灵也不见了。这说明，阿达完全消失了？消失是什么意思？"

"并不是每个跨系的人，都会失踪，比如奕夫人。"玉琪继续分析道。

绯突然想起："奕夫人跟我说过，在百工堂，我就是安全的。"

"这样说来，石墨和阿达是因为从百工堂退学……"

石岐问："但是，宫仙……"

"宫仙居然会在百工堂里消失，这说明敌人的黑手已经伸进来了？"

关心的人不止一组，佑山长家里，海家夫妇、佑山长、叶渚围桌而坐。

海逝舟左右看看，每个人都在看着他，于是着急了："别看着我啊，我刚才那句，是个问句！这，是不是说明黑手已经来了？是不是呀？"

佑山长回答："这里知道最多的就是你。"

海逝舟指指海之灵，接上佑山长的话："……是我的百工灵。

这只灵可是我祖宗,后辈问祖宗话,祖宗有几次是直接告诉答案的?"

此刻这只小祖宗正在佑山长的瓷器架子上钻来钻去,跟一只蝴蝶玩捉迷藏。

几个大人一起叹气。

"如果消失是全系人的宿命,我已经偷了这么多年的幸福了,我很知足。"奕夫人尚可微笑,"可这些孩子……我们只是专注了自身,难道这结果扰乱了谁定下的秩序?"

叶渚道:"根据我们的推测,最不希望全系存在的,就是百工长们了。"

海逝舟点头附和:"只有派系分明,他们的权力才能没有障碍地行使。"

佑山长道:"现在四个百工长里,有一个是我们的人。"

奕夫人恍然大悟:"所以,你们才千方百计帮助木辰寻找失传的漆器,帮助他成为百工长。他们的能力已经这么强大了吗?……总觉得百工长们没有那么厉害……

"而且他们为什么从前能容得了跨系的人在百工堂存在呢?现在又发生了什么变化,让他们容不下去了呢?"

佑山长看着窗外无尽的黑夜:"无论如何,真相大白的时候近在眼前了。宫仙的消失,或许就是个警告。就算我们不去找他们,他们也会来找我们的。"

叶渚问:"你觉得会在什么时候?"

"端午。"

当灾难突如其来的时候,带来的最大的痛苦,是恐惧,对未知的恐惧,会让你失去日常习惯的一切所拥有的最基本的信任。克服恐惧只有一个方法,那就是寻找灾难的源头,寻找努力挽救的方向。

　　"看来只好在事情变得更糟之前，找到出路。"阿达也不知道从哪里来的信心，她总是能在这种时候还保持着乐观。也只有乐观才能保持冷静，冷静了才可以思考。她问道："你说过黑色泡泡和粉蓝色泡泡去的是一个方向，如果黑色泡泡的任务是除错，那么粉蓝色泡泡去的是哪里呢？"

　　"这个，我不知道。"

　　阿达指了指天边如月一般，既遥远又随时能见到的光之拱门："泡泡从那里带着作品进来，经过透明穹顶除名，肯定不是为了摧毁。"

　　"所以虽然是跟除错区一个方向，但还有别的去处？"

　　"也许先墟古籍并没有骗我们，这个役界的存在，就是为了收集整理这些作品；也许真的可以通往万年之后？如果搞清楚泡泡的去向，最少能知道一点儿役界的机制。"

　　泡泡的去向吗？这么久以来，石墨一直忙着躲避黑色泡泡，确实不曾探究过粉蓝色泡泡的去向，可是，那一定是有危险的，如果九死一生才能知道答案，那知道了又怎样呢？

　　"我们现在虽然活着，但跟一粒沙有什么区别？往哪个方向走都是死路，今天与明天没有区别。这不是我想要的一辈子。我们在这里像盲人摸象，只有知道得更多一点儿，才有可能做出更主动的选择，说不定，能找到出路！"

　　有可能，说不定……阿达的话并没有提供一个更清晰的路径，但她眼中的光让石墨稍微燃起了一丝希望。

　　希望，本身就是一种力量。

"我们快走吧，要在宫仙被除去之前找到他。"

石墨腿很长，走得很快，阿达微笑着赶紧跟上他。

此时如果有一只鸟飞过，在它的眼里，这两人渺小如一粒沙，而他们所在的巨大紫色沙丘，隐隐约约形成了一个巨大的蝴蝶图案，两人正在蝴蝶的翅膀上往前走。

"我们应该画个地图，或是带个罗盘，如果遇见危险还能找到路跑回来。嗯，我们这是往西走吗？"阿达问。

"役界没有方位，只有来时与去向。"石墨回答。

阿达的百工小课：罗盘

罗盘是中国古代四大发明之一指南针的延续和发展，在天文、地理、军事、航海、房屋选址等工作上，都起着重要的作用。

制作一个罗盘通常需要五个步骤：首先选择特优的木材切成罗盘毛坯；然后将毛坯加工成圆形，刻出装磁针的圆孔；接着在上面画图和写字；再用桐油涂在罗盘上；最后安装磁针，这是最后也是最关键的工序，磁化钢针、测定磁针重心、装针，每一步都要小心精细才行。

罗盘记录了中国古代天文学、地理学、环境学、哲学、易学、建筑学等方面的文化信息，传承着磁性指南技术及相关技艺，为研究中国古代科技、社会、人居环境和古徽州的历史文化提供了很有价值的资料。

20

归途

BAIGONGLING

点蓝之法

无论百工堂里是什么季节，芽灵生发场的雪山顶上总是冬天，琼玉叠嶂千重，在夕阳里变为了金顶。

西宛国也有雪山，比这座更加高耸而壮丽，名为梦柯，山上有冰瀑布，好似银河倒挂。那是西宛的神山，只有在一年一度祭祀的时候才被允许上山。祭祀中有一项是为远行的人们祈福，祭文中有这样一句："欲涉长途，道路悬远；欲祈吉道，澄之心愿。"[1] 众人一路举着灯，在雪山上蜿蜒成龙。

佐肆肆骑着大象站在雪山顶上往西边看，回忆着那恢宏又梦幻的景象。

"看不见的。"暮蕊走到她身后。

佐肆肆没想到会有人来，受了惊，从象背上跌下来，跌进雪里：

---

1 摘自《远行文》，这是一篇敦煌文献，是行人远行前去寺院祈福的文章，是"愿文"的一种。大意是：因为要长途旅行，所以来寺里许下愿望，祈求神佛，请保佑一路顺利。

"你走路怎么连点儿声音都没有，像鬼一样，吓死我了。"

暮蕊凑近了她："我对你来说，可不就是鬼吗？"

佐肆肆却一点儿不怕，反而笑得天真："怎么可能呢？亲爱的侄孙女儿姐姐。"

"你来这里做什么？"

"都说这里是百工堂最高点，我来看看往西边能看多远。你来这里，又是做什么？"

"你明知道我问的不是这个。"

佐肆肆叹了一口气："你看见那个没有？"暮蕊顺着佐肆肆指的方向，只见不远处的雪地上，平放了一张很大的金属板。

"你把这里当成了你的工坊？"

佐肆肆换了副可怜兮兮的神情："一个交换生，在这人生地不熟的地方，唯一的亲人还不认，只能在这种鸟不拉屎的地方做工。我有什么办法？"

暮蕊皱着眉头，仔细看了看铜板和周围的材料金属丝，地上放着许多玻璃料做成的釉料，大吃一惊："你想做……景泰蓝？"

"掐丝珐琅。"佐肆肆的笑容里，居然有些欣慰，"这本来就是西宛国的技艺，可惜我们弄丢了，尤其是其中最重要的点蓝。我一直打听着，才知道这里原来有人会。"

"你是说，奕夫人？"

佐肆肆点点头。

"你来百工堂，是为了复原景泰蓝？"

佐肆肆深深地看了暮蕊一眼："从哪儿来，回哪儿去，不是天经地义的吗？"

暮蕊一凛："你想我怎么做？"

"帮我做白芨浆吧。"

"白芨浆？"

"听说泱华都用白芨浆做糨糊，暮蕊西席，请让我这个西宛国来的交换生开开眼吧。"

佐肆肆又开始避重就轻，但暮蕊反而放了心，也许她也不敢去面对那个所谓"重要"的问题。听了这建议，暮蕊也觉得技痒，佐肆肆早就找来了各种材料，于是蕊之灵点了白面、白芨面、白矾、黄蜡、石灰末、白芸香、明石、花椒汤等，在令人眼花缭乱的技法之下，迅速熬成了一罐极稠的白芨浆。

佐肆肆将手指伸进糨糊里："原来这种浆真的可以这么稠。"

说起手艺来，暮蕊可以滔滔不绝："泱华历来精于以药入浆。白芨这一味，做景泰蓝的糨糊还可惜了些，一入火就化了。若是用来裱糊，既可以增加黏稠度，又可以防虫防腐。"

暮蕊这边做着白芨浆，佐肆肆在那边指挥百工灵，将金线在白芨浆里浸了，又在铜板上粘贴出不同的格子来。两人没有说话，非常默契：佐肆肆的手指了一下，暮蕊的白芨浆就送到了她面前；肆之灵刚将金线粘上铜板，蕊之灵便擦干净了多余的糨糊。交流的手势和眼神，都是西宛人常用的习惯。暮蕊品味着这久违的感觉，蓦地生起一丝怀念。

在铜板上粘格子，这一步叫掐丝，之后便是点蓝和烧蓝。

肆之灵腾空而起，将几十种釉色依次点进金线隔出的小格子里，有个被蓝色包裹的格子里，有一滴红色就要滴了进去，暮蕊看见了，惊叫一声，赶紧遣了自己的百工灵将那滴红色釉料卷走。

佐肆肆笑了，肆之灵将一滴蓝色釉料甩过去，蕊之灵接过来，点在下面的格子里。不知不觉，两只百工灵一前一后、一上一下，合作无间。

佐肆肆脸上扬起笑容："看我们的合作，这才是血脉相连的默契呢。"

"亲人之间的相残更残酷。"暮蕊的笑容凝固了，语气冷过了这雪山上的雪。

佐肆肆看向暮蕊，急切地想解释什么："事情并不是你想象的……"

暮蕊避开了佐肆肆的眼光，打断了她的话："第一遍点蓝这就算完成了。"

"第一遍？这釉料已经高于金边了。"

"入火窑以后，釉料与金丝的热胀冷缩比例不同。一烧，颜色会低下去一些，再拿出来继续填色。填三遍、烧三遍，这颜色才能与边基本等高。"

"原来还有这样的窍门。你我既然学会了，回西宛复原点蓝指日可待。"

这次轮到暮蕊顾左右而言他了："泱华的景泰蓝作品通常是器物，不像我们的，平面为多。要烧制这么大的景泰蓝，百工堂没有合适的窑。"

虽然暮蕊没有直接回应佐肆肆的话，但佐肆肆听见暮蕊说"我们"，还是很欢喜："这里平时没什么人来，地方大得很，可以做新窑。"

"那需要土石系的学徒帮忙。"

"我要你来。"

"什么？"

"你当初名震西宛的作品，不就是一尊大理石雕像吗？方才与我一起点蓝，你还使用了金属系的颜料，不会没发现吧？反倒是你做白芨浆这样草木系的材料，如此熟练，让人惊讶呢。"

这些话，就像北风一般，刺进暮蕊心里，一点点冰冻了她的全身："你……果然知道？"

"我当然知道。当初你走的时候我确实还小……"佐肆肆继续逼近暮蕊，摸摸她的头，"那时候，你也这样摸着我的头，你说——这辈子，也许我们都不会再见了。"

深陷迷茫

暮蕊记得真切，十年前的西宛国，十三岁的自己，站在一扇珐琅彩屏风后面，花园里，一方小小的方形池塘，几排兵士明火执仗。掐丝珐琅屏风上的天马，在火光里闪烁。暮蕊的父母跪在地上央求。从暮蕊这里看过去，所有的人——兵士们、她的父母——都只是影子，一个锦衣华服的夫人高高站在台阶上，那是族长，也看不清脸。

那些人在她不能去的地方，决定着她的命运。

"求求您了，族长，她只有十三岁。"那是父亲的哀求。

"不要求她！"那是母亲的愤怒。

"全系之人，灾祸之源。"那是族长的断语。

那位高高在上的族长，不知为何，突然转过脸来，看向了屏风，好像一直看到了在屏风后藏着的暮蕊，与她的目光相接，暮蕊被吓得往后一退。

这时，有人拉了拉她的衣角，暮蕊低下头，是年幼的佐肆肆，刚刚高过了她的腰："侄孙女儿姐姐，原来你在这里啊。"接着大喊："妈妈，我找到她啦！"

暮蕊连忙将佐肆肆的嘴捂住，外面已经开始骚动。

兵士踢开屏风，只见小小的肆肆，独自乖巧地坐在地上。

那时候乖巧的肆肆，变成了今日如此张扬的姑娘。此刻，她的话里带着不可捉摸的情绪："我父母四处找你，没想到你来了这里。"

"他们怎么会想到一个十三岁的女孩子能活着穿越死海？"

如果不是被迫，暮蕊不愿再回忆起自己死里逃生的那段路。在干涸的土地上，四处是残骨，秃鹫时刻盯着落单的旅人。

佐肆肆问："百工堂怎么会收留你这个全系的异国人？"

暮蕊只记得自己奄奄一息的时候，一个人影站到了她面前，为她挡住了能杀死她的似火骄阳："奕夫人在先墟海边发现了我，佑山长留我在百工堂。"

"你以为躲在这里就安全了？"

"说吧，你想怎么样？"

佐肆肆突然笑了："已经结束了。"她的笑容里带着悲伤。

"什么意思？"

"族长——母亲大人，已经不在了。你再也不用躲了。"这时的佐肆肆不像一个少女，语气仿佛一个看遍了生死的老人，"西宛这些年的变故，看来你一无所知。"

暮蕊没有听懂佐肆肆话里的深意，继续追问："那宫仙，宫仙是怎么回事？"

"你真的以为我跟那个小毛孩的失踪有关系？"

暮蕊逼近佐肆肆："有还是没有，你当然比我更清楚。"

佐肆肆挥手驱动百工灵，肆之灵熟练地于路边一块不起眼的小石头上雕刻出了一朵玫瑰。

暮蕊瞪大了眼睛："你是金属系，怎么能召唤土石……"

"我现在能召唤的，有金属和土石的力量。如果宫仙是因为跨越派系才会消失，那么，我也躲不了。"

暮蕊的心，沉到了谷底："不是你做的，那是谁？"

深陷迷茫的，不只是她们。

阿达和石墨一前一后继续走着，不知什么时候开始，浓重的雾已降在他们周围，周围的一切都模糊了，只能看见脚下，望不见前路。

"你在这么大的雾里，也能知道方向吗？"

石墨答道："嗯。我从小就跟着姐姐走夜路收集贝壳。有些贝壳会发亮，只有晚上才能看到。姐姐说，如果有个方法，能把我的方向感带给别人，乡邻都能得益。"

"怪不得你能一个人在役界生存这么久，真厉害！"

石墨笑了："你才厉害，来了这种地方，还能整天笑嘻嘻的。"

"告诉你一个秘密。"

"嗯？"

"我只害怕一件事情，就是孤单。谢谢你，让我在这里也有了朋友。"阿达恳切地直视石墨的眼睛，她这才发现，原来从前并没有这样明确地感谢过石墨对她的支持。但她却不敢肯定石墨有没有听见她的话，因为他的眼睛，正紧紧盯着她身后。

在役界这么久，石墨已经形成了危险来临时候的直觉，那浓雾之中好像飘来了什么东西，让他后背发凉、毛骨悚然。当他能看见那危险的时候，一个巨大的黑色泡泡离阿达背后只有一臂的距离了。没有时间多想，石墨跨前一步，推开了阿达，自己却一个趔趄跌倒了。阿达还没回过神来，只见石墨已经跌进了泡泡里。

"你快逃！不要去除错区，毛毛虫会……"阿达听见石墨的喊声，最后几个字淹没在了浓雾中。

黑色的泡泡如幽灵般载着石墨逐渐远离，阿达顾不得石墨的警告，追着跑，但泡泡的速度远胜她的脚步，不一会儿，便隐匿在浓雾深处，消失得无影无踪。

阿达只觉得手脚冰凉、动弹不得，直到浓雾将她重重包裹。

是时候了……

黑夜的雪山上，佐肆肆和暮蕊并肩坐在一个巨大的火窑前，窑口迸出火星，落在她们身边的雪里，灭得无声又无息。

暮蕊看了看东方："快到日出时候了，差不多了。"

佐肆肆与暮蕊，一道开了窑。两只百工灵拉出了一个平面景泰蓝作品，竖起来，可见是一扇巨大的景泰蓝屏风。屏风上的画面精致异常，与十年前在西宛国的那个晚上，暮蕊与佐肆肆面前的那面一样，只是天马身上，多了累累伤痕。

佐肆肆将手伸向暮蕊，暮蕊略犹豫了一会儿，与她携手，两人一起转着圈儿，唱着："上神有灵，百工有心。曲成万物，协创此形。"两只百工灵同时将金粉撒向屏风，细碎的金粉飘在暗夜的空中，有如精灵，环绕着两个外表看不见伤、内心却千疮百孔的女孩。

磨光镀金，这是景泰蓝最后一道工序，终于完成了。

"你走了以后，他们着急追你，手忙脚乱之下竟然打坏了那扇屏风。"佐肆肆的手指划过天马的伤，"他们都忘了，这是西宛最后一扇掐丝珐琅屏风。而我，只能来泱华寻找点蓝的技艺了。"

"那天晚上，多谢你缠住了卫兵，我才能走得了。"

"我一直在后悔那晚让你走了。"

"什么意思？"

"母亲说，必须毁掉你的全系禀赋，才是保全你的方法。不然，你会被带去役界。"

"役界，是什么地方？"

"不知道，去了的人，没有能回来的。"

"他们……死了？"

"比死了更可怕。留在这里的人，哪怕是父母，也都会渐渐忘了他，就好像这个人从来没有在世界上存在过一样。"

暮蕊身上一阵哆嗦："我一直以为是族长……那么究竟是什么人，要把我们带去役界？"

佐肆肆摇摇头："没人知道。我怕……就因为我当初放走你，你就从此消失了。"佐肆肆抬起头，眼眶温湿，但舒了一口气，"但现在找到你了，真好。"

暮蕊忍不住走上前，揽住了佐肆肆的肩。

佐肆肆反抱住了暮蕊："侄孙女儿姐姐，不要再躲了，跟我回家吧。有什么危险，我们一起面对。我们是血脉相连的亲人呀！"

"是的，不该再躲了，是时候让大家知道我的故事了。"暮蕊悬着的心终于放下了。

琼月坊中，绯、玉琪和石岐又商议了一夜未睡，眼前却是越来越模糊的未来。

"如果我们对他们的记忆消失是一个节点，那么我现在想起她了，能不能把她带回来？多一个人想起她，是不是能多一分找回她的希望？"绯提议道。

为了让石岐想起阿达，绯和玉琪找来了所有和阿达有关的作品：风筝、竹夫人、竹哨子、竹纸，还有堆满了灰尘的灯笼……石岐对着这一桌子的作品，苦思冥想：阿达是谁？与自己有着怎样的联系？

石岐抬起头来，依旧双眸茫然。

绯失望地走了。玉琪拍拍石岐，上床睡觉去了。

石岐睡不着，倚着门站到了天亮。初升的太阳，照在雪山那面巨大的景泰蓝屏风上，射出更耀眼的橘色。

石岐恍惚间想起了一个似曾相识的画面，阳光落在水面，从玻璃盒子里折射出七彩光芒。玻璃盒子……对，有一个玻璃盒子，夹层中间隐约透着花草图案，化在那亮眼的橘色里。

她说："不许骂我蠢，不许说我笨，要听我的话，要给我打高分……"

她是——

石岐疯了一样地在宿舍里到处翻找，动作迅速而有力，仿佛那期待已久的答案就在触手可及之处。在这里，我记得，记得！

一只夹着花草纸的玻璃小盒子，静静地等在床底。

"阿达，阿达……这日出，与七夕那天我们一起见到的，一模一样。"石岐心里，那个空洞，好像有泉流汩汩涌出，先是注满了他心口，接着溢出来，溢满了他的世界，"阿达，我怎么能把你忘了……"

他并不知道，此刻的阿达，正在役界的浓雾里孤立无援。

阿达无力地跪在地上，眼泪一颗一颗流下来。

"我只是，想回去……"

"我一定，带你回来……"

阿达的百工小课：景泰蓝

　　景泰蓝也被叫作金属胎掐丝珐琅，是一种在金属器表面覆盖珐琅釉彩的方法。十三世纪由阿拉伯国家传入我国，在元明时期兴起，很快就发展成了一种流行的工艺。首先用金属做胎，可以是花瓶或食盒等各种形状，然后将金属扁丝掰成不同的形状花纹粘在胎上，开始点蓝。点蓝的釉彩成分多为石英、长石、硼砂和氟化物，质地细腻，经高温加热后，具有流动性。将釉彩点在金属丝形成的格子内，就能得到色彩丰富的图案。

　　上好釉彩的胎要在800℃以上的高温烧熔，烧制的过程中也要用同样的颜色反复填补，防止表面凹凸不平。待烧制完成后，便可以进行打磨清洗了，可以用沙石或者木炭进行打磨，把表面烧制留下的不平整处的蓝釉磨平，然后经过酸洗、去污、镀金，就可以完成完美的景泰蓝啦！

21
相通
BAIGONGLING

不同的愿望

关于暮蕊是西宛国人，而且还是全系的消息，很快就在百工堂里传遍了，大家都没想到这位西席的故事如此离奇。

玉琪没想到的是，和他如此熟悉的暮蕊，竟然瞒了他这么多。

他们的相识，是七年前的事情了。

那时候，石岐比玉琪先发现具有土石的禀赋，于是石岐先来到百工堂。那是出生以来第一次，兄弟二人被迫分离。玉琪很想念他，每天早上醒来第一件事都是向着百工坛的方向祈祷，希望自己也能早点儿去与石岐会合。不知是不是诚心感动了上苍，玉琪发现了玉禀赋。他的父母还骄傲地说："'琪'这个名字给你就对了。"

难得有玉禀赋之人来到百工堂，众人围着玉琪，赞叹与羡慕让他飘飘然，全然忘了身后的石岐。石岐原本一心盼着玉琪来百工堂跟他会合，没想到就算两人同住一个宿舍，也说不上一句话。早晨他醒来，玉琪已经出门了；中午还想着跟在家时候一样，能

293

吃到玉琪做的汤圆，可玉琪说他连吃饭的工夫都没有，更别说做饭了；到了晚上，石岐回到宿舍，想着总能跟玉琪好好叙旧了，玉琪也回来了，但跟着回来的是一群追着玉琪求印章的学徒，玉料到处都是，甚至摆在了石岐的桌子上。

于是等玉琪终于转身去找石岐的时候，石岐给他的，是陌生的冷笑与疏远。他俩说不清是因为观点不同才对立了，还是感情先对立了才有了观点的南辕北辙。

失去了石岐就像是失去了另一半的自己，玉琪站在人群之中，却心如孤鸟。于是他去了芽灵生发场，看似是去采石，其实他偏爱秋日肃杀的死寂，如他的心情。这时他遇见了暮蕊。她是枯林沼泽中盛开的曼陀罗，衣裙曳地，铺满她的影子。这个比他大不了几岁的女孩，有一双看透世事的苍老的眼睛。

她走近他，他能看见她眼中的自己。

"孤独，是一座秘密花园，只有你才可以享受它。"

他们形影不离了这些年，玉琪方才悟透，她名字"暮蕊"之由来，暮色降临时花瓣紧抱，蕊儿隐于其中，不让外界窥见。原来，她心中的创痛，始终默默滋养着她那隐秘的花园。

秘密被世人知晓的那一刻，她释然了。

玉琪来看暮蕊的时候，暮蕊正指挥着百工灵，在墙上贴着马赛克。脚下堆的到处都是材料。她一面做，一面哼着异国小调："现在你们都知道我是全系了，也就意味着我可以想做什么就做什么了。"玉琪从未见过她这样轻松与快乐，心头涌起一股莫名的柔情。如同初见她时的枯林，悄然生出了嫩绿的新芽。

暮蕊拉着玉琪来到拼画前："这是西宛国的风俗，家里有马赛克拼贴，可以获得好运。"

"你是怎么看见土石系芽灵的？"

"在我试着拼妈妈的马赛克人像的时候……"

"绒绒见到金属芽灵，是在打树花的时候。"

"肆肆也说过，为了学会景泰蓝的工艺，她自己搭窑，无意中发现了土石的禀赋，我一直以为是我们的血脉注定如此，但或许是因为意愿？"

"宫仙说过，他将所有材质的芽灵一视同仁，不受派系限制，所以，是不是只要有意愿……"

"这么简单吗？"

"这是个看似简单，突破却很困难的事情。我们自出生起就接受了派系的规则，如何认识他人、如何评价自己，都在派系的概念中。要突破这个概念，需要颠覆我们接受的所有知识和道理。颠覆之后呢？这绝不是一个简单的问题。"玉琪苦笑，"我何尝不想突破？但被这些条条框框束缚之深，已经超过了我的想象。"

暮蕊第一次听见玉琪如此条分缕析，当初那个哭着鼻子找弟弟的男孩，真的长大了。如果说这些天，玉琪对暮蕊有了新的认识，反过来暮蕊对玉琪，又何尝不是如此呢？

第一次被暮蕊用如此欣赏的眼神看着，玉琪最初不好意思地避开了，当暮蕊觉得孩子就是孩子的时候，玉琪回首，毫不瑟缩地迎上了她的目光。眼中闪烁着坚定与倔强，还有一抹深藏的柔情。

他，真的长大了。

于是，暮蕊避开了他的眼神，笑了："那么，下一个问题是——"

"如果人人都可以……你能帮我也做到吗？"玉琪的声音里，又有了孩子一样的兴奋。

"上师说过，真正的智慧无法用语言传递，唯有你亲身去学习，用自己的百工灵去感受。"暮蕊卖了个关子去逗他，见玉琪眼中的神采黯淡下来，立刻笑着改口，"但你若问我问题，我当知无不言。"

这些天，石岐没有回过无纤坊，他或是去缠着绯分析阿达失踪的线索，或是去找伍瑟问达之灵的下落，或是不断"启发"绒绒："你曾经有个阿达姐姐，怎么能把这么重要的人忘了呢？"只有天一阁他不敢去，因为他怕涂坦向他问起宫仙。

石岐其实对如何找到阿达毫无头绪，他不断去找别人也只是想做些什么，因为不能坐以待毙。这天晚上，他躺在床上，辗转反侧睡不着；上铺是玉琪，一样辗转反侧睡不着。

石岐用脚踢了玉琪的床："你能不能不要翻来翻去，吵死了！"

"翻来翻去的人不是你吗？贼喊捉贼。"

"你说谁是贼？"

"谁认就说谁。"

石岐从床上跳下来："有本事你站我面前，看着我的眼睛说。"

"不下床，冷。"玉琪裹紧了被子。

石岐穿着寝衣在寒风中僵持了一会儿，还是跳回了床上，裹紧了被子："快五月了，晚上还这么冷。真倒了霉了，怎么会跟你一个宿舍？"

"彼此彼此。"

一阵沉默，两人又同时开口："你为什么睡不着？"

还是玉琪先回答了："如果，人人都有跨系的可能……"

"你不可能！"

"为什么？"

石岐没有正面回答，却是反问："如果能跨系，你想做什么？"

"金与玉可以相得益彰，各色丝络可以衬出玉的质感，木化玉更是可遇而不可求的仙品……"正越说越入迷，突然一个枕头砸在他头上，玉琪怒道，"君子动口不动手！"

"就看不惯你这样满口都是玉玉玉，所有芽灵都围绕着你的玉芽灵存在！你管好你的玉芽灵，有需要时再与他人合作，这不是很好吗？我们百工族多年来，不最讲究一个合作吗？"

"如果不需要合作，就能把一个集合多种芽灵的作品做出来，不是更有效吗？"

"例如一个全系的作品要四种材料，一个全系人做，需要做完四道再合成；如果有四个不同派系的人，原本一个人四道工序，现在四个人可以同时做，然后合成，这样不是更有效吗？"

"可四个人对一个作品可能有四种理解，你没算上沟通要用的时间和精力。"玉琪努力让自己沉住气，"反正我打定主意了，放下派系的偏见，不管成不成，都要试一试！"

"不可以！"

"为什么？"

"你……就是不可以，像你这样对土石系的材料都有偏见的人，你不可能跨系，放弃吧！"几秒钟之后，石岐又用略带哀求的语气说，"放弃吧。"

玉琪这次听懂了，安慰石岐："我会没事的。"

石岐着急："你怎么知道？宫仙就是在我们眼前不见的！阿达……"

"你睡不着，是因为阿达吗？"玉琪翻身看看下铺，石岐闭着眼睛，好像睡着了。

看来得给他找点儿事做……玉琪这样想着，不知不觉也入睡了。

石岐闭着眼睛，眼前只有一团迷雾。

沉香的伤口

白玉台上，百工坛前，石岐和绯被叫到了佑山长面前。"为什么是我？"石岐这样问佑山长。

"为什么不能是你？"佑山长还是第一次遇见这样反问她的学徒。

"为拜师仪式做香炉，这事儿，玻璃不是一个常规的选择呀。"

"传统之上做些创新也很好。是暮蕊西席推荐了你，说你上次的那尊玻璃雕塑很有想法。"

暮蕊西席？一定是玉琪那家伙！石岐暗自怪玉琪多事，想着回头要去找他算账。

只听佑山长又对绯说："还是请你来做香，辛苦。去年用了篆香，今年用线香吧。给香炉的造型设计多些余地。"

石岐问："有多长时间完成？"

佑山长看了看日晷："从现在开始，三日后入坛试香。"

"三日？"石岐抱怨道，"完了，这下连吃饭的时间都没有了。"哪里还有回去找玉琪算账的机会？

佑山长让出了自己的窑。他们到时，窑炉已经烧上了，材料摆了一地。其中一样，是一大块黑沉沉的东西，像木头又不是木头，像石头又不是石头。

石岐走到那材料面前，好奇地用手摸了摸，又低头闻了闻，还是辨别不出是什么。

"这是沉香。"绯抚摸着它，露出了难得的温暖笑容。

"这木头怎么有木纹，却没有年轮呢？"石岐问道。

"因为沉香不是木，是木的伤口。"

"伤口？"

"古人常说'沉檀龙麝'，沉香自古以来便被列为众香之首。通常三十年以上的成树，才会长成很好的树脂腺。这时候，若有刀斧伤深达树干木质的部分，伤口会被霉菌感染，于是木质部里的树汁异化为膏脂，将四周组织封闭阻断。这是树的自救。"

绯隐约记得四岁那年与父亲一起上山割沉香的时候。记忆久远了，便比梦还模糊，只余下袅袅婷婷的影子。那天的晴日与柔风中，她遵照父亲的指示在树上割下了一条口子，看着树为了疗愈这伤，分泌出清亮的黄色树脂。幼年的绯想去抚摸，却又有些不敢。

沉香需要十年乃至成百上千年方可形成，可去恶气、补五脏、清人神。如此多的好处，皆因为它本就为了疗愈而生。树脂一点儿一点儿聚集，星移斗转，方成了如今绯手中捧着的沉香。绯默默念叨："上神有灵，百工有心。曲成万物，协创此形。"半透明的暗色芽灵绕着她与绯之灵，仿若远微的仙梵，牵着她踏着空静。

待她回过神来，原本放沉香的地方，现在已经只剩粉末。绯指挥着绯之灵，精心收集起了每一颗粉粒，站起身。

"你都已经做好了？"石岐惊讶。

"还早得很呢。线香需炮制和配伍，如配药一样。"绯进了另一间房，石岐一直跟着她，在后边不停说话。

绯洗手的时候，石岐说："我到处都找不到阿达的百工灵。"

绯指挥百工灵将沉香芽灵打散的时候，石岐问："是不是意味着她出现了危险？"

绯领着百工灵将大的沉香碎片束成一束、放在一边，又听见石岐问："你就不想赶快找到阿达吗？"

"你告诉我怎么找？你说我就去做。"绯终于抬起头看着石岐。

石岐被绯问住了，意识到面对迷茫与恐惧的，远不止他一个人，于是低下了头："对不起，我忘了你也很担心她，更何况你也有危险。但朋友不见了，甚至不知道她是不是……"石岐不忍也不敢将那个字说出来，"大难将至，我实在静不下心来。"

"那又如何呢？徒然焦虑，不如坐下做工，你我百工族人在这个世上生存，所凭借的，不过是百工灵所成的作品罢了。"绯抓紧了手中的香料，"再者说，树用了多少年，才将伤口化作了如此珍贵和美丽的沉香，因缘巧合才到了我们手中。我们既然懂得那伤痛，怎么忍心辜负？"

石岐听了这话，有些羞愧："我明白了。"

最美的幻境

三日后，白玉台上，试香的时候到了。石岐和绯做好了样品，须先提交于百工坛，得到认可，再由佑山长组织学徒生产出足够拜师仪式使用的数量。

石岐与绯恭敬地站在佑山长身后。佑山长高举双臂："上神有灵，百工有心。入坛试香，醒旧礼新。"她话音刚落，百工坛中出了一道光之拱门，落在他们面前，石岐双手捧着玻璃香炉，绯举着一根线香，轻轻插在中央。佑山长点上香，示意石岐一人进入拱门。

"我一人？"

"向来都是做香炉的进去试香。"

石岐闻言点头，顿时感到肩上担了些责任。他捧着香与香炉，来到门内的绿洲静水前，香炉浮在水面上，水中倒影悠悠荡荡。

这时石岐好像听见了佑山长的声音："随香而行，离形去知……"

"这是坐忘幻境吗？"石岐周围，仿似出现了一团浓雾，浓雾的尽头，似乎有一个小小的光点。

役界中的阿达，在同样的浓雾中，脑海里反复回放石墨被带走的那个瞬间。她追悔不已，如果她对石墨一直提醒自己的危险能多一点儿警觉，如果她能早一点儿拉住石墨的手，如果……悔恨让她想找石墨回来，但恐惧令她的身体无法动弹，黑色泡泡好像随时会蹿出来把她吞没，于是她只能蜷缩在原地一动不动。

不知过了多久，忽然之间，头顶现出了一点儿光亮，驱散了周围的一部分雾气。阿达抬头，一个粉蓝色泡泡直直地飘到她跟前。走来的这一路，她眼里都没有粉蓝色泡泡，在这样的情况下见了，更觉得亲切可爱，忍不住伸手打破了它。一尊燃着香的玻璃香炉，出现在她的面前。这香炉是一棵树的模样，红色的叶子努力伸向天空，烟萦绕其中，如这树的魂，沉香屑簌簌落下，铺在树底，成了树根扎进的泥。

"入幻似真……这是，坐忘幻境？"

阿达连忙蜷了腿坐下，期待着进入那一缕香带来的幻境。幻境里有一束光，引着她往前走，穿过一丛荒草，突然一阵狂风吹来，阿达用手顶着头。狂风下，浓雾散去了，雨水滴在她的掌心，阿达抬头看看天，乌云密布。这雨下起来可不得了。她一路小跑，面前一棵红叶树，下面偌大一个树洞。阿达赶紧钻进树洞，刚转过身面对树洞外面，便突然觉得靠上了另一个人。

阿达想回头，那个人也想回头，但，两人的背好像粘住了彼此一样，不能转身。

两人同时向对方发问："你是谁？"

"石岐？！"阿达不敢相信自己的耳朵。

"阿达……"

两人背对背坐着，面对着同样的暴风骤雨，好像坐在镜像之中。他们能听到对方的呼吸，却看不见彼此。阿达的眼泪不由自主地掉下来。

"你哭了？"石岐问。

"我好高兴！你想起我了！"

"一高兴了就哭，果然还是没用的家伙。"石岐当然不会告诉她自己的眼里蕴着的泪。

阿达抗议："嘿，说好了不许这么叫我！"

石岐笑了，阿达也笑了。

"你还是跟我记忆里的一模一样。"石岐说。

"可我从没这样绝望过。"阿达说。

"役界，是什么样子？"

"这里没有白天黑夜的区别，总是亮着，可我感觉不到一点儿温暖。"

"你还好吗？"

"只是想回家。对了，我还遇见了……"石墨被吸进浓雾之中的那一幕，在阿达脑子里划过，让她顿住了。

"宫仙吗？"

阿达点头："是，宫仙在这里。"

"果然是跨系的能力带给你们这样大的灾难？"

"应该是的。可是，我们并没有做错什么啊！有这个能力也并不是坏事。"

"这就是最让我害怕的，对和错，到底由谁来决定？"

石岐的这句话，让阿达恍然大悟，这也是她恐惧的来源——那决定对错的强大力量。正因为这力量看不见、摸不着，却又无所不在，才让她感到喘不过气。她和她的朋友们，不能做自己相信的事情，却要服从那神秘力量。否则，就会被遗忘、被消除，失去生命的意义。

到底由谁来决定对错呢？阿达抬起了头，她的眼前，外人看来，是虚空，但在她自己的眼里，是无边的瑰丽。想到这里，阿达豁然开朗了。

"记得七夕那晚，我们一起做玻璃盒子吗？"

"当然记得。"

"那时你说，可惜我看不见玻璃芽灵。"

"是。你是草木系……"石岐似乎猛然惊醒了，"你现在看得到了？"

"我现在能看见的，可不只是玻璃芽灵哟！"

阿达想：如果你能看见我能看见的，该多好。

于是，他看见了她能看见的。

五色的芽灵，覆盖了两个人的世界。晶莹的树芽灵在风的梢间流淌；山体里蕴含的金属芽灵，让整座山变得透明；流萤飞舞，芽灵们如潮起潮落，流转在风雨之中。因为这狂风暴雨，更显出了生命的坚韧。天高地迥，宇宙无穷。

石岐和阿达就那样背对背坐着，在彼此的镜像里，看着同一个充满了芽灵的世界。

雨渐弱，风渐息，潺潺声中，日东升。芽灵们都在日光的清澈里安静着。

一声钟响，石岐睁开了眼睛。香炉已经消失，香的余烟在空中徐徐舞动，犹如水墨画中的流云。悠然间，烟雾渐渐凑成了一个太极的模样，阴阳相依；又一个转瞬间，烟雾逐渐消散，仿佛从未出现过一般。

他出了拱门，与佑山长说了太极图，佑山长放下一颗心来："这是通过了。今年拜师仪式，便用此炉与此香。"

石岐走向绯："刚才的幻境里，我好像见到她了……"

绯如湖泊般幽深的双眸，泛起了涟漪。

阿达也醒了，发现四周依旧冥冥不见天，只自己坐着的一小块地方，微微现出冰色来，透出阵阵凉意。回想方才那奇遇，说不清是幻境还是梦境，但想到的时候，她的心如同被暖暖的日光填满了一般。她好像有了力气，站起，轻轻迈出了一步，一瞬间，丁零零的天籁之声响起，络绎不绝、连绵不断，直到远方……浓雾随着这声音，分开成两道巨崖，中间显现出一条路来，如冰裂发出珍珠般柔和的光，延绵极远，远到看不见尽头。

阿达小心翼翼地沿着冰裂纹往前走，每走一步，脚下冰裂更剧，声响也极清澈。正像此刻她的处境，将破未破、欲落不落，每一步都可能坠入深渊。

但她没有停下，就这样一直往前走。

阿达的百工小课：沉香

在制香的原料中，往往离不开沉香，比如线香、盘香以及古法制香中都会用到。那沉香到底是什么呢？

有人认为沉香是香草、是木头、是树脂，其实沉香是一种木质和油性分泌物的混合体。挑选出品质上乘的沉香木是制香至关重要的一步。沉香木要挑选香味充足且含油量、密度高的，这样在后续提炼出的沉香香味会更浓，持久性也更强。

在用沉香制作各种香的时候，要先将沉香切细，捣成粉末。这种粉末也是有讲究的，要粗细大小均匀，太细则烟不持久，太粗则香气不调和。捣好的沉香粉末大多会置入香炉使用，点燃后或许会有少量的烟，等到无烟之后，就可以品香啦。

22

面对

BAIGONGJING

端午的舟

　　端午，是百工堂中又一重大节日。湖上百舸争流、棹影斡波、鼓声劈浪，人们结出一条千里龙舟，在湖上蜿蜒曲折。

　　白玉台上，木辰与佑山长站在一起，看着这湖上壮景。

　　汨罗千丈雪，赢得佳话年年说。木辰想着屈原虽在生前不得志，但千万年后还被人纪念着，又何尝不是一种成功？

　　"不知生者荣，但知死者贵。"[1]佑山长突然发问，"先墟的先人并不是我们百工族。他们的故事，为何会成为我们的节日？"

　　"又岂止节日？分分秒秒，我们都生活在远古文明的庇佑里。"

　　"是庇佑还是阴影？千百年来，百工族以百工坛定等级、以先墟古物为信仰，但终究不过是借了壳建了一套自上而下的系统。"

---

1 南宋文学家文天祥《端午》诗中的两句，意思是"还活着的时候，没有人知道他的荣光；只有去世之后，才以盛大的仪式祭奠他"。

"世界总是异曲同工。譬如这龙舟，于他们，是纪念他们的英雄；于我们，则是思考我们的前途。"

"但我们的前途，并不在古物，而在今人。系别之下，是谁得了眼前能见的好处？"

"你话里有话，不如直说。"

"宫仙的失踪，是不是各位百工长的计划？"

"我就知道你必有此问。你先说说你的理由。"

"百工堂从来都是保护跨系者的地方。宫仙失踪，分明是一次宣战。跨系者对谁构成了最大的威胁？若是每个人都能自由召唤所有芽灵，百工长的权威就不复存在了。除了百工长们，我想不出还有谁有动机和能耐对宫仙下手。"

"这么说来，外界的传言是真的？"

"什么传言？"

"说你在筹划一场叫'芽灵自由'的变革。"

佑山长哑然失笑："谁能得到芽灵自由，难道我能说了算？"

木辰被问住了，他尚不知道，就在他们面前的千里长的龙舟上，每个人，老老少少、各个派系，都在谈论同一件事情：跨系。

"你听说了吗？原来西宛国的交换生佐肆肆也是跨系的。"

"还有暮蕊西席！"

"这有什么了不起？最近一个月，我们金属系就有三个人看见了其他系的芽灵。"

"说来奇怪，一年前，草木系的绯跨越派系去了特殊系，在当时还是绝无仅有的呢。"

"其实一直都有，但自从宫仙消失之后，就越来越多了。你们说，会不会是宫仙的仙气传遍百工堂了？"

"那么，我们都有机会？"

学徒们的机会，意味着佑山长的麻烦。比如绒绒学做钗钿，去金属系会馆千炉堂听讲，金属系其他学徒认为金这种资源本就难得，哪里容得了那么多人来抢？于是把绒绒推了出来，她委屈地哭了三天。又如要掌握织锦技巧，低等级学徒可以先用琼月坊中为数不多的木织机，那是特殊系请了草木系帮忙做的，所以只有三台，绯为自己做了一台，其他刚学织锦的人见了纷纷请她为自己做，于是一面绯没有时间去练习织锦技艺，另一面等级高的师兄师姐们来向佑山长抱怨绯走捷径，破坏了琼月坊的规矩，要求对她施以惩罚。再如伍瑟在草木系中只是低等一级，而子明已经是金属十级，到底她怎么才算学成？到底所有的跨系者怎样才算学成？要另定新规吗？诸位西席颇为头疼。

这还只是开始，以后的混乱会越来越多，佑山长无意推动所谓"芽灵自由"的风潮，她更害怕的是，这会不会是更多人被役界吞噬的悲剧的开始："我只是想保护一些人而已。倒是你……"

"我这个百工长，没有你与叶渚帮忙寻找失传的技艺，是不可能当上的……"

"那么就让我们共同对抗其他百工长的力量……"

可木辰却摇了摇头："我不能这么做。"

海家小屋外，海天一色，新月如钩。

海云坐在屋外的大礁石上，面对着大海，依稀能见先墟在水影之间。

海逝舟走来，坐到他身旁："石黛走了以后，万化场也废弃了。"

"从这个角度看，好像成了先墟的一部分。"海云犹豫着，问了父亲他一直以来的疑惑，"当石黛第一次去水下探寻她的羁绊的时候，您和佑山长都有些担心。你们在担心什么？"

"从先墟古人的记载里，可以看见他们文明的覆灭，可能起源于一项工艺。我们猜测，就是化物。"

"石黛找到了化物，却没有在百工堂里掀起波澜。"

"也许只是她的技艺还不够高超；但也有可能，先墟古人面临的危险，自有他们的因果；而百工族是另一种文化，不会轻易踏上他们的覆辙。"

"那么，我们是否有我们的危机呢？"

"危机危机，既然是'危'，便也有'机'。如果我能心想事成，也许你可以去与石黛一起游历天下。"

"是吗？"海云从来没想过这个选项，骤然从父亲口中听到，觉得很新鲜。

海逝舟躺在礁石上，双手枕头，开始畅想美好未来："如果大家开始能看见其他派系的芽灵了，那么总有什么人能看见水芽灵吧？咱们就不再是唯一了……"说着，他皱着眉停下了，看着脚边，海之灵正对着海逝舟的脚不停地踢，海逝舟跳起来："痒死啦！快停下！"

海逝舟拼命压住海家百工灵，一人一灵挣扎拉锯。海云依然在想他方才的话："父亲，你也想过离开这里吗？"

海逝舟严肃地深吸一口气，看着面前幽幽的先墟的影子："海家的子孙，可以不需要被责任和传统拖累，可以想去哪里就去哪里。这是我今生唯一的心愿。"海之灵升到了海逝舟眼前，在他额头上踢了一脚，是对他无视自己的抗议。海逝舟像孩子一样追着海之灵满沙滩跑："对！我就是要离开你！你走开！"

真的有机会吗？海云似乎在一个曲折的幽径尽头看见一点儿不一样的色彩，或许那里有一片明媚的辽阔。

有个人正远远看着他们的背影。那是绯，眼里带着羡慕。

"爹爹自然是想保护儿女的。"奕夫人走到她身后，虽然明知她在为佑山长和木辰的谈话担心，但并不知怎样的话才能安慰她。大人们，并不总知道怎么安慰孩子。

果然，绯苦笑着答道："我可没有这样的信心。"

佑山长也在问："你难道不想保护自己的女儿？"

"不是不想，而是不能。"

"我不懂。"

"因为操纵役界的人，并非百工长。"

"你肯定？"

"自从任职以来，我就一直在查役界的秘密。"

"你是担心，绦绦被带去了那里？"

木辰点了点头："可以肯定的是，另外三位百工长，有两位对'役界'这两个字毫不知情；而另一位，好像她也有亲人消失了，一直在挣扎着记住。这次宫仙失踪之后她就一直六神无主，连房门都不敢出。"

"难怪宫仙消失这么大的事情，百工长那边一直静悄悄没有动静。"

"宫仙失踪自然不只是百工堂的大事。有人提出百工堂藏污纳垢，收容不该收容之人，才会造成如今这样的局面；还有人建议该像西宛国一样，对全系赶尽杀绝。"见佑山长攥紧了拳头，木辰安慰，"放心，有我。我联络过其他百工长，对此我们一致反对。"

"你这句话虽轻，其实背后不知做了多少工作。我先谢过。"

"我们并非第一天相识了，何必说客气话？"

"森家想来也蠢蠢欲动，或借此对你不利。"

"这点儿警惕我还是有的，毕竟我上任刚几个月，不等他们来，我先过去兴师问罪了，好歹逃过了些麻烦。不只草木系这样，百工长们最近焦头烂额，光是应付眼前就来不及了。这还只是开始，看看我们眼前……"木辰叹息，"如果'芽灵自由'到了百工堂之外，才是真正的混乱。"

"百工长竟然如此无力和被动？那么一直流传说只有百工长才能一窥百工族的秘密……"

"只有百工长才能有机会参度上师留下的笔记和作品。"

"其中可有线索？"

"上师虽然说不会隐瞒弟子，但他对百工族的认知，又岂是我们可以轻易达到的高度？笔记中或许有线索，但需要仔细地研究。另外先墟古籍中也可能隐藏了一些信息，想找到最少得有几年的工夫。"

"几年？来得及吗？如果连研究都要几年的工夫，更遑论控制，那役界必定不是百工长所为了。可这世间哪有比百工长更强大的力量？"

百工堂的湖上依然热闹非凡，千里长的龙舟内，金属系的做出金杯倒酒，草木系的挂出碧艾香蒲，各种声音交会，将古调浅唱低吟："尘世不知几端午，人生大抵一虚舟。"[1]

---

1 出自宋代诗人丘葵的诗《和所盘端午韵》。

"这个世界有太多我们未知的秘密了。"木辰的声音，如夜幕一般低沉。

除错区

阿达小心翼翼地走在冰裂上，周围一片黑暗，亮起的只有冰裂小径上发出的光，每走一步，都能看见一道裂缝的开启，都会有一声"泠泠"的声音，然后传到远方。她一直走着，腿很酸，酸到可以感觉每一根骨头的位置。但她没有停，她怕停下便会被悬崖的浓雾吞没。

有乐曲传来，神秘而哀婉，仿佛来自远古时空，有一种不可言说的魔力牵引着她。阿达改了快步走，接着跑起来。冰裂声接二连三响起，她冲着乐声去，忘了畏惧。笛声越来越清晰，对了，就是这个方向。但就在她十分笃定的时候，声音消失了……

浓雾开始缓慢地散去。

她的面前，从地上升起了一个黑色泡泡，阿达一惊，跌坐在地上，往后退了两步。但好奇如她，至深的恐惧也拦不住，壮着胆子凑近了些，看见了里面标记着"残"字的石插屏。残次品……难道，这就是除错区？

浓雾完全散去，光明再次到来。可光不等同于怡人的温暖，也可能是酷暑的烈日，会刺伤眼睛。

在一片炫目的白色中，升起无数的黑色泡泡，泡泡越往上升，颜色便越淡越透明，更能看得清里面的物品。

阿达睁大了眼睛："石墨！"

是的，无数个泡泡之中，有一个泡泡里，睡着石墨。

这些泡泡在空中缠绕盘旋，宛如暗夜幽灵，不断互相吞噬并生长，汇聚成更为庞大的存在。最终，好像有一种诡异的力量，令所有的泡泡融为一体，形成了一个巨大的透明灰色球体，停驻在半空。所有的物体都悬浮在其中，以一种不可捉摸又不可抵抗的缓慢速度，渐渐分解成碎片。这所有的物体里，包括了石墨。

阿达不断后退，她很害怕，怕自己也成为其中的一员，渐渐失去自己的颜色，然后被分解，像一个落地摔破的花瓶、被打碎的玉镯、断了线的珠链……那不该是任何一个生命的归宿……

生命，像石墨那样的生命。

石墨的脚碎了，碎片一片一片离开他的身体，在空中留下一段轨迹；他依旧闭着眼，但嘴角缓缓张开，似乎在发出无声的呐喊，尽管那声音在出口之前便已消散。

石墨还有意识！

阿达知道自己必须做点儿什么。如果生命注定走向一个终点，她希望自己还是那个阿达，那个一直在朋友身边的阿达。她从没有因为做了什么而后悔，只会因为没做什么而遗恨。比如现在，她绝不能就这样眼睁睁看着石墨作为一个残次品被带走，他在伶仃孑然中过了那么久，为了救她才陷入这样的结局。她想靠近他，说不定有机会救他出来。就算没有，他们也可以感觉到彼此的温度，哪怕只是一秒钟。

这样想着，阿达踌躇着迈出了一步。虽然腿在颤抖，但她没有后退。看准了眼前一个龙舟桨横在地上，还未被黑色泡泡吞噬，她弯下腰，迅速抓住桨，猛地向巨大的黑色泡泡击去。她试图破开泡泡，但泡泡并未破裂，反而将龙舟桨吞没其中。

她还没来得及松手，就被泡泡强大的吸力牵引向前，直至抵达泡泡的边缘。

泡泡的壁如同水面般映照出阿达的倒影，她感受到一丝久违的清凉拂过面颊。这个念头刚刚掠过，她便如同微小如尘的昆虫被吸入水珠一般，无声无息地进入了泡泡之中。

在这令人窒息的空间里，阿达犹如被幽暗的手紧紧裹挟，四周仿佛布满黏稠的胶水。想要前往石墨所在之处，每一步都犹如跋涉在无边的噩梦之中。阿达眼睁睁看着自己的手脚被扭曲拉长，随着空间产生诡异的变化，然而她并未感到丝毫疼痛。她周围尽是破碎、融化的工艺品，被拉长的碎片与她的手仿佛共谋着某种阴谋。阿达不知道自己还能坚持多久，她努力向上方的石墨靠拢，尽管身体的每一寸都似乎被球体的力量支配，但她仍在孤注一掷地挣扎、试图上升，直至终于触及了他的手。

那一瞬，石墨的眼睛睁开了。四目相对，阿达与石墨的身体之间似乎有了流动，宛若汇成同一条河流，眼前升起镶着落日余晖的云岫——

石墨的回忆

阿达面前有一个八九岁大的女孩子，带着个六七岁大的男孩子，在冬日的森林里走着。

"我不要再走了。姐姐，还有多远呀？"

阿达忽然懂了，这是石墨的回忆。那么这个女孩，想必就是石黛。

石黛望望这边，又看看那边，茫然无措："不知道啊，如果有个罗盘就好了。"

"罗盘是什么？"

"听说罗盘总指着回家的方向。哎，我想什么呢，罗盘可贵了。"

"啊！看见了，在那边！"幼年的石墨就很会认路，他指着遥远的云里一座透着橘色光芒的小石屋，但看着这距离，他又怕了，"还有那么远啊。我的腿好酸。"

石黛摸了摸自己的膝盖，犹豫了一下，还是蹲了下来："来，我背你吧。"

石墨正要跳上石黛的背，却看见了她穿着草鞋的脚上伤痕累累："不用，姐姐，我自己能走。"说着，石墨壮着胆子往前走，一边走一边拍着自己的胸，"我不怕，我不累，我能自己走回家，我还认得家的方向。"

石黛露出欣慰又心疼的笑容，跟上去，但石墨却停下了："姐姐，你看。"

石墨指着前方的路，那里泛着荧光。在路边的草丛里，卧着一双一人大的翅膀，初看是墨黑色，在雪里反射着月光，如宝石般闪闪发光。

石黛惊叹："这是芫菁归仙后留下的翅膀吧？"

姐弟俩对视一眼，同时想到了一个主意，都笑了。

两人撑住翅膀，在悬崖上，发力起跑，如滑翔机一样，一直滑到了山下家里。

远远地，阿达听见了姐弟俩飘散在风中的笑声。

她听过石黛的笑声，那是她终于在万化场中做出作品之后。但她从未见过石墨的笑容，如果还有机会……希望还有机会……

星空里起了风，云浮在阿达面前，她听见了自己身后有石黛的声音："我是问你为什么在这里？"

阿达转身，看见长大了的石黛和石墨。

"今天是开学日，你应该在百工堂！"石黛说着就拽石墨走。

"我去百工堂做什么？一个低等学徒。留下来，我可以挣很多很多螺贝，你们都可以好好生活了！他们看不见芽灵，必须依赖我！……"石墨哭了，"姐，我不要去百工堂，我只想待在家里跟你们一起。姐……"

石墨挣扎的时候，拽到了石黛身上一个简陋的小盒子，盒子掉下来坏了，里面的东西被石墨踩碎了。那是一块块荧光碎片。石黛愣住，蹲下来。

石墨收了眼泪："那是……芜菁翅膀的碎片。"

石黛试图收起那一点点碎片，放在手心，太碎了，几乎成了粉末。

"姐姐，对不起。"

石黛摇摇头，又抬起头，眼神里满是恳求："去百工堂吧。"

云又起，另一处，响起了石墨的声音："这是先墟古物吗？"

天生社中，松树底下，石墨与涂坦在一起。石墨的手上拿着个小盒子。

涂坦答道："是。罗盘不容易做，技术上十分精细，半点儿错都出不得，但观感上并非美妙绝伦，不是第一眼就能认出的精品，这百工堂中居然找不到一个新做的罗盘。昨天海云正巧送来了这个，我就想着给你看看。这盒顶是螺钿，你想做芜菁翅膀打造的小盒子，也可以照这个仿制。"

"谢谢您！"

"不过，你是土石系的，可以用磁石和墨，但这盒子是木质，指南针是钢针，盒顶还想要用螺钿工艺，需要找其他派系的人帮你。罗盘的制作，一定要各派系紧密合作才行，这也是成功者不多的原因之一。你有朋友帮你吗？"

石墨摇摇头："但这是我最想做的东西。如果来百工堂都做不了我最想做的，那做百工族有什么意思？"

涂坦笑了，在石墨的耳边低语了几句："记住，每一种芽灵其实都是一样的，需要你以平等之心相待……"

石墨的脸上出现了疑惑，但他手上没有停。

石墨一点点地将木头雕刻成他想要的样子，他的百工灵飞上飞下，开始极其缓慢，云起云灭间，只见墨之灵开始在各色材料之间运作。

终于，一个黑色的小盒子完成了。

石墨举起小盒子，在阳光下变换不同角度，盒盖上隐隐闪现类似芜菁翅膀的荧光；只是里面的小钢针跳动时慢时快，但给点儿时间，总能稳稳指向北方。

虽然并不完美，但姐姐大概会喜欢吧。

中秋已至。

"石墨，你是唯一还没去百工坛考工的人。"佑山长有些担心，"你的作品呢？"

石墨握紧罗盘盒，放于身后，对着佑山长摇了摇头。佑山长有些失望："要做一个完美的罗盘并不容易，你很有潜力，只是选错了作品的方向。今天若拿不出作品，明日你会被逐出百工堂。"

"我来这里一趟，并非要得到谁的认可。我一直想做罗盘，现在……就算没学会，我也知足。您不用为了我坏了纪律，我离开百工堂就是。"他从没说过谎，脸都红了，但他不能将罗盘放上百工坛，放上就会被带走，但这是给姐姐的礼物。

石墨背上行囊，离开百工堂，无人相送。

那天阳光明媚，万里无云。石墨站在百工堂牌坊的阴影里，似那影子的一部分。阳光斜射过来，在他的身边洒下一片金黄。随着石墨抬起脚准备往外迈出的瞬间，阳光聚拢在他的周围，他融进了光里。四周的空气凝固了片刻，又恢复了平静。那个盒子落在地上，发出一声空响。

梦境也好，回忆也罢，就此散场，落入一片虚空。

阿达睁开眼睛，看见了石墨看着她的眼睛。

"原来你是因为那个罗盘才来到役界的……明明是为了让石黛开心才制作的作品，有什么错？为什么要受到这样的惩罚？！"

石墨好像听见了她的心，直视着她的眼睛，那么温柔。阿达也听见了他心底的声音："你也没有错，只是为了让读贤街的孩子快乐，才努力做的花灯吧。"

"你也看见了我的回忆？"

此时阿达与石墨的身体，已经成为无数碎片和颗粒，悬浮在空中，融合到了一起。

"好像就要结束了。"

"我们还没搞清楚这里是什么地方。"阿达流下了一颗泪，这颗泪落在石墨脸上，化作了他的泪。石墨艰难地移动着已经看不出形状的手臂，试图拂去那泪水。

看着他笨拙地努力，阿达笑了，流着泪微笑着。

两人缓缓靠近，阿达再次闭上眼睛，她的四周，如垂下了深厚的幕帘，隔绝了她与其他的所有，但手心却融入了一阵暖流。

　　阿达与石墨的手，握在了一起。

　　一个遥远的孩子的声音，不知从哪里传到了阿达的心里，成为她唯一的念想："我想回家！"

　　突然间，一声震天的轰鸣响彻九霄，黑暗之中出现了一道璀璨的裂痕，仿佛天地之间的离合，白光从缝隙中汹涌而出。裂痕逐渐扩大，犹如天启般的异象，阿达仍然紧紧握着石墨的手。

　　四周空间仿佛被神秘的力量净化，一片寂静中，阿达和石墨的身体重获新生，恢复了原状。透明球体在白光的冲击下破碎，宛如凡尘中的繁华陨落。他们牵着手，从半空中轻轻落到地上，残次品与他们一道，纷纷降下，归于尘土。

　　死里逃生的石墨拽住阿达就要跑，但阿达摇头，只是愣愣地看着天上。

　　那白光是从头顶处射来的，如同极光，光束柔和，照亮了整个世界，那是由宫仙发出的光，正试图割开一道道黑色的束缚。

　　"毛毛虫重生为蝴蝶……"石墨喃喃道。

　　"你说什么？"

　　"这是流传在役界的一句话，说在除错区，毛毛虫会重生为蝴蝶。"

　　"重生……吗？"阿达看见在白金一般的光束里，宫仙被分解的身体在慢慢愈合。又是刹那间，一阵刺眼的强光袭来，阿达和石墨转过头去，两三秒后，宫仙所在的泡泡不见了，宫仙也不见了，头顶上出现了一个深不见底的洞，周围飘荡着轻盈的白金色极光。

天上淅淅沥沥下起了小雨。

"在役界的沙漠里这么久，从来没见过雨……"石墨用手接住了雨滴。

阿达的百工小课：龙舟

端午节是我国的一个传统节日，它来自很久以前祭龙的传统。这个节日是"飞龙在天"的吉祥日，因此龙及龙舟文化始终贯穿在端午节的传承历史中。

象征着团结精神与竞争意识的龙舟竞渡，是我国端午节的传统民俗，龙舟制作技艺蕴藏着深厚的文化和民俗内涵。龙舟的制作工艺十分复杂，龙头高高翘起，气宇轩昂。以被列为国家级非物质文化遗产的中堂龙舟为例，外形细长，如同柳叶，长28米左右，共有28排座，可乘划手56人。其结构分为龙头、龙尾、龙骨、龙肠、凵板诸部分。龙舟制作的时间为10天左右。

每年四五月间，天气回暖，人们便将搁置了一年的龙船油上桐油，画上龙纹，安上龙头，下水操练。待到端午，万人空巷，一只只木制龙舟在河上穿梭争先，鞭炮声、呐喊声、加油声此起彼伏。也有龙舟竞艳，大家评选出制作工艺最精致的龙舟，授予制作者冠军的称号。

23

连接
BAGONGJING

天上的镜面

"宫仙是消失了还是回家了？宫仙——宫仙——"阿达的声音，在役界的空荡里寂寥地回响，传得很远、很远，好像能传去另一个世界。

石岐抬起头，天上响起一声炸雷，如石裂崖崩。

他与玉琪正在天一阁中，坐在悬挂着上师画像的那面墙前面，翻遍与全系相关的古籍，想找出更多关于役界的叙述。然而古籍浩如烟海，想找出一个能令人忘记的力量，谈何容易！他们已经找了几个日夜，也曾想放弃，但每每放下，石岐便想到坐忘幻境中的阿达，哪怕无功而返，至少要尽力去保护想保护的人。

他们筋疲力尽的时候，雷声在头顶滚滚而过，风都好像带着黑色，鼓荡于天地间。

"快到日出时候了，这是要下暴雨吗？"玉琪看着远处暗夜的乌云如黑缎，舞动中夹杂着闪电的高亮，没来由地一阵心慌。

他望着的那个方向，是先墟海边。海云突然在礁石上站起，惊异地看着面前，这景象，令延续了数百代的海之灵都瞠目结舌——

玉琪见到的那亮光并非闪电，而是白金色的极光；黑色也非乌云，而是空中的一个深洞，大得足以用"广袤"来形容，覆盖了整个先墟海面。白色的极光在洞口舒展，渐渐形成了一个迷宫般的图案，绵密而繁复，迷蒙而深邃。黑与白交织着、运转着，如异世界的齿轮，诡异而沉重，仿佛掌控着不为人知的神秘力量。一滴滴海水被引着从水面向空中涌动，越升越高，好像一场倒挂的雨，尽数进了那图案中，盘旋其中，既不下沉，也不上升，涟漪互相融合，融成一个镜面，极其安静。

百工世界的水，通过天上的镜子落入役界，便成了那里的雨，在紫色的大漠里聚起了青白色湖泊，所谓的残次品在湖泊下若隐若现，宛若远古的遗迹。石墨与阿达抬起头，看着那奇迹一般的镜面，任凭雨水打在脸上，感受着这许久未享受过的清爽。这时他们才发现，在这个没有风吹雨打的世界里，触觉变得那样迟钝和干涩。

然而雨很快从霏霏成了滂沱，淹上了他们所在的高处，紫砂成了黑泥，咕噜噜吐着气泡，好像那黑色泡泡的雏形一般，目光所及处皆是。阿达与石墨惊慌失措地逃离了除错区，踩着泥泞、埋着头，一直跑，也不知跑向哪里，一路到达了一个制高点才停下了脚步。大雨冲出了千沟万壑，大漠消失了，取而代之的是深不见底的峡谷，他们站在峡谷的上方，听着下面万壑奔流的巨响，沧海桑田的变换，不过只在一瞬间。

石墨感到有泡泡在逼近，惊骇之中猛回头看。阿达抓住他的手："是粉蓝色泡泡。"

果然，有无数粉蓝色泡泡从他们身后进入了峡谷，如梦似幻，但这并没有让他们更好过。雨水落在泡泡上，一点儿一点儿地侵蚀了那颜色，有的泡泡破了，作品跌落下来，一样一样地砸在石墨和阿达身边。

　　一时间，快乐、痛苦、焦虑、满足，各种情绪成了絮絮耳语，在石墨和阿达身边回响，千百条回响的声音越来越大，石墨被这无数种情绪包裹住，捂住耳朵蹲下来，却掩不住痛苦，阿达也蹲下，不顾自己耳边同样的喧嚣，张开双臂将他护住。

　　镜面图案依旧在他们头顶。阿达被雨水打得睁不开眼睛，只依稀见到那个图案，中间四个方形，外延无数锯齿，其间小径重重叠叠。

　　"这个好像在哪里见过……在哪里呢？"

　　"是先墟！"海逝舟见到这图案，倒吸一口冷气。

　　"先墟？"佑山长惊讶不已。

　　"在泱华的入口，有一面残破的石碑，石碑处画着先墟的地图，就是这个样子。"

　　"这图案……"佑山长正要说些什么，被海逝舟打断了。

　　"先墟古物被海水保护才能维持原本的样子，如果海水都消失，古物也会损毁，对百工族来说可谓灭顶之灾……"佑山长从没见过海逝舟如此着急的样子，"阻止这一切，是海家的职责。"海逝舟指了指另一侧的沙滩，海云已经就位了。海逝舟试图吸引一些正在上升的海水来他手里，但水滴在他手指间绕了一圈，很快脱离了他的掌控，飞去了镜面。

　　"如此大的灾难，不能只有你们……"佑山长担忧地说。

海逝舟摇了摇头："每个人都有自己的责任和命运。"

海逝舟与海之灵准备就绪。一人一灵开始作法，稳定水芽灵。

"上神有灵，百工有心。上善若水，正静则明。"海之灵化成雾气，穿梭在水珠之间。

终于，水停止了上升。

大衍万物

役界的雨，终于停了，阿达与石墨精疲力竭，瘫倒在地上。阿达抹了一把脸，擦去雨水与汗水，揉了揉眼睛，仔细打量天上的图案。

阿达："先墟，我去先墟的时候见过这个图！这么说——"

石墨看着阿达跳起来，探身在通往峡谷的河流里找着什么，找不到，又跳进离岸近些的水里，全然不顾危险。"快上来！"石墨大声喝止，却见到阿达用双手小心翼翼掬起一捧水，手心里游着一条白色的小鱼。

"这是先墟的水，石墨。"阿达微笑的唇边带着泪，"我们，可以回家了。"

石墨用了好久才听懂了阿达的推测。

"所以，你认为是宫仙炸开了役界和百工世界之间的通道？"

"嗯。"阿达点头，摸了摸手中的小鱼，将它放回了水中，看着这役界中从未出现过的生命，"我陪黛黛去过先墟海底，这是先墟海域才有的小鱼。"

阿达看见石墨怀疑的眼神，又有些心虚了："你觉得呢？"

石墨不忍扫了她的兴："有可能。"

"你也觉得有可能呀！这可是我们在这里这么久以来第一次发现有可能的通道呢！对不对？对不对？"阿达如释重负地笑了，放松地坐在地上。石墨见她这样开心，有很多问题问不出口，可他还是对这个推测并不信服，因此忍不住追问道："你真的去过先墟？"

"那当然！古籍上说，先墟是依照《大衍篆图》建的！"

"大眼……什么图？"

阿达来了兴致，翻开石墨的手掌，在他手心写下这四个字，并道："《大衍篆图》，是一张篆香图。跟拜师仪式时候一样，香篆，点燃一端，火焰依篆形印记顺序，直到燃尽。这个图案，是迄今为止最复杂的篆香图之一。"

"我现在怎有心情学香篆？"

阿达依旧说个不停："'大衍'是古人用来解释世界的一个词。他们认为，宇宙开始时候是混沌的，然后有了阴阳两仪……"

"就像黑色的洞和白色的光。"

"对！你看这图案中部也有不同寻常的部分。"

果然，那中间有四个黑色的洞，阿达没说之前石墨还未曾在意，如今仔细一看，那洞仿佛在旋转一般，想要将他吸走。他定了定神，继续听阿达说。

"然后两仪衍生出了四象。'四象'的理解很多，可以理解为四个方位、四种物质、四位守护兽，比如朱雀便是守护南方与火的神鸟。四种物质，指的是木金水火，他们以为它们是构成世界最基本的元素。"

"就像我们的芽灵？"

阿达点点头："再然后是四象衍生出了八卦。八卦可推演出宇宙无穷的变化，于是万物滋生。这一系列的衍生，被称为'大衍'。像不像我们百工族？"

阿达说得正兴奋，没在意到石墨皱着的眉头："我们百工族从前混混沌沌，后来有了群落，有了感情，便开始惧怕生命的短暂。直到上师发现了百工灵，人与灵便是两仪；再然后有了四大派系，四大派系的合作便如八卦，在基本型上不断演化，以至于做出千变万化的作品来，这就是我们口诀里'曲成万物'的意思吧……"

石墨突然打断了阿达："如此说来，百工坛是这大衍中的什么？这役界又是什么？"

阿达又兴奋起来："或者，百工世界与役界才是两仪？那么它们之间一定是可以转化的，而宫仙……"

"对，宫仙，还有我们，来到役界的人为什么会被遗忘？我们明明是人，为什么是次品？那些通过的作品都被送去了哪里？役界的存在到底是为了什么？"

石墨连珠炮的发问让阿达这才意识到了他的愤怒。认识这么久，阿达是第一次看到他发脾气，也许怒气已经积压太久了，他自己都不知道如何释放。当石墨意识到阿达还在关切地看着他时，他渐渐平静了下来。

"你还记得百工族相信的永生吗？"平静下来的石墨，语气里带着阿达从未见过的决绝。

"百工族倾尽全力创造，希望后人能认识和认可自己；我们相信，一个人的温度可以借作品而流传。"

"但在役界，创作者的姓名被抹去，关于作品的一切回忆被消除。而这些才是百工族真正存在的痕迹。"石墨说，"若百工世界与役界真是两仪，到底是谁创造了这一切？他想要带走这些作品，毁灭残次品，又是为什么？作品与我们，到底何为重、何为轻？"

阿达当然不知道答案，可她发现，她也并不在乎这个答案："找到这个答案，宫仙就能回来吗？我们就能回家吗？"

石墨自然也没有阿达问题的答案，而他也发现，他并没有那么在乎是否能回家。

佑山长与叶渚走在通往天一阁的路上。佑山长看上去还是沉着冷静的，可是叶渚知道她满腹的心事。

"想到什么就说出来吧，憋在心里会难过。"

"我没想什么。"

"那我替你说，如今这局面，你也不知能不能带着大家安然度过；二十年来努力保护跨系的百工族，不知是否有错。如果再早些深究役界的本质，能不能避免这次的危机？如果真错了，那百工族全族的命运……"

"别说了。"叶渚的每个字，都说到了佑山长心里，恐惧深深地攫住了佑山长。

但叶渚没有停下："我最近觉得，我们可能问错了问题。"

"什么意思？"

"我们一直在感觉危险靠近，所以一直在问这股力量究竟是谁的。其实更奇怪的问题是，为什么如果全系在百工堂，便不会被抓去役界？百工堂究竟有什么特别？"

"百工堂有什么特别？"佑山长把百工堂看作避风港，一直忙于保护，确实没有想过这个问题，"你觉得呢？"

"如果这是比百工长更大的势力，那么他们在明晰了派系纪律之外，特别安排了一个地方，一个可以试错的地方，这个地方就是百工堂。"

"百工堂是个学校，学校本来就是用来试错的。"

"所以这个问题是你的盲点。如果这个力量要求的是千年不改的派系纪律，违反者必将消失，从前是这样，以后也是这样，那么完全不需要设立百工堂这么一个试错的地方。所谓试错，当然是去做现在的秩序里不存在或者不被允许的行为，但一旦被发现新方法有可取之处，旧秩序也未必不能改变。"

"你的意思是，无论设立役界的力量是什么，他本来就允许了全系的存在？"

"天下没有一成不变之法，百工族数百年来所积累的技术的精进，与上师时期已经不可同日而语。我们是熟悉工艺的，就拿技术的进步来说，从来都是小部分人依着自己的性子，总在走与旁人不同的路，大多数时候，这路走不通，这便是我们平常所说的'错'。一旦路走出来了，就不是'错'了，而是一个新的契机，大家一起去修整、去改进，及至成了一个新的工艺门类。一个秩序，也相差不了多少。当更多人心往另一个方向时，变革已然存在了。"

"如果真是这样，我当然会安心很多。"叶渚这番话，让佑山长心存感激，"但为什么我们现在会面临着如此大的危机呢？"

叶渚苦笑："这个，我也没办法解释了。"

"所以，依然可能是我的责任……"

两人已经走到了天一阁前。

只见天一阁内，书摊了满地，涂坦正指导着大家分类整理，好像百工堂所有的学徒都到了，聚在天一阁的各个角落里翻阅着古籍，想要找出应对这危机的方法。

奕夫人走到佑山长面前,拉起她的手:"这次危机,不只是你,也是每一个百工族的命运,我们都有义务。"

不远处的铜壶滴漏点出卯时,该是日出的时候了,但此刻的百工堂,在高悬的镜面之下,分不出是黑夜还是白天,所以天一阁上上下下都点着灯,如聚拢的星火。

一直攀着佑山长的恐惧的影子,便在这星火下面化了。

阿达的百工小课：印香

横在百工世界与役界之间的《大衍纂图》，是印香图的一种。熟悉古籍的阿达和佑山长一眼就认出来了。印香就是香篆，在故事刚开始，阿达进行入学仪式的时候，带她进入坐忘幻境的，就是印香。人们设计的模具样式就是印香图。

古时的印香曾被用作计时，印成篆文形状的香粉一气呵成地燃，从头至尾恰是算计好了的时辰。有古籍记载，宋朝时候有个地方大旱，人们用水需要统筹规划，按照时间依次取水。为了准确计时，有人设计了百刻香印，二十四小时一昼夜被划分为一百个刻度，打一炉香篆，燃烧完就是一昼夜。到后来，香篆已经不仅仅只是单纯的计时之用，还象征福庆、延寿、长春等。

《大衍纂图》被收录于宋朝陈敬所作的《新纂香谱》。这本书集宋代以及宋代以前香料文献之大成。这幅图外观为圆形，内部路径的构造却相当绵密、细致、繁复，令人过目难忘。印香都是点燃一端，沿着一个路径一直燃到另一端，所以虽然图案繁复，看似迷宫，但只要沿着一个方向走，一定可以找到出路。

24
危机
BAIGONGLING

　　话说当阿达与石墨正在役界讨论《大衍篆图》的时候，海家父子以及海之灵仍然在海面上维持着海水的秩序。海逝舟担心海云还不足以控制这局面，而海之灵不能为两人一同使用，于是尽管他越来越吃力，仍旧指挥海之灵，海云从旁观察协助，指出需要施法的方向。海逝舟汗如雨下，而悬在空中的海水竟然又开始波动起来。

　　天一阁的人渐渐少了。石岐翻着书，越来越看不进去，想出去走走，借此集中一下精神，不知不觉来到了先墟海边。他发现与他一样的人还有很多，比如木辰，比如绒绒。大家都看着天上，什么也做不了。灾难发生的时候，原来是这样安静。

　　但当佑山长来的时候，众人从她的微笑里，看到了希望。

　　"你找到了？"奕夫人问佑山长，佑山长点了点头。

　　情况更糟糕了，天上镜面图案越铺越大，从先墟海面一直延伸到了百工坛上，甚至，出了百工堂的范围，蔓延在泱华大陆上。所过之处，江河、溪流、池塘……甚至梳妆的水盆、手中的茶碗，所有的水又开始向上倒灌，落入《大衍篆图》的圆心。

海逝舟依然在海上勉力支持着，试图控制倒灌的速度，但只怕连他也支持不了太久了。那镜面好像有一种力量，会把这个世界都吸进去。

"天塌落而不能覆盖大地，地崩裂而无法承载万物。女娲决定补天之时，与现在，该有几分相似。"木辰道。

"是的，补天。"佑山长挽了挽衣袖，"我终于找到了炼五彩石的方法。"

"你要做女娲？"木辰问。

"木可为舟、土能成瓷，一切皆是由无至有。但，只我一人可万万不行。"佑山长回头看着各位，挥起了双臂，"百工族们！炼五彩石！"

"原来如此，女娲本就是我们土石系的祖师。"玉琪道。

"别说大话，土里可不只有土，还有金属。"叶渚说。

"不然，哪里来的五彩呢？"子明补充。

木辰也并不示弱："土能生木，木亦反哺于土，若无草木，便无生命。"

绯接着说："万物生长，特殊系的芽灵便是各种生命留下的痕迹。"

绒绒一个劲儿点头："对对！"

木辰似有所悟："是啊，四派系的芽灵，本就是你中有我，我中有你。得其一，便可得所有。"

奕夫人还有些担心："只是炼五彩石需要时间，但现在……"

犹在海上的海逝舟召唤来海之灵，用从未有过的温柔看向他，海之灵叹了一口气，在海逝舟心口定立。

"上神……"海逝舟的念诵被浪声盖住，根本听不见。他连着试了几遍，都被风浪打断了。海逝舟终于看向了海云，抓住了孩子的手。

海云明白父亲的意图，郑重地点头。

海逝舟在他们之间结出结界，结界时隐时现，闪烁着微光，仿佛一层柔弱的薄纱，将海家父子紧密地围绕在一起，将海之灵护在两人之间。紧接着，父子一同大声念诵道："上神有灵，百工有心。玉衡孟冬，弥泽素冰。"念诵声里因为加入了海云，而多了年轻带来的希望。海之灵如同丝丝幽光融入海逝舟的身躯，他的身体逐渐呈现出如冰雕般的透明晶莹。海逝舟双手合十，将海云的右手紧紧护住，他们的手指间流转着海的绚丽。悄然间，海逝舟身上的透明之光如同水墨晕染般渗透到海云的体内，使得海云也逐渐变得通透，而海逝舟恢复了本来的颜色。当交融终于完成时，结界顷刻间破碎，海逝舟犹如一片破碎的水晶，轻轻地跌落。海逝舟被奕夫人以长纱包裹，自水中拉回岸边，海云依然在海面中心。

在这千钧一发之际，海家父子终于完成了传承。

新一代神官海云蹲下，以左手触水，海面霎时间变成了冰，冰面以极快的速度蔓延，不一会儿，将上升的水流都变为了冰柱。

这世界瞬间晶莹剔透，连半空中的镜面也变成了冰面，在空中熠熠闪耀。冰雪由此进入了役界。峡谷中的洪水变成了冰，一些刚升起的粉蓝色泡泡便冻在里面。而高高的岸边，阿达与石墨的面前，出现了一座高耸入云的冰山，冰山的顶峰，便在《大衍篆图》的圆心。

"爬上那冰山，就应该是百工世界！"阿达雀跃着。

"万一爬上去也回不去呢？"石墨应该早就知道了这个问题的答案，但还是忍不住问了出来。

"就算只有一丝希望，我也要试试……吃着梅花糕，在竹林里睡午觉，跟朋友们一起创作，我只是想要再体会一下这样的时光，哪怕最后，大家都不再记得。"阿达回过头，笑得如冬日暖阳，"我——林达，存在过，没有什么力量能改变这一点。"

石墨看着阿达，因为刚才的狼狈，头发凌乱了、衣服脏了，但她茕茕孑立于冰山前，如沧海一粟，但又如此挺拔独立。

他明白了，那是她选的路，没有人可以改变，即使前途不明，即使近乎不可能。

而石墨也做好了选择，纵然凶险，纵然孤寂。

"我想留在这里，"石墨说，"我要搞清楚役界的秘密。顺着粉蓝色泡泡的轨迹一路下去，总能回答一些问题吧。如果毛毛虫注定要变成蝴蝶……或许，我可以改变一些曾经以为不可能改变的命运，就算无法改变，我至少可以追问。"

"每个人都有自己的路要走，我的不容易，你的也很艰难。"

"现在看起来，你的冰山似乎更难一些，需要我送你吗？"

阿达轻轻地、缓慢地摇了摇头。

役界，下起了雪。阿达和石墨看着彼此，都对彼此的选择充满了敬畏。

"石墨，你是我见过的最勇敢的人。"

"林达，你也是我见过的最勇敢的人。"

"如果回去了，我会不会忘了你？"

"即使这样也没关系，因为我记得你。"

"那么，再见？"

阿达向冰山走去，而石墨沿着冰河峡谷往前，他们各自走向自己的征程。

真的走了，不是再见。

当天地化为冰界时，在这宁静中，火塘燃起，佑山长带领众人立定，他们的百工灵飞上了半空。

在泱华大地的每个角落，千百只百工灵飞上半空，在如倒挂瀑布的水边升起万千火焰，四大派系的芽灵聚拢，五彩石自火焰中腾出。百工灵们带着五彩石奔向那偌大的空洞。

"轮到草木系了。"木辰道。

草木系百工灵们，带着黑色大漆上了天，以金缮之法，融进五彩石中，将所有石头紧密结合在一起，但五彩石的银河与那黑洞并未完美结合。还缺一把火，但不能是日常用的火。

绒绒捧出了怀中的朱雀羽毛，木辰做出了护着火种的柴薪，绒绒将朱雀羽毛珍而重之地放入柴薪，点燃，如一束火把，叶渚做出不断生长的天梯，托着火把不断向上升。

火种终于碰到了五彩石铸成的补天缺。

佑山长的声音振聋发聩："上神有灵，百工有心。薪火相传，未有其尽。"

朱雀羽毛点上五彩石，瞬间一把五彩大火烧遍整个天空。火星所到之处，五彩石化入天，弥合了原本的缝隙。渐渐地，裂缝消失了，冰柱融化，成为和风细雨，整个天空，炫起五彩光芒。

百工世界各处爆发出欢呼声。

人，居然可补天……

人，定可补天！

而这时，阿达还没登顶。

她还在攀登，高峰直插进黑洞之中。

她的手麻木了，腿也仿若失去知觉。开始时疼痛无处不在，但渐渐地，感觉消失了。她仍在向上攀爬，眼前唯有脚下的每一步。极度的疲惫让她专注于行走，竟陷入一种冥想状态。如同做竹纸那时候，投入全身心的专注。目光所及，唯有眼前的道路。虽然她清楚地知道终点未必是她所愿，但她的步履依旧艰难而坚定。

她越来越近了，越来越近，那峰顶触手可及。

就在这时候，一点儿火星跳了出来，在剔透的冰里，如一盏灯，如阿达走了那么远，找的一盏灯。但这火星跳到了她冻麻了的手上。她看见自己焦灼的皮肤，才知道疼。还没有时间想这是哪里来的火，一片焰火在她头顶的镜面处蔓延开来，如水中烟花。

镜面绚丽如朝霞，而她，在晨雾中溶化。

她看着近在眼前、远在天边的黑洞，如今好似四个太阳。

焰火发出恒星爆炸时才有的明亮，这明亮中，有着无数光点，若星，又若芽灵，星辉奔涌为一泓清流，芽灵融入为大地的星空，永恒与瞬息在此刻相遇，梦境与时间都在这里消失了。

一瞬又如永恒的明亮之后，中心点变成了一个黑洞，将阿达吸了进去。

唯有幽深无尽门，方是众生轮回处。

后记

之宁

在我的记忆里，二十四节气中小雪那天的午后，外婆总会端坐在炉火旁，擦洗一个古旧的青花腌菜坛子。那坛子的青花并不清晰，作为坛盖的碗缺了一个小口。外婆把腌菜塞进那大大的圆腹中，盖上盖子后用水封住，在那里滋长着腊月里最温暖的味道。

每一个物件都是一扇窗，连接了过去、现在和未来。透过它们，我们得以窥见那些陪伴自己成长的亲人、朋友和故乡。

由物及人，于是有了《百工灵》。创作的初衷只是讲一个和手工有关的故事。但越是深究手工业的历史，越会发现其所孕育的时代变迁：从商以青铜铸就天下，到人们以生命为契约开辟的丝绸之路，再看明清时候的瓷器成为中华的代名词，可以说是手工业塑造了我们的文化，雕琢了人间繁华。

为了创作这个故事，我翻阅了很多书，看了很多纪录片，不知不觉，这些清华美妙，润色了我平淡的生活，让我理解了物与人之间微妙的联系："长物因美寄情，百工以巧胜天。"圣人创之、巧匠继承，为的是于日常细微处填满欲求所生的况味：孩子们一起做的沙燕风筝是稚嫩而纯真的；父亲送女儿的手捻银饰道尽了祝福；一把看似普通的扇子经历了无数人的手和108道工序，在盛夏为我们带来一丝清凉。

"人的身躯终有一死，创造出的美却能亘古流传。"百工族的永生信仰放在这个数字化的互联网时代还值得信奉吗？我们努力复兴的文化是以什么方式流传至今的，未来又会以什么样的面目示人？

百工堂里迎来了"阿达"，一个无所谓留名万年，只想此刻晒晒太阳，与朋友们一起做手工的少女。她总能发现此时此地的美好，她的作品是情感的象征，而非永生的工具。而她也从朋友们那里学到，匠人的本职，是以创作捕捉生活的灵犀，将生命的痕迹镌刻在无尽的时光中。

感谢弥新新工作室的大家；感谢荃尔和缅因，与我一起谋划这个宇宙，一起构思和想象百工世界的模样；感谢芥末作为漫画主笔，赋予每个人物以容貌。百工族明白合作是创作的根基，我们也一样；阿达终于领悟了作品是心灵的筑巢，这亦是《百工灵》于我们的意义。

有关百工灵的故事，仍会继续。愿它能够成为未来某个时刻温暖你心灵的光芒。那时，或许你会有与我们相同的感悟：正是因为人们用心去体味、去珍视了，这些散落在生活中的美好，才得以穿越时间的障碍，与永恒相伴。

弥新新工作室
总策划：荃尔
助理策划：缅因
助理编辑：阿荼
漫画插画：芥末果冻咖啡机
封面插画：小乔良

《百工灵》小说同名漫画正在全网主流漫画平台连载，欢迎关注！

图书在版编目（ＣＩＰ）数据

百工灵／之宁著 . -- 杭州：浙江人民出版社，
2024.3
ISBN 978-7-213-11317-8

Ⅰ . ①百… Ⅱ . ①之… Ⅲ . ①长篇小说－中国－当代
Ⅳ . ① I247.5

中国国家版本馆 CIP 数据核字（2024）第 008946 号

百工灵
BAI GONG LING

之宁 著

出版发行	浙江人民出版社（杭州市体育场路 347 号 邮编 310006）	
责任编辑	徐 婷	
责任校对	何培玉	
封面设计	羲 泽	
印 刷	北京世纪恒宇印刷有限公司	
开 本	880 毫米 ×1230 毫米 1/32	
印 张	10.75	
字 数	251 千字	
版 次	2024 年 3 月第 1 版	
印 次	2024 年 3 月第 1 次印刷	
书 号	ISBN 978-7-213-11317-8	
定 价	55.00 元	

如发现印装质量问题，影响阅读，请与市场部联系调换。
质量投诉电话：010-82069336